Everyone
Says
I Love
you

Everyone Says
아이러브유
I Love you

이미나 멜로 드라마

갤리온
GALLEON

prologue

헤어진 옛사랑에게 하고 싶은 말이 무어냐고 사람들에게 물어 본 적이 있습니다. 그때 가장 많이 나온 대답은 이런 거였어요.

'정말 나를 사랑했니.'

생각보다 많은 사람이 그런 대답을 해서 조금 놀랐고, 그러고 보니 저 스스로는 그런 질문을 생각해 본 적도 없다는 사실에 또 한 번 놀랐지요. 어디서 나온 확신이었는지, '당연히 그도 나를 사랑했겠지' 그렇게 생각했거든요.

그런데 사랑하지 않았을까요? 1분이었건 1초였건, 서로 다르게 지속되었던 시간은 그렇다 치고, 늘 조금씩 한쪽으로 기울어져 있던 저울의 경사는 그렇다 치고.

왜 지나간 사랑의 순도를 의심하는 사람이 이렇게나 많을까.. 문득 씁쓸해졌던 저는 사람들의 이야기를 듣고는 곧 오해를 풀었습니다. 듣고 보니 그건 그냥 다음 말을 하기 위한 첫마디일 뿐이었거든요. 숨 쉴 틈도 없이 곧바로 이어질 것 같은 그 많은 말.

나를 사랑하긴 했니? 그런데 왜 그랬니?

나를 사랑하긴 했니? 그러면 다시 돌아와 줄 수 있니?

나를 사랑하긴 했니? 아니었다고는 말하지 말아 줘.

나를 사랑하긴 했니? 나는 정말 사랑했는데..

어쩌면 그런 생각에서부터 이 책이 시작되었던 것 같습니다. 모두가 사랑을 말하는데 그 안에는 무슨 말들이 숨어 있을까. 꼭 원망처럼 들리지만 애원이 숨어 있는 말, 질문처럼 들리지만 사실은 독백인 말, 웃음처럼 들리지만 사실은 울음인 말, 말하고 있는데 전혀 하고 있지 못한 말, 잘못 보낸 문자 메시지인 척, 잘못 건 전화인 척, 억지로라도 그 사람이 읽도록 만들고 싶었던 내 마음속 말들.. 사랑을 말하는 사람들의 불완전한 소통에 관한 이야기..

또한 이 책은 '그럼에도 불구하고' 서로 어떻게든 사랑해 내는 사람들의 이야기라고 할 수 있을 겁니다.

순도와 소통에 관한 이야기를 하다 보니 생각나는 커플이 있네요. '잠깐만'이라는 말로 사랑을 시작한 두 사람이 있어요. 여자가 남자를 처음 본 건, 어느 식당에서였대요. 친구랑 밥을 먹고 있는데 남자는 그 친구와 아는 사이라고 했다지요. 친구는 그야말로 예의상 인사를 하며 "그러지 말고 같이 와서 좀 드세요" 했는데, 그 남자는 사양도 하지 않고 합석을 하더니만, "그럼 잠깐만 좀 먹을게요" 그러곤 정말 잠깐 동안, 하지만 놀라운 속도로 음식을 먹어 치웠대요.

그런 남자를 보며 처음에 여자는 '저건 인간이야, 돼지야' 생각했대요. 그런데도 그 남자는 그 후로 여자 앞에 불쑥불쑥 나타나서는 "잠깐만"을 외쳐

대더랍니다.

"주말에 뭐 하세요? 잠깐만 만날까요?" 그렇게 은근슬쩍 데이트를 신청하더니 급기야는 "저기, 잠깐만 손 좀 잡을게요", "나, 잠깐만 뽀뽀 좀 할게"..

그렇게 '잠깐만' 이라는 말은 두 사람의 키워드가 되었대요. 조심스럽지만 꼭 하고 싶은 말이 생겼을 때, 힘들겠지만 꼭 이해해 주었으면 싶은 일이 생겼을 때, 둘은 그렇게 말하곤 했지요. "잠깐만 나 화 좀 낼게", "잠깐만 나 용서해 주면 안 돼?"..

어렵거나 싫은 이야기도, 어느 한쪽에서 그렇게 말하다 보면, 다른 한쪽의 얼굴에도 꼼짝없이 웃음이 번지곤 했지요. 그렇게 '잠깐만' 만나기로 했던 두 사람이 1년쯤 만나고 있을 때 남자는 뒤늦게 군대에 가게 되었대요.

"나 군대 가."

떨리는 목소리로 남자가 말했겠지요. 여자는 잠깐 눈물이 글썽했지만 곧 웃어 보이며 말했대요.

"잠깐만 갔다 올 거지?"

남자가 고개를 끄덕였고 여자가 다시 말했지요.

"그럼 잠깐만 기다릴게."

두 사람은 잠깐만 울고, 잠깐 떨어져 지내다가, 지금껏 잠깐 동안 영원히 사랑하고 있대요.

'나를 사랑했니? 그런데 왜 그랬니?'

묻고 싶은 사람들의 마음은 그런 것이라지요.

'아주 잠시 욕심이 나 어쩔 줄 모르다가 금방 식어 버린 너의 그것을 사랑이라고 부를 수 있는지.'

'오래오래 사랑하자 해 놓고, 잠시만 내 곁에 머물렀던 너의 그것을 사랑이라고 부를 수 있는지.'

누군가를 잠시만 사랑할 수 있을까요? 혹은 누군가를 50퍼센트만 사랑할 수 있을까요? 그럴 수는 없을 것 같은데요.

사람들이 이 책을 읽으며 사랑하는 이에게 하고 싶은 말을 많이 찾아낼 수 있으면 좋겠습니다. 그래서 사랑하는 동안 더 많은 사랑의 말을 주고받을 수 있기를, 몰라서 혹은 오해 같은 것으로 헤어지는 일이 없기를, 그래서 모두모두 오래오래 '그럼에도 불구하고' 사랑을 말할 수 있기를 빕니다.

2007년 2월

이미나

p.s. 끝까지 함께하지 못해 아쉽고 미안한 푸른밤 그리고 시경이, 두 명의 하림이와 준희, 고맙습니다.

contents

scene 1 :

사랑을 말하다

늦은 퇴근길, 버스 정류장에서 막차를 기다리고 있는데 옆에 한 남자가 보였다. 스물예닐곱쯤 되었을까. 술을 많이 마셨는지 점점 떨어지고 있는 고개가 금방이라도 땅에 닿을 듯했다.

'월요일부터 술 마시면 1주일 내내 마시게 되는데..'

술이 약한 동희는 남의 일 같지 않아 안쓰러운 마음에 그 남자의 곁에 앉았다. 저러다 잠들면 깨워서 택시라도 태워 보내야겠다고 생각하면서. 그런데 그 남자가 어디론가 전화를 걸기 시작했다.

"어 상팔아, 나야. 어디냐? 아, 그래 이 시간에 집에 있어야지 밖에 있으면 안 되지 그렇지. 야, 근데 네가 집이 있냐? 너 집 어디서 났어? 훔쳤냐? 아 아버지 집, 그래 그렇구나. 뭐 하고 있었냐? 잤다고?"

쯧쯧, 자는 친구를 깨웠나 보다. 민폐 그만 끼치고 빨리 좀 끊지. 자다 깨 고생하고 있는 친구의 이름은 아마도 상민이나 상현이, 상규 그쯤 되겠지. 남자들은 왜 친한 척할 때 이름 끝에다 꼭 '팔' 자를 붙일까? 그렇다면 나는 동팔이. 헤헤 웃긴다. 내 남자 친구 성재는 성팔이, 그리고 내 친구 동욱이는 동팔이. 어 동욱이랑 나랑은 이름이 같아지네. 동희가 초롱초롱한 눈빛으로 통화를 엿듣고 있거나 말거나 남자의 주정 같은 통화는 계속 이어졌다.

"그냥 너 생각나서 한번 전화해 본 거야. 아, 맞다. 저번에 소개팅 한 건 어떻게 됐냐? 왜 말도 하지 마? 그 여자가 너 싫대? 우하하하, 너 또 아저씨 같은 소리 하다가 차였구나. 에이, 괜찮아 인마, 힘내. 내가 봤을 때 말이지 넌 희망이 있어. 너 지금처럼 계속 쭉 차이잖아? 그럼 네가 곧 세계에서 1등 할 거야. 여자한테 제일 많이 차인 남자 1등! 좋잖아, 뭐든지 1등 하면 되지. 이야 이거 자랑스럽네. 어이 내 친구 상팔이, 야 너 내 친구 맞지?"

동희는 통화를 듣다 자기도 모르게 쿡 소리를 내며 웃었다. 참 속 편한 양반이네. 저렇게 대책 없이 낙관적인 사람이 무슨 일로 술을 저렇게나 마셨을까.

"어, 여보세요. 어, 그래 자야지. 시간도 늦었는데 자야지 그럼. 야 근데 내가 있잖아. 내가 왜 너한테 전화를 걸었냐 하면, 내가 아까 전화를 했거든, 걔한테."

동희가 침을 꼴깍 삼켰다.

그랬구나. 역시 술과 사랑은 떨어지기 힘든 이야기.

"보고 싶더라고. 미쳤는지. 그런데 걔가 전화를 받자마자 나한테 하는 말이, 이러지 말라는 거야. 내가 이러는 게 사랑이 아니라 미련이고 착각이고, 또 뭐냐, 그래 집착이라는 거야. 집착. 그래서 내가 말했지. 그래, 나 집착한다. 나 A형이라서 집착 강하다. 너는 나 이제 안 좋아하는 거 아는데 나는 미련해서 미련도 많다."

너무했다. 그래도 어떻게 그렇게 말할 수 있을까. 한때는 사랑했던 사람이었을 텐데. 미련이고 착각이고 집착이니 그만 하라고 어떻게 그렇게.

동희는 어느새 얼굴도 모르는 그 여자를 미워하고 있었다.

"그런데, 이게 미련이든 착각이든.."

처음엔 신들거리며 큰 소리로 말하던 남자의 목소리가 어느 틈에 반쯤으로 작아져 있었다. 그러더니 곧 울 것 같은 목소리가 되었다.

"미련이든 착각이든, 그 뭐냐 그래 집착이든, 내가 마음이 이렇게까지 아픈데.. 그럼 이것도 일종의 사랑 아니냐? 어? 내가 도대체 살 수가 없는데.."

다 큰 남자가 길에서 울려고 한다. 모르는 남자의 전화를 엿듣다가 동희도 같이 울려고 한다. 여보세요 총각, 그거 사랑 맞아요.

동희는 하마터면 그 남자의 어깨에 살그머니 손을 올릴 뻔했다. 울지 마세요.

그러나 다행히 동희가 손을 움직이기 전에 남자가 갑자기 고개를 쳐들었다. 술기운에도 이러면 안 되지 싶었으리라.

"상팔아, 너 지금 어디냐? 어 집. 그래 집에 가야지. 근데 너 왜 이 시간까지 잠도 안 자고 있냐? 잘 거라고? 그래 자야지 그럼. 야, 근데 너 소개팅 한 건 어떻게 됐냐?"

저 남자, 아무것도 기억하기 싫은가 보다. 몇 분 전에 물었던 것을 다시 똑같이 묻고 있는 그 남자의 목소리를 뒤로하고 동희는 막차에 올랐다. 그거 사랑 맞아요. 힘내요. 응원을 보내며.

어릴 때는 얼마나 좋아해야 사랑이 되는지가 궁금했다. 아주 좋아하면 사랑이라던데, 아주 좋은 건 지금보다 얼마나 더 좋아야 하는 걸까.

첫사랑과 만나고 헤어지는 동안은 어디서부터 어디까지가 사랑인지가 궁금했다. 사랑의 시작은 "사랑해"라고 말하는 순간부터일까, 두근두근 하는 순간부터일까, 처음 본 그 순간부터일까. 사랑의 끝은 헤어지자 말하는 순간까지일까, 더 이상 두근두근하지 않는 순간까지일까, 다른 사람을 만나게 된 그 순간까지일까.

서른둘이 된 동희는 이제 나름의 답을 가지게 되었다. 뽀뽀하고 싶고 맛있는 걸 사 주고 싶고 같이 더 있고 싶으면 그건 사랑이다. 단 뽀뽀만 하고 싶고 밥은 알아서 먹고 나오라고 말하고 싶다면 그건 사랑이 아니다. 그러므로 늦은 밤 술 마시고 애꿎은 친구에게 주정하는 저 남자의 그것도 사랑이다. 내 주위를 둘러싼 많은 사람의 일상 같은 감정들도 다 사랑이다. 상대방은 아닌데 혼자만 뽀뽀하고 싶어 하는 사람도, 뽀뽀하고 싶으면서 아닌 척 서로 버티고 있는 사람들도, 아직도 지난 사랑과의 뽀뽀를 잊지 못해 웃는 사람도, 그리고..

기차가 출발하겠다고, 이제 그만 들어가라 아무리 말을 해도, 입가로는 울음이 새어 나오고 눈물은 어떻게든 참아 보려고 표정으로 성을 내고, 그 꼴을 하고는 "뽀뽀해 줘"라고 말했던.. 한 번 더 안아 보고 싶어서, 입술이라도 갖다 대 봐야 아직 내 옆에 있다는 걸 실감할 것 같아서, 바로 며칠 전에도 사람 많은 대전역에서 기어이 울음을 터뜨렸던 동희 자신도.. 모두 다 사랑을 말하고 있는 거라고...

Everyone says I love you..

LOVE

scene 2 :
“차라리 비나 왔으면 좋겠어”

초인종이 몇 번 울리더니 이내 비밀번호를 누르는 소리가 들리고, 띠리리 소리와 함께 문이 열리면서 육중하다 싶은 발걸음 소리가 들려왔다.

“동희야, 동희야!”

무거운 금자 씨, 이모의 목소리였다. 이모는 당연한 코스를 밟듯 동희의 방으로 곧장 직행, 옷장 문을 열고는 그 안에 오도카니 앉아 있는 동희를 번쩍 들어 끄집어냈다. 앉은 자세 그대로 옷장 밖 세상으로 끌려나온 동희는 이모를 멍하니 쳐다보며 말했다.

“왜 부르는데?”

“니네 엄마가 나한테 뭐 주라는 거 없든? 통장이랑 도장.”

동희는 고개를 가로저었다.

“엄마 전화, 안 돼서 왔지? 울 엄마 휴대폰 또 잃어버렸대.”

그러곤 이제야 옷장 밖 세상에 적응이 된 듯 자리에서 일어나며 한마디 덧붙였다.

"이모, 이러다가 우리 엄마, 내 이름도 잊어버릴 것 같아. 정말 전신 마취 때문에 그런가? 나 낳을 때 한 번, 서희 낳을 때 한 번, 저번에 자궁 적출 수술 받을 때 한 번, 이번에 유방암 수술 받을 때 한 번."

무거운 금자 씨는 혼잣말을 지껄이는 동희를 쫓아내며 방 밖으로 나섰다. 동희는 말하다 말고 갑자기 입 안에 눈물처럼 찝찌레한 물이 고이는 것 같아서, 냉장고 안에 있는 보리차병을 꺼내 입을 대고 마시기 시작했다. 무거운 금자 씨는 두꺼운 손으로 그런 동희의 등짝을 때리면서 물병을 빼앗고는 머그잔에 물을 따라 내밀었다. 등짝을 얻어맞으면서도 동희는 중얼거렸다. 하나도 아프지 않은 표정을 하고는.

"억, 아프다."

그러곤 등이 아니라 마음이 아픈 표정으로,

"그러고 보니 우리 엄마.. 빼빼 말라서 수술 참 많이도 받았네."

"아니야. 니네 엄마는 중학교 때부터 그랬어. 타이츠 위에 코트만 걸치고 학교 간 날도 있었거든. 치마 입는 걸 까먹어서 말이야. 너무 걱정하지 마. 근데 검사 결과는 괜찮다니? 가슴 만들어 붙이는 수술은 할 거래?"

동희는 모르겠다는 듯 고개를 절레절레 흔들었다.

"이모는 어떻게 생각해? 내 엄마에게, 쉰세 살 된 여자에게, 남편도 없고 애인도 없는 여자에게, 6개월 전 유방암 수술을 받은 여자에게, 잘려나간 오른쪽 가슴은 그렇다 치고 왼쪽 가슴도 사실은 빼빼 말라 절벽이나 다름없는 여자에게, 새로운 가슴이 필요할까?"

냉장고에 익숙해 실온은 더웠는지 어느새 땀이 송골송골 맺힌 보리차병과 머그잔 하나를 사이에 두고, 이모와 조카는 각자의 동생과 엄마를 생각하느라 잠시 말이 없었다. 무거운 금자 씨가 이제 수술이라면 징그

럽다는 이야기를 막 하려는데, 동희가 입을 열었다.

"나는 필요하다고 생각해. 이모, 나는 엄마가 다시 사랑하고 그러면 좋겠어. 기왕 하는 김에 왼쪽 가슴까지 이만하게 부풀려서 세상 남자들을 우리 엄마가 다 잡아먹었으면 좋겠어. 영감님들말고 진짜 잘생긴 젊은 남자들, 킥킥."

동희의 말 속에서 애잔함 같은 것을 왜 느끼지 못했을까마는, '킥킥' 이라고 정확히 발음하는 동희의 어색한 의성어에 무거운 금자 씨도 그만 실없이 웃고 말았다. 울 일이 많았던 동희네 집에서 '킥킥' 은 어느새 그런 역할로 굳어졌다. 서로 마음이 짠해지는 순간, 하지만 서로 눈물을 보이기는 싫은 순간, 동희가 '킥킥' 이라고 또박또박 말하면 누구든 일단 웃는 척해 주기로.

"그러게. 내가 죽기 전에 송자 그거 연애하는 꼴을 한 번 봐야 할 텐데."

"내 말이."

"넌 죽으려면 멀었다 이것아. 그런데 늙은 니네 엄마는 그렇다 치고 너는 왜 또 웃장이야? 대전에 있는 네 애인하고 잘 안 되는 거야?"

동희는 그만 합죽이가 되고 말았다. 아무것도 말하고 싶지 않아서.. 그래서 얼른 화제를 돌렸다.

"날씨가 이상해서 그래. 비가 오고 난리잖아. 참 이모, 우리 드라마 마지막회 대본 나왔는데 세희가 끝에 누구랑 되는지 가르쳐 줄까?"

… 동희 독백

하지만 사실 나는 오늘 날씨가 마음에 들어요.
기분이 널뛰듯 하는 날에
이렇게 비가 오면 핑계를 대기가 좋으니까요.
누가 우거지상인 나를 보며 몹시 신경 쓰인다는 듯
"오늘 왜 그래?" 하고 물어 보면
"그냥, 비가 오잖아"라고 대답해 버리면 되거든요.
사실 그래서 며칠 전부터 중얼거렸지요.
비나 왔으면..

내 의지에 아무것도 기대할 수 없을 때
멋대로 움직이는 감정 앞에서
나 자신이 마구 무력해질 때
그냥 지껄이게 되는 소리,
비나 왔으면..

드디어 오늘 비가 내렸는데
나는 아직도 기분이 나빠요.
여전히 뭘 어떻게 해야 좋을지 모르겠어요.

죽을 것 같다고 몸부림치기엔
아직 나에게 아무 일도 일어나지 않았고
그럭저럭 살 만하다고 하기엔
이별이 너무 선명하게 보여요.
처음부터 만나지 말걸 후회하기엔
이미 늦었고
우리가 정말 헤어지는구나 인정하기엔 아직 이르죠.
이럴 거면 왜 처음에 잘해 주었느냐고 원망하기엔
내가 누린 행복이 컸고
그 행복을 감사하기엔
지금 내게 닥친 불행이 너무 커요.
아무 데서나 흑흑거리고 울기엔 너무 나이를 먹었고
인생은 어차피 혼자라면서 웃어 버리기엔 아직 어리고
사랑한다고 말하려니 곧 버림받게 생겼고,
사랑했다고 말하려니 나는
아직도 그 사람을 이렇게나 사랑해요.
눈물이 나지 않으니 울고 있다고 말할 순 없지만
울고 있지 않다고 말하기엔
목구멍이 너무 아파요.

날씨가 거지 같아 우울하다며
한번 시원하게 울고도 싶지만
운다고 뭐가 달라지겠어요.
그래서 그냥 비나 오면 좋겠다고 중얼거리게 되네요.

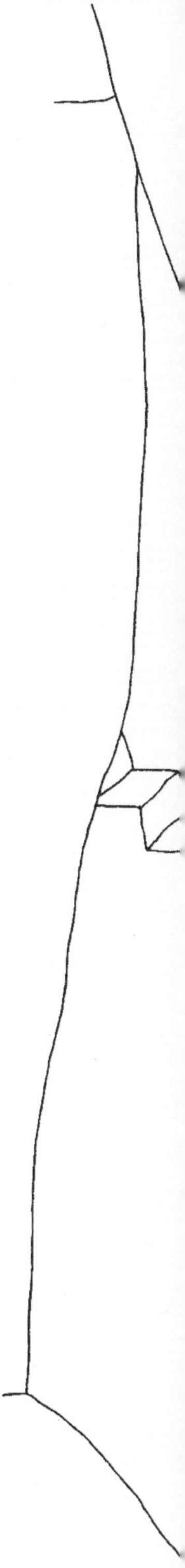

scene 3 :

누구나 '안녕'이라는 말을 하기는 쉽지 않다

강의를 마치고 차로 돌아오니 조수석에 놔둔 휴대폰에 부재중 전화 한 통이 기록되어 있었다. 막 넘어가는 햇살이 눈을 찔렀다. 성재는 휴대폰을 집어 들어 이름을 확인했다. 아마도 '김동희'라고 찍혀 있겠지. 하지만 막상 떠 있는 이름은 '송정은'이었다. 성재의 얼굴은 아무런 기대감 없던 표정에서 곧장 정반대의 표정으로 바뀌었다. 망설일 틈도 없이 성재는 곧바로 전화를 걸었다. 송정은은 마치 자기가 전화를 건 사람인 양 여유롭게 전화를 받았다.

"바쁜가 봐?"

"강의 중이었어."

"오늘 몇 시에 끝나?"

"지금 끝났어."

성재는 생각하지도 않고 계산하지도 않고 곧바로 대답했다. '휴강하면

되니까' 라고 생각한 건 대답한 후였다.

"그럼 내일은?"

"내일도 별일 없어."

"그럼 내일 내가 집으로 갈게."

"우리 집, 알아?"

"가기 전에 전화하면 되잖아, 바보."

"응."

"끊는다."

2년 반 만에 걸려 온 전화치고는 너무 태연한 목소리. 거짓말처럼 그 짧은 사이 창 밖엔 어둠이 내려 있었다. 성재는 어둑한 자동차 유리에 비친 자기 얼굴을 보았다. 통화는 1분 남짓밖에 안 했는데 긴장감 때문인지 볼살이 다 빠진 듯 홀쭉해진 얼굴이 거기 있었다. 아직도 휴대폰을 입가에 댄 채로.. 마치 그 휴대폰이 산소 호흡기라도 되는 것처럼, 송정은의 숨소리가 아직 거기에 남아 있는 것처럼.

잠시 후 휴대폰이 다시 울렸다. 침착하자, 생각하는 순간 휴대폰을 발밑으로 떨어뜨리고 말았다. 브레이크 패달 밑에서 휴대폰을 집어 올렸다. 송정은일까 생각했지만 김동희였다. 정은이가 온다. 동희를 보내야 한다. 성재는 그렇게 생각한 다음 동희의 전화를 받았다.

"응."

"지금 비는 시간이지? 점심은 먹었어?"

"응."

"나 내일 내려갈게. 김치 없지? 이모가 총각김치 담가 줬어. 내가 많이 훔쳐 갈게."

"아니, 아직 냉장고에 많이 있어. 그리고.."

그리고 내려오지 마, 라고 말하려고 했는데 그만 거기서 말이 막혀 버렸다. 말해야 하는데, 내려오지 말라고. 그러나 말이 나오지 않는다. 전화기 저쪽에서는 숨소리도 들리지 않는다. 동희는 어려서부터 아픔이 많았던 사람. 동희는 눈치가 빠른 사람. 성재는 아주 짧은 망설임 끝에 오늘은 아닌 것 같다는 결론을 내리고 일단 말을 돌렸다.

"내일말고, 모레 내려오라고. 내일은 내가 어딜 좀 가야 하거든."

"..아, 응. 그럴게."

좀 더디 나온 대답. 그런데 전혀 개의치 않는 듯한 말투다. 적어도 표면상으로는. 그냥 어딜 좀 간다고 하는데도 그게 어디냐고 묻지 않는 동희다. 요즘 들어 내가 자기를 귀찮아한다는 것을 뻔히 알고 있는, 그러면서도 절대로 아는 척하지 않는, 가끔은 가엽지만 그래서 더 싫은 이 아이와 어떻게 헤어져야 할까. 어떻게 하면 빨리 헤어질 수 있을까.

정은의 전화까지 받은 지금, 성재에게 동희와의 헤어짐은 빨리 해치워야 할 박물관 견학 숙제 같은 것이 되었다. 어렵지는 않지만 그래도 날 잡아 꽤 많은 시간과 발품을 할애해야 하는 결코 반갑지 않은 숙제.

… 성재 독백

어느 날부터인가 나는 너에게 거짓말을 했지.
바쁘지 않을 때도 바쁘다고 했고
전화하지 않을 거면서 전화하겠다고 했고
밖이면서 집이라고 했고
깨어 있으면서도 자고 있었다고 했고..
내 거짓말이 늘어 갈수록 너도 나에게 거짓말을 하게 됐지.
내가 바쁘지 않다는 걸 알면서도 '아, 바쁘구나'
사방에서 시끄러운 소리가 들려도 '아, 집이구나'
전화하지 않을 걸 알면서도 '그래, 기다릴게'
너는 의심을 들키지 않으려
늘 재빠르게 그리고 순순히 대답했으니까.

참 이상한 건 들키든 말든 상관없던
아니, 오히려 들키고 싶던 내 거짓말은
너에게 한 번도 공식적으로는 들키지 않았고,
기꺼이 속고 싶던 네 마음은 언제나 내게 들켰다는 사실.
'너 내가 안 바쁜 거 알잖아.'
'이렇게 시끄러운데 여기가 집이라는 말을 믿어?'
'전화한다고 해 놓고 안 한 게 도대체 몇 번짼데,
넌 또 그렇게만 대답해?'

속는 척하는 너에게, 나도 이런 말들을 소리 내어 말하진 않았지.
왜냐하면 나는, 나쁜 사람은 죽어도 되기 싫은 나쁜 사람이니까.
네가 먼저 헤어지자는 말을 꺼내길 끈질기게 기다리며
너를 지겨워하는 사람이니까.

... 동희 독백

나는 어떻게 하면 당신이 나를 좋아할지 알 것 같습니다.
나는 가만히 있으면 되는 거지요, 그렇지요?
당신에게 연락이 안 와도 가만히 있고
연락이 오면 왜 전화를 안 했느냐는 말 대신 반갑다고 말하고
당신이 모레쯤 전화한다면 알았다고 하고
모레 언제쯤 전화할 거냐고 물어 보지 않고
모레가 돼도, 그 다음 날이 돼도 전화가 안 오면
그래도 그냥 있고..
그러다 당신이 기분 좋은 날
애교 섞인 말로 장난을 걸어오면, 나는..
그래도 그냥 평범하게 대해야겠죠.
당신이 내게 친하게 군다고, 나까지도 그렇게 대하면
당신은 대번에 기분이 나빠져 버릴 테니까요.

그러고 보니까 나는
내가 어떻게 해야 당신 기분이 나빠지는지도 알고 있네요.
당신이 내게 친하게 군다고
나도 덩달아 친한 척하면
당신에게 쓸데없이 친절한 문자 메시지를 보내면
괜찮다고 하는데도 내가 계속 뭔가를 사다 준다고 하면
내가 해 주고 싶은 것을 다 해 주려 들면
당신이 좋다고, 좋아 죽겠다고, 온 얼굴로 표현하면
당신은 기분이 나빠지잖아요, 그렇지요?

생각해 보면 참 쉽네요.
나는 그냥 당신이 그어 놓은 선을 넘지 않으면
당신을 기분 나쁘지 않게 만들 수 있으니까요.
당신이 바라는 대로 필요할 때만 당신을 받아 주는 역할,
그것만 하면 당신은 나를 싫어하지 않을 테니까요.

당신을 기분 나쁘지 않게 하는 일
나는 그것을 잘 알고 있고 또 어렵지도 않은데,
그렇게 하기가 참 힘이 듭니다.

당신은 왜 그렇게 못됐을까요.
나는 왜 못된 사람을 좋아할까요.

나도 참 똑똑한 사람인데
내 눈에 콩깍지 같은 게 씐 것도 아니고
당신이 어떤 사람인지도 알고
어떻게 하면 당신을 편하게 하고
어떻게 하면 기분을 망치게 하는지도 다 아는데
그런데도 풀리지 않는 문제가 하나 있네요.
당신이 못된 사람이라는 것이 아니라
그 못된 사람이 당신이라는 것.

만약 우리가 결국 헤어진다면
그리고 만약 운이 좋아 내가 다시 사랑을 하게 된다면
그때는 꼭 착한 사람을 만날 거예요.
하지만 지금은 어쩔 수 없네요.

scene 4 :
"왜 나랑 사귀게 됐어?"

그날 밤, 동희에게서 다시 전화가 걸려 왔다. 전화를 건 용건은 평범했다. 그냥 해 봤다는 것이다. 아마도 낮에 그렇게 끊고 나서 불안했으리라. 못 오게 해서 화났다고 생각하지는 않을까. 오고 싶어서 안달난 사람처럼 보이지는 않았을까. 동희는 절대 그런 것이 아니라고 주장하고 싶어서 단 몇 초의 침묵도 없이 내내 떠들어 댔다.

지금 일하고 있는 드라마의 마지막회 대본이 나와 내일 어차피 못 갈 거였다는 이야기, 여자 주인공이 나쁜 남자를 버리고 결국은 늘 곁에 있어 준 착한 남자에게로 돌아가는데 끝이 뻔한 것 같아 마음에 들지 않지만 그래야 사람들이 좋아한다는 이야기, 남자 주인공이 PPL로 협찬 받은 의상을 입지 않는 바람에 3000만 원이 날아갔다는 이야기 등등..

"정말 재수 없지 않아? 너무 억지스러운 거는 우리도 안 시켜. 그냥 옷만 입으면 되는 거였단 말이야. 옷도 평소에 그 인간이 입고 다니는 것

보다 훨씬 괜찮은 건데.. 그 인간 때문에 날린 PPL이 벌써 세 개째야. 연기나 잘하면 말도 안 해. 연기도 못하는 게! 그래서 작가한테 전화해서 다 일러바치고 일부러 야간에 산 타고 한강에서 수영하는 신 넣어 달라고 했거든. 그랬더니 한강에서 수영하는 건 안 되고, 원래 헬스클럽에서 미친 듯이 운동하는 신이 있었는데, 그걸 비 오는 야간에 산행하는 신으로 바꿔 준다고 하더라고. 그런데 오늘 대본 나온 거 보니까 진짜 그렇게 돼 있는 거 있지? 상훈, 세희에 대한 격정을 억누르려는 듯, 땀을 흘리며 산을 오르고 있다. 이마를 타고 흐르는 구슬땀, 킥킥, 마지막회에 한번 죽어 봐라."

킥킥, 소리를 내는 동희. 그것은 지금 동희의 마음이 슬프다는 증거. 성재도 그것쯤은 알고 있다. 두 사람이 함께 지내 온 시간은 꽤 길었다. 숨소리 한 번에 모든 것을 알아낼 만큼의 지극한 마음은 이미 사라졌다 해도, 최소한 같이 지내 온 시간만큼은 서로를 아는 법이니까. 하지만 그것을 들추어 위로해 줄 마음은 없다. 지금 동희가 뭐라도 말해야겠어서 아무 말이나 지껄이고 있다는 것도 알고 있다. 다만 모른 척할 뿐. 아픔을 외면하는 일도 쉽지 않다. 하지만 아는 척을 하면 동희는 예전의 누군가처럼 매달릴 것이다. 너는 나를 다 알면서 어떻게 나한테 이럴 수 있냐고 기어이 눈물을 쏟으며.. 그때 한 번으로 족하다. 두 번 다시 겪고 싶지 않다. 성재는 동희의 이야기를 건성으로 들으며 두 사람이 처음 만난 날을 떠올렸다.

2년 전 성재가 강의 중인 학교로 웬 드라마 팀이 촬영을 왔고, 촬영 팀이랑 딱히 상관은 없지만 친구를 따라 놀러 왔다는 대학 후배 동욱을 만났다. 그리고 오랜만이라 술을 한잔하게 됐는데 동욱의 친구이자 그 드라마의 피디라며 같이 술자리에 나타난 사람이 바로 동희였다.

드라마 피디와 같이 나오겠다는 동욱의 말에 성재는 당연히 컷과 NG

를 외치는 드라마 감독을 떠올렸다. 며칠째 감지 못한 머리에 시꺼먼 모자를 눌러 쓰고 며칠째 면도를 못한 턱에는 거뭇거뭇한 수염이 나 있는 후줄근한 남자. 그런 이유로 시꺼먼 모자를 쓰지 않고 수염도 하나 없는 동희가 눈앞에 나타났을 때 성재는 그 얼굴이 무척이나 신선하게 느껴졌다.

만약 제작 피디라는 직업이 따로 있다는 사실을 미리 알고 있었다면, 모든 드라마 스태프가 후줄근한 건 아니라는 사실을 알고 있었다면, 그리고 대학 시절부터 꼬인 데라곤 전혀 없어 부러우면서도 왠지 재수 없게 느껴졌던 동욱이가 그런 동희에게 목매고 있다는 것을 눈치 채지 못했다면, 그 바람에 괜하고도 비열한 욕심 같은 것이 생겨나지 않았다면, 성재는 처음부터 동희에게 관심조차 두지 않았을 것이다.

지극히 평범하게 생겨서 어디서나 볼 수 있을 것 같은 여자, 그러면서도 용감하게 화장도 잘 안 하는 여자, 처음 보는 남자 앞에서 자기 별명이 '똥' 이라고 당당하게 밝히던 여자, 똥이라는 말을 하면서도 허겁지겁 밥을 맛있게 먹던 여자, 술은 남들만큼 마신다고 자신 있게 말하더니 소주 두 잔에 눈이 풀려 혼자서 키들키들 자꾸만 웃어 대던 여자, 좋아하는 마음을 절대로 감추지 못하는 여자, 좋아한다고 말하며 콧물까지 흘리던 여자..

… 성재 독백

처음에 나는 네가 그렇게 좋지 않았다.
나이에 어울리지 않는 울긋불긋한 여드름도 우스웠고
농담과 진담이 모호한 너의 말투도 거슬렸다.
무엇보다 별로였던 건
이렇게나 시시한 나를 네가 그렇게나 좋아한다는 사실이었다.
왜 나를 좋아할까? 왜 하필 나를? 나는 아무것도 아닌데?
시시한 나를 보며 애태우는 네가 나는 시시하게 느껴졌다.
그래서 네가 놀자고 하면 꼭 다른 사람 하나를 끼워 나갔다.
그럴 때마다 네 얼굴이 굳어진다는 것을 알고 있었지만
못되게도 나는 그런 네 마음을 모른 척했고
속없이 그 자리에 동참해 주는 바보 같은 동욱이도 있어서
우린 만날 때마다 늘 세 명이었다.

그러던 어느 날 네가 불쑥 전화를 걸어
"대전이야"라고 말했을 때 나는 더럭 겁이 났다.
올 것이 왔구나 싶어서.
빗지 않은 머리, 맨발에 슬리퍼 차림으로 현관문을 나서며
나는 머리를 굴렸다.
네가 날 좋다 하면 난 뭐라고 대답할까.
그래, 좋아하는 사람이 따로 있다고 하자.
누군지 물으면 네가 모르는 사람이라고 하자.

그런데 막상 놀이터에 앉아 있는 너의 얼굴은 불타는 듯 빨간색.
눈치 없는 나는 그저 "많이 덥구나" 했다.
그런데 "아니, 술 마셨어"라고 대답하며 고개를 든 너는
얼굴만 붉은 것이 아니라 눈도 붉었다.
해가 막 넘어가고 있는 하늘의 색깔처럼.
네 옆에서 삐걱거리는 그넷줄의 색깔처럼.

술도 잘 못 마시는 애가 웬일로 술을 마셨을까.
나는 초조하게 너의 '할 말' 을 기다렸고
한참을 모래만 파던 너는 이윽고 말했다.
"너, 내가 못생겨서 싫어하지?"
그러곤 푹 주저앉아 버리고.

그 순간 나도 모르게 웃음이 났다.
네가 귀여워서.
그리고 그때 처음으로 네 얼굴을 찬찬히 들여다보았다.
술 냄새는 풀풀, 크지 않은 눈은 그나마 반쯤 감겨 있고
어지간히 서러웠는지 눈물말고도 콧물 같은 것이 살짝 비치는
너의 눈, 코, 이마, 눈썹..
나는 너를 부축하며 그랬다.
"너 정말 못생겼구나!"

"왜 나랑 사귀게 됐어?"
언젠가 네가 그렇게 물어 보면
나는 '그때 이야기' 를 해 줘야겠다고
생각했다.
그런데 막상 네가 물었을 때
나는 뭐가 그렇게 부끄러운지 딴청만 피웠지.
"내가 너 좋아한다고 누가 그러든?"
그따위 이상한 대답만 하면서.
헤어짐을 숙제처럼 앞에 두고 있는 지금
이 말을 끝내 못해 줬다는 사실이 문득 찬밥처럼 가슴에 얹힌다.
그날 너는 참 예뻤다고..

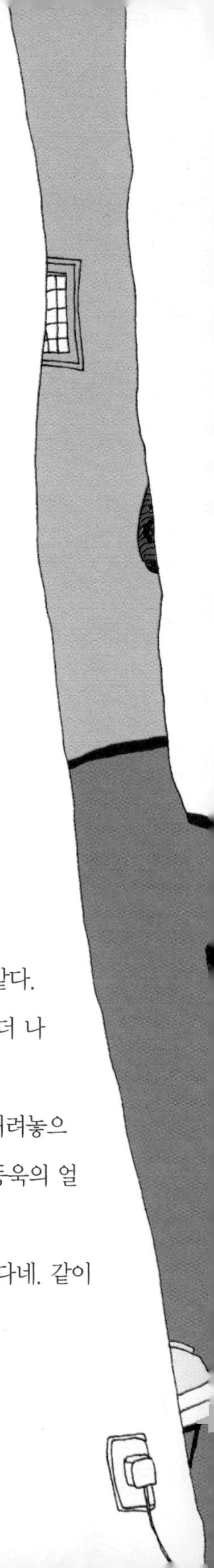

scene 5 :
나쁜 남자를 사랑하는 여자가 흔히 하는 착각

"이 여자 또 전화 안 받네."

쿨룩거리며 동희에게 전화를 거는 동욱.

"그러지 말고 그냥 일찍 들어가서 쉬는 게 좋을 것 같다. 너 지금 약 기운 때문에 괜찮은 거지, 무리하면 내일 더 나빠질 텐데."

승민의 걱정에 동욱도 동의하는 얼굴로 핸드폰을 내려놓으려는데, 그때 마침 동희가 전화를 받았다. 초췌했던 동욱의 얼굴이 대번에 환해졌다.

"그냥. 여기 승민이네 가겐데, 오늘 좀 일찍 문 닫는다네. 같이 한잔하러 가자고."

동희는 순순히 대답했다.

"잘됐네. 나도 술 생각 났는데. 어디서 마실 거야?"

동욱은 승민을 돌아보았다. 싱크대에 남아 있는 마지막 한 방울의 물까지 깨끗하게 훔치고 있던 승민은, 알아서 하라는 시늉으로 어깨를 으쓱했다.

"글쎄, 넌 어디서 마시고 싶은데?"

동욱이 분위기 좋은 술집을 열심히 생각하고 있는 사이, 동희는 생각하기 귀찮다는 목소리로 후루룩 말했다.

"그냥 승민 씨네 가게에서 마시자. 국물이랑 소주랑. 오랜만에 일식 라면도 먹고 싶고."

동욱이 허락을 구하는 눈으로 승민을 바라보자, 승민은 대답 대신 다시 가스를 켜고 남은 육수를 데우기 시작했다.

"그래, 그럼 이리로 와. 기다릴게."

신이 난 목소리의 동욱, 하지만 승민의 목소리는 그렇게 가볍지 못하다.

"근데, 너 진짜 괜찮아? 감기약 먹고 술 마시면 안 되는데. 영영 못 깨어나는 수가 있어."

"그럼 약 안 먹으면 되지 뭐. 내가 감기에 걸린 거지 치질에 걸린 건 아니잖아. 그냥 앉아서 술 마시는 건데 그걸 못할 이유가 없지."

"약은 먹어. 술을 안 마시면 되잖아. 어차피 동희 씨 술 마셔 봤자 한두 잔인데."

승민의 잔소리가 고맙기도 하고, 퇴근 후에도 일을 시키는 것 같아 미안하기도 하고, 지레 눈치가 보였던 동욱은 괜히 다 비운 쓰레기통을 들고 왔다 갔다 하기도 하고, 이미 다 정리되어 있는 의자들을 괜히 다시 정리하기도 하고, 그러는 사이 승민은 부지런히 안주를 마련했다. 볶은

은행이며 살짝 구운 버섯 등이 테이블 위에 놓이고 육수가 냄비 안에서 파르르 끓을 때쯤, 정말 집에 있던 차림 그대로 나왔는지 눈썹이 반밖에 없고 렌즈 대신 부엉이 안경을 쓴 낯선 얼굴의 동희가 나타났다.

"와, 맛있는 냄새 나네. 나 배고파."

승민은 동희를 4초쯤 곱지 않은 시선으로 바라보곤 누가 볼세라 재빨리 표정을 바꾸었다.

"앉아요. 2분이면 돼요. 동욱이는 지금 주방에.."

말하는 순간, 동욱이 한 손에는 물컵을 한 손에는 약을 들고 주방에서 허둥지둥 뛰쳐나오며 동희를 반겼다. 신이 난 얼굴로.

"어쩐 일이야? 춥다고 안 나올 줄 알았는데."

그러면서도 동욱은 재빠르게 젓가락을 동희 앞에 놓아 주었다. 동희는 젓가락을 받아 들고 은행이며 버섯을 날름날름 집어 먹기 시작했다.

"어쩐지 살고 싶지 않다 싶더니, 내가 배가 고팠나 봐."

승민이 라면 두 그릇을 내와 동희와 동욱 앞에 놓았다.

"왜 두 그릇밖에 없어?"

"하루 종일 냄새를 너무 맡았더니.. 난 신라면이나 끓여 먹을래."

문득 승민에게 미안해지는 두 사람. 그러자 승민은 괜히 뾰족함을 들켰다 싶었는지 필요 이상으로 상냥한 미소를 보이며 서둘러 다시 주방으로 들어가며 말한다.

"오늘은 정말 매운 게 먹고 싶어서 그래. 신경 쓰지 마. 신경 쓰지 마세요, 동희 씨."

"괜히 여기로 온다고 했나 봐. 승민 씨한테 미안하다, 그치?"

동희가 걱정스럽게 속살거리자 동욱은 괜찮은 척을 한다.

"괜찮아. 걱정하지 말고 라면이나 맛있게 먹어. 승민이는 자기가 만든 음식 잘 먹어 주면 제일 기분 좋아해."

후루룩거리며 라면을 먹던 동희는 김이 서린 안경을 벗어 식탁 위에 놓았다. 그제야 동욱은 동희의 눈이 퉁퉁 부어 있는 것을 발견했다.

"울었어?"

"응."

"왜?"

"슬퍼서."

"왜?"

왜, 라고 물으면서 동욱은 다리를 떨기 시작했다. 앞에서부터 차근차근 뒤로 넘어오는 기말 고사 시험지를 바라보는 맨 뒷자리 학생처럼.

"헤어질 것 같아서."

동희의 스스럼없는 대답.

"옷장에서?"

"응."

"괜찮아?"

"안 괜찮지. 고물차를 끌고 가다가 올림픽 대로에서 차가 푹 퍼져 버린 기분이야. 지나가는 사람들이 다 나만 구경하고, 집에는 어떻게 가야 하는지 모르겠는 기분 있잖아. 많이 춥고 나 자신이 가련하면서 한심하고 앞이 막막해."

괜찮다거나 걱정해 줘서 고맙다거나.. 그 정도의 반응만을 예상했던 동욱은 너무 솔직한 동희의 대답에 오히려 당황했다. 목소리에 약간의 반가움도 묻어 있지 않기를 바라며 물었다.

"완전히 끝?"

하지만 완전히 끝이라고는 대답하지 않는 동희다.

"참 억울한 건 그 사람은 나한테 거짓말한 적이 없다는 거야. 그러니까 나는 화를 낼 수도 없어. 내가 좋아하느냐고 물어 봤을 때 그 사람은 항상 좋아한다고 대답했거든. 그건 거짓말이 아니잖아. 좋아하기는 했을 테니까. 생각해 보면 그 사람은 나를 여자 친구라고 부른 적이 없고, 나만 좋아한다고 말한 적도 없고, 사랑이라는 말을 진심으로 꺼낸 적도 없었다? 그냥 나 혼자 착각한 거야. 나는 왜 당연히, 내가 그 사람의 애인이라고 착각했을까?"

그건 그 사람이 나쁜 사람이라서 그래. 동욱은 목구멍이 간지러울 만큼 그 말을 하고 싶었지만 겨우 참았다. 속상했다. 그런데 동희가 갑자기 젓가락을 탁 놓으며 말했다.

"한번 물어나 볼걸. 나만 좋아해요? 나만 사랑해요? 내가 여자 친구 맞아요?"

동희의 목소리가 3분의 1쯤 울고 있는 것 같아 동욱은 불안해졌다.

"근데, 그렇게 물어 볼 수 있을까? 좋아하는 사람한테?"

그렇게 3분의 2쯤 우는 목소리로 혼잣말을 내뱉더니 그 후로 동희는 입을 다물어 버렸다. 승민이 빨간 국물의 라면을 들고 주방에서 나왔을 때, 동희와 동욱 사이엔 아무런 말도 오가지 않고 있었다.

… 동욱 독백

어쩐지 전화를 대번에 받는다 했더니
어쩐지 쉽게 나온다 했더니,
어쩐지 운이 좋다 했더니..
오늘은 운수 좋은 날이기는커녕
'내가 사랑하는 사람' 의 사랑 이야기나 들어 줘야 하는
운수 한번 제대로 나쁜 날인가 봅니다.
방금까지 좋다고 쓰레기통을 들고 뛰어다니던 내 모습이
갑자기 우스워집니다.
나는 온몸에 밀려드는 무력감을 떨쳐 내려 애쓰면서
친구의 이야기에 귀를 기울입니다.
뭐라도 말해 주려 열심히 생각하면서
하지만 정말 도움이 될 만한 이야기는
해 주지 않으려 조심하면서..
그러다 두 사람이 잘되면 안 되니까요.
그렇지만 너무 바보 같아 보이는 해답을 줄 수도 없습니다.
친구가 나를 아주 형편없는 카운슬러라고 생각하면
그것도 안 되니까요.

간신히 내렸던 열이
다시 점점 오르는 것을 느끼며
나는 잠시 잊어버렸던 사실을 기억해 냅니다.
'약 삼키는 데 얼마나 걸린다고
그것도 안 먹고 나왔냐..'
나 혼자 나를 비웃으며 어질어질한 상태로 앉아 있자니
아주 짧은 시간 꿈을 꾼 것처럼
아까의 내 모습이 자꾸 생각납니다.
주방에서 약을 삼키려다 딸랑 소리와 함께 동희가 들어서자
문지방에 걸려 넘어질 뻔하면서 서둘러 뛰쳐나오던 내 모습.

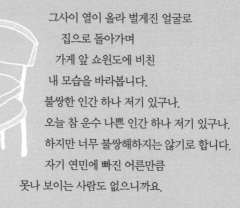

그사이 열이 올라 벌게진 얼굴로
집으로 돌아가며
가게 앞 쇼윈도에 비친
내 모습을 바라봅니다.
불쌍한 인간 하나 저기 있구나.
오늘 참 운수 나쁜 인간 하나 저기 있구나.
하지만 너무 불쌍해하지는 않기로 합니다.
자기 연민에 빠진 어른만큼
못나 보이는 사람도 없으니까요.

\# scene 6 :

그녀가 노란색 카디건을 버리지 못한 이유

집에 들어서자 가벼운 송자 씨의 신발이 보였다.

"엄마아아.."

괜히 질질 끌듯 엄마를 부른 동희, 가벼운 송자 씨는 짐짓 심술이 난 얼굴로 딸을 맞이했다.

"딸, 오늘 엄마 검사 받는 날이었던 건 알아?"

"아까 무거운 금자 씨 왔다 갔어."

가벼운 송자 씨는 딸에게 할 말이 많았다. 검사 결과는 괜찮다는 이야기, 오늘 문화센터에 가 봤다는 이야기, 아무래도 '주부와 글 쓰기' 라는 강의를 하게 될 것 같다는 이야기, 전직 드라마 작가라는 타이틀이 아무래도 영 서운하다는 이야기, 은퇴라고 생각했다면 지난번 일일극을 조금 더 치열하게 쓸걸 그랬다는 이야기, 그나저나 주부들이 과연 글 쓰기에 관심이 많을까 하는 이야기, 문화센터에서 시각 장애가 있는 젊은 남자 무용수를 만났다는 이야기, 하는 행동이 워낙 자연스러워서 그가 앞을 못 본다는 사실을 눈치 채지 못했다는 이야기, 문화센터에서 일하는 경리 아가씨가 참 주책없더라는 이야기..

하지만 동희는 엄마의 이야기를 들을 기분이 아니었다. 세상에서 제일 친한 사람이 엄마지만, 세상에서 제일 비밀이 많은 사람도 엄마. 동희는 엄마의 하루 치 수다 앞에서 금방 피곤해져 버렸다.

"엄마, 아이스크림 먹을래? 내가 사 올게."

"그럼, 같이 가자."

"아니야, 나 혼자 갔다 올게. 엄마는 팥이지?"

가벼운 송자 씨는 같이 가고 싶었지만 혼자 가겠다는 동희를 순순히 보내 줬다.

"아, 간장도 한 병 사 와라. 근데 너 그거 입고 갈 거니?"

… 동희 독백

뭐 하고 있어요?
난.. 엄마의 간장 심부름을 가는 길이에요.
이사 온 지 얼마 안 된 동네.
아는 사람을 만날 일도 없고
멀리 사는 당신을 만날 일은 더더구나 없으니
난 세상 편한 옷차림 그대로에
소매 끝이 늘어나고 닳아 버린 노란색 면 카디건만 하나 걸쳐 줍니다.
지갑에서 만 원짜리 한 장을 꺼내던 엄마는
내 카디건을 보곤 또 한 번 잔소리.
그걸 여태 안 버렸느냐고..
그런 옷 입고 다니는 거 보면 남들이 욕한다고..

하지만 나는 얼른 엄마 손에서 만 원짜리만 낚아채곤 집을 나섰어요.
'내가 이 옷을 얼마나 잘 입는데, 이걸 버렸으면 어쩔 뻔했어?'
이번에 이사하면서 이 옷은 버려질 뻔했죠.
사실은 나도 버릴 작정으로 헌 옷 수거함 앞까지 들고 갔는데
결국은 버리지 못했어요.

생각해 보면 정말 다행이죠. 그래요, 정말 다행이에요.
외할머니의 고무신이 그랬던 것처럼요.
내가 당신에게 고무신 이야기.. 한 적 있나요?
엄마는 제발 좀 버리라고 소리 지르고
외할머니는 멀쩡한 걸 왜 버리냐며 더 크게 소리 지르고
엄마가 밤새 내다 버리면
다음 날 아침 외할머니 손에 들려 다시 집으로 돌아오던..
결국 외할머니와 마지막까지 함께했던 그 고무신요.

세상엔 그렇게 아무도 모르게 소중한 것들이 있는 법이잖아요.
버릴까 말까 고민했던.. 나달거리고 빛도 바랜 면 카디건.
당신에게 보여 줄 수 있는 옷은 아니지만 나는 요즘 늘 이것만 입어요.
이걸 버렸으면 어쩔 뻔했을까요.

그래도 살긴 살았겠죠.
벗고 살진 않았을 테니까.
모르는 사이, 사람들이 잃어버린 건 또 얼마나 많을까요?
있었다면 더 좋았을 그것들을 다 잃어버리고도
다들 모른 채 살고 있겠죠..

당신이 제일 그렇죠.
내가 당신에게 주고픈 것들을 하나 둘 사 모으는 동안
간장을 사러 가면서도 당신 생각을 하는 동안
당신은 그것도 모른 채
술이나 마시며, 시시한 농담이나 해 대며
세월을 보내고 있을 테니까요.

내가 없어도 당신은 잘살겠죠.
하지만.. 한 번만 다시 생각해 봐요.
내가 어쩌면.. 당신의 고무신일지도 모르잖아요.
외할머니의 고무신, 나의 노란색 카디건 그리고.. 당신의 나.

scene 7 :
기분과는 상관없이 삶은 계속된다

"진철아, 누나 바쁘니까 나중에 통화하자. 뭐? 구경 같은 소리 하고 있네. 지금 촬영 끝나서 장비 접고 있어. 나중에 텔레비전으로 봐. 그리고 누나 진짜 정신없거든? 끊어, 끊어, 끊어, 끊어, 끊어."

전화를 사납게 끊는 동희를, 옆에 있던 스크립터 지현이 쳐다보았다. 성질 나쁜 여자 좀 보시게 하는 눈빛으로, 바쁘지도 않으면서 바쁜 척하시네 하는 눈빛으로.. 지현은 운이 나빠 하필이면 성이 전씨다. 그런 이유로 별명은 당연히 '이름만 전지현' 이다.

"아니, 사촌 동생인데 자꾸 현장에 구경 온다고 그러잖아. 가뜩이나 정신없는데."

순하게 생겨서는 은근히 사람을 자극하는 재주를 가진 이름만 전지현은 계속 동희를 빤히 바라봤다. 그래도 그렇지 어떻게 전화를 그런 식으로 끊으시죠 하는 눈빛으로.

"아, 네가 진철이를 몰라서 그래. 늘 여자나 소개시켜 달라고 하고, 그것도 보통 여자라면 모를까, 이영애를 소개시켜 달란다. 미친 거지. 이거 왜 이래? 나도 이영애 한번 보고 싶어. 이 인간은 드라마 쪽에서 일한다고 하면 다 장동건이랑 친군 줄 알아. 바본 거지."

동희가 마침내 성격을 드러내며 포효하자 이름만 전지현은 그제야 만족한 듯 빙긋 웃었다. 둥글둥글 성격 좋게 생겨서는 은근히 가학적이기까지 하다. 이런 애들이 꼭 침대 밑에 채찍 놔두고 베개 밑에 수갑 숨겨두고 그런다.

"아, 진짜 누구 소개해 줄 만한 사람 없나? 지현아, 네가 몇 살이지?"

"스물다섯하고 두 달 지났어요."

"너 미국 사니? 스물일곱이란 말이지?"

"12월에 태어나서 그렇게 나이로 막 말씀하시면 좀 억울하거든요?"

'하긴, 그 나이 때는 제 나이가 많은 줄 알지. 나도 그랬으니까.'

서른둘이 된 동희는 지현이 가소롭기도 했지만 이해도 되었다.

'나이에 집착하지 말아라. 네가 보기에 나는 아주 할머니 같지? 세월 금방이다. 더 무서운 게 뭔지 아니? 한 살이라도 어리고 싶은 욕심은 그대로인데, 어느 날부터 껍데기에 주름이 마구 생기면서 남들이 나를 계산하는 숫자만 더 늘어난다는 거야. 그게 나이를 먹는다는 거지.'

한 수 가르치고도 싶고 한 방 쥐어박는 소리도 해 주고 싶었지만 동희는 그냥 삼키기로 했다. 지금은 못난 사촌 동생의 소개팅을 구걸해야 하므로.

"그래, 너 젊어서 좋겠다. 매우 축하하고, 혹시 네 주위에 군대 가기 싫어서 대학 졸업한 뒤 뒤늦게 입대했다가 몇 달 전에 제대해서 취직 준비한답시며 대체로 빈둥거리고, 만날 사촌 누나한테 전화해서 여자 소개시켜 달라 그러고, 드라마 촬영장에 놀러 오면 안 되냐고 그러는, 스물

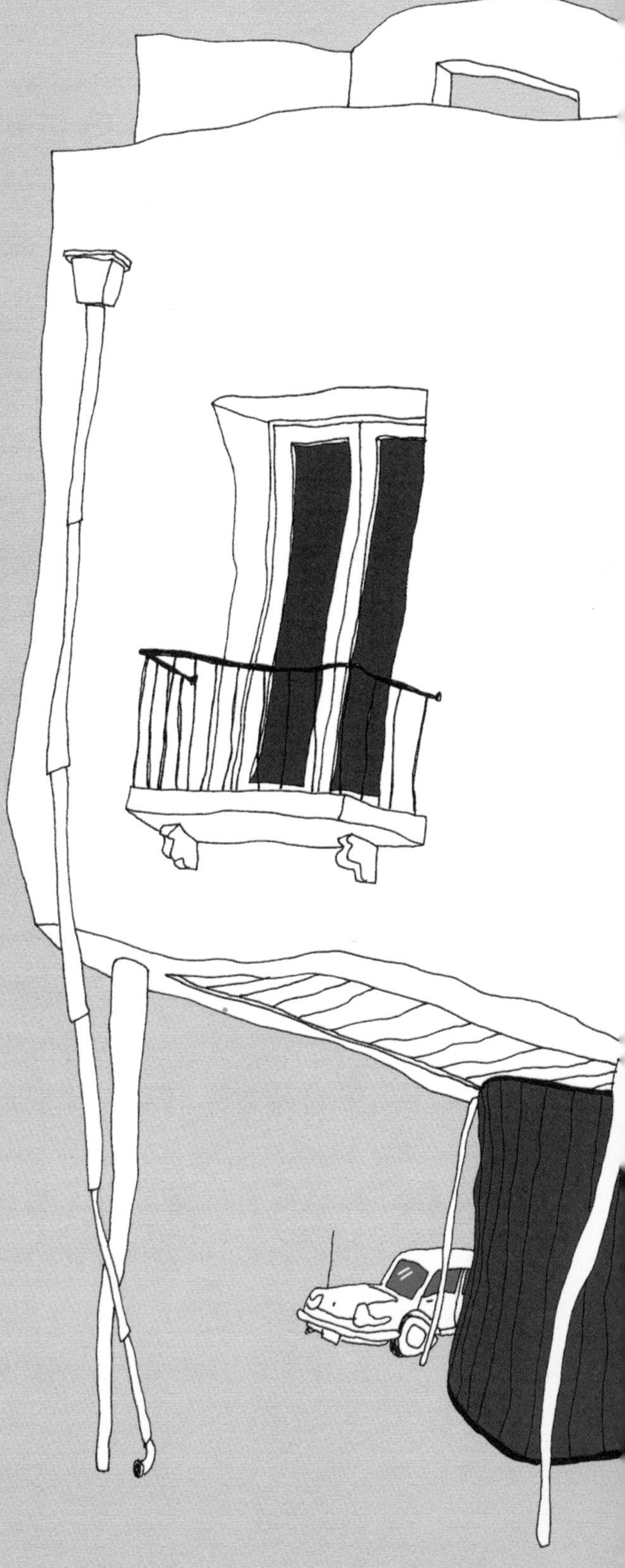

일곱 먹은 남자한테 소개시켜 줄 만한, 남는 친구 없니?"

"잘생겼어요, 그 남자?"

"쓸데없이 몸만 좋다고 할 수 있어. 누구 있긴 있는 거야?"

"난 몸 좋은 남자 좋던데."

맹랑한 이름만 전지현. 동희는 지현의 마음이 바뀌기 전에 얼른 약속을 잡았다.

"진철아, 너 전지현하고 소개팅 할래?"

전화기 속에서 진철의 공룡 불 뿜는 소리가 들려왔다. 마치 슬로를 걸어 놓은 듯, 좋우와아아아아우어어어. 동희는 그런 진철에게 이름만 전지현이 정해 준 시간과 장소를 알려 주고는 전화를 끊으면서 생각했다. 내가 전지현처럼 생겼다면 성재는 나를 조금 더 오래 사랑했을까. 아직 사랑하고 있을까. 아 이렇게 못난 생각을 하긴 싫은데 멈출 수가 없는 걸. 나는 왜 예쁘지 않게 태어났을까. 아빠를 닮아서 그렇다지. 엄마만 닮았어도.. 바보같이 얼굴도 한 번 본 적 없는 아빠를 닮다니 정말 억울하다.

촬영 현장이 거의 다 정리되는 것을 보고는 자리를 뜨려는데, 난데없이 스태프들이 동희에게 회식을 하자고 덤볐다. 동희는 갑자기 지난번 날아가 버린 PPL 때문에 구멍이 난 제작비가 생각나 얼굴이 잠시 어두워졌다. 하지만 이내 고생 많은 스태프들에게 삼겹살도 못 먹일 만큼 돈이 없는 상황은 아니란 결론에 다다랐다.

"좋아요. 오랜만에 자정도 되기 전에 촬영이 끝났는데, 오늘 같은 날 먹으러 가야죠. 갑시다. 어디? 저번에 갔던 거기? 오케이!"

'오케이' 라고 호기롭게 말했지만 동희는 또 헤매기 시작했다. 운전을 한 지 10년이 넘어가는데, 서울 하늘 아래에서 산 지도 벌써 30년이 넘었는데, 아직도 동희에게 서울은 넓고 갈 길은 많다. 한참 헤매고 있으려니 전화가 걸려 왔다.

"김 피디님, 어디예요? 우리 고기 벌써 굽고 있는데."

동희는 어쩔 수 없이 기어들어 가는 목소리로 물었다.

"있잖아 거기, 오팔 노래방 앞에서 우회전하면 나오는 데 아닌가?", "아, 한 블록 앞이었구나. 알았어. 또 못 찾으면 전화할게", "여기 삼거리 분식 쪽으로 왔거든? 여기서 어떻게 가?", "지금 내 앞에? 아인슈타인 유치원, 돼지 슈퍼", "응? 다시 오팔 노래방으로 가라고? 나, 거기 다시 못 찾는데..", "미안, 나 때문에 귀찮지?"

몇 번 갔던 길을 못 찾는 건 기본이고 지하도에 들어가면 늘 엉뚱한 출구로 빠져 나오는 동희를 보고 누군가는 그랬다. 인간의 지능을 탑재했으면 그렇게 길을 못 찾을 수는 없다고. 동희는 내비게이션을 사야겠다고 생각하면서 문득 많이 서러웠다. 과연 내비게이션 하나로 나의 뒤떨어진 공간 지각력을 극복할 수 있을까.

어쨌든 오늘도 이렇게 하루가 간다. 정신없이 일을 하고 얼떨결에 소개팅을 주선했으며, 지금은 회식 장소를 열심히 찾는 중이다. 헤어짐을 앞두고 마음은 무너져만 가는데 기분과 상관없이 삶은 계속되고 있다.

… 동희 독백

나도 다음 생에는
인형처럼 예쁜 얼굴과 탐스러운 몸매를 갖고
태어나게 해 달라고 기도해야겠어요.
기왕 기도하는 거니까, 목소리는 모렐렌바움에 성품은 마더 테레사,
다섯 살 때는 관현악곡을 작곡해 온 세상을 놀라게 하고
한때는 수학 천재로 불리기도 했으며 5개 국어에 능통.
나날이 아름다워지는 미모 덕에
스무 살 무렵 우연히 여행을 간 모나코에선
나를 보고 첫눈에 반한 그 나라 왕자에게
열렬한 구애를 받지만 정중히 사양.
그 모든 능력과 부귀영화를 접어 둔 채 NGO 단체에 들어가
평생을 난민 구호 활동에 바치며
행복하고 값지게 살게 해 달라고 기도해야겠어요.

하지만 만약에 그게 안 되면, 만약에 그게 안 되면..

그 도시에서 내가 한 번 길을 잃어버린 뒤론
바빠도 늘 버스 터미널까지 마중 나와 주던 사람,
나 혼자 보내야 할 때는 지갑에 만 원짜리 두 장과
집 주소를 적은 쪽지를 단단히 넣어 주며
"혹시 길 잃어버리면 택시 기사한테 이것만 보여 줘"라고
말해 주던 한때 그토록 다정했던 사람,
바로 당신과 다시 뜨겁게 사랑하게 해 달라고
기도해야겠습니다.
하느님은 마음이 좋은 분이시니까,
둘 중 하나는 설마 들어 주시겠지요. 아멘.

scene 8 :
“나만 빼고 다 뽀뽀해, 나만 빼고 다 사랑해”

동희는 머리카락과 옷에 잔뜩 삼겹살 냄새를 묻힌 채 동욱과 승민의 집으로 향했다. 어제 괜히 우울한 이야기만 늘어놓고, 휙 자리를 뜬 것이 안 그래도 미안하던 차에, 마침 동욱이 전화를 걸어 기분은 좀 괜찮냐고 물어 주었기 때문에.. 두 남자가 같이 사는 집은 이태원 한구석에 있는 2층짜리 건물에 있었는데, 건물의 1층에는 동네 슈퍼, 2층에는 방 두 개와 주방 겸 거실 하나, 옥상에는 작은 옥탑방이 있었다. 동희는 어렵사리 주차를 하고 슈퍼에서 호두 아이스크림 한 통을 산 다음 비닐봉지를 달랑거리며 옥상으로 올라갔다.

동욱과 승민은 처음에 2층에서 살되 옥탑방까지 같이 쓸 수 있다는 조건이 마음에 들어 그 집을 계약했다고 한다. 그런데 막상 꾸며 보니 옥탑방은 어떻게 해도 안락해지지가 않아서 지금은 그냥 창고처럼 방치한 상태. 동희만이 아직도 옥탑방에 대한 미련을 버리지 못해 이 집에 올 때면 늘 옥상부터 올라가 방을 살펴보며 중얼거린다. 이제 곧 봄이 올 텐데 그 전에 꼭 이 방을 새로 꾸며야지. 바닥에는 스티로폼 깔아 장판으로 덮고, 벽엔 벽지 대신 시트지 바르고, 등은 좀 화사한 걸로 바꾸고, 추위에도 안 얼어 죽고 굶겨도 안 말라 죽는 식물 몇 개 기르고..

동희는 무엇보다 거대한 건물에 설치된 예술 조명이 아니라 진짜 사람들이 살고 있는 창문 하나하나의 불빛들이 모여 만들어 낸 그 옥상의 야경이 몹시 마음에 들었다. 총총총 박힌 큐빅 같아. 저 불빛 하나하나마다 깨어 있는 사람이 하나씩은 있겠지. 다들 무얼 하고 있을까. 누군가는 사랑하는 사람의 얼굴을 달 위로 겹치며 히죽대고 있겠지. 또 다른 누구는 술 냄새를 풀풀 풍길 테고, 가여운 누구는 지금껏 건물 속에 갇혀서 복사기에 낀 종이를 빼내며 화를 내고 있을 테고, 또 누군가는 컴퓨터 앞에 앉아서 못된 리플을 달고 있겠지. 떠돌이 고양이는 지금도 먹을 것을 찾아 삼만 리. 깜깜한 밤 속에서 살아 있는 것들이 꾸물거리는 풍경이란. 아, 한창 사랑을 나누는 사람들도 있겠다. 하긴, 있기만 하겠어? 많겠지. 저 모텔들 좀 봐. 쳇, 나만 빼고 다 뽀뽀해. 나만 빼고 다 사랑해. 저기 손뼉을 쩍쩍 치면서 뒤로 걷는 아줌마도 있네. 쳇, 나만 빼고 다 운동해.

"좋아?"

돌아보니 어느새 동욱이가 옆에 와 있다.

"깜짝이야. 나 온 거 어떻게 알았어?"

"네 고물차 엔진의 쉰 목소리를 들었지. 금방 오겠지 했는데 안 오기에."

"그냥, 내 방 잘 있나 확인했어. 나 꼭 여기다 작업 공간 만들 거야."

"무슨 작업? 도자기라도 굽게?"

"현대 국어에서 작업이라는 말의 용도를 간과하면 안 되지. 그거 있잖아, 욕정의 작업실."

딴에는 음흉한 웃음을 지어 보이는 동희.

"넌 어떻게 욕정이라는 말을 부끄러워하지도 않고 하냐? 누가 보면 너 욕구 불만인 줄 알겠다."

"누가 들으면 넌 아닌 줄 알겠다? 몸 만든다고 닭고기도 만날 가슴살만 밝히는 엉큼한 놈!"

동희가 호두 아이스크림이 담긴 비닐봉지를 휘휘 돌리며 2층으로 내려가자 동욱은 만득이처럼 좋다고 허허 웃으며 그 뒤를 따랐다.

"왔어요?"

문을 열자 싱크대 앞에 서 있던 승민이 반가운 목소리로 동희를 맞이했다.

"동욱이가 간장 떡볶이 먹자고 해서 만들었는데."

곧 세 사람 앞에 납작하고 넓은 냄비 하나가 놓였다. 주꾸미가 들어간 가무잡잡한 색깔의 달콤짭잘한 떡볶이. 동희는 그 맛에 정신을 빼앗겨 한동안 말도 없이 먹는 데만 열심이었다. 음~ 맛있다, 음~ 맛있다, 음~ 맛있다, 그렇게만 세 번 말했을 뿐. 그런 동희를 보고 동욱이가 웃고, 그런 동욱과 눈이 마주친 승민이 웃는다.

승민은 마음속으로 어쩔 수 없이 동희에게는 귀여운 구석이 있다는 사실을 인정한다. 동욱은 동희의 귀여운 구석만을 확대시켜 보고 있을 것이다. 그렇지 않고서야 식탐에 들뜬 여자의 모습을 저렇게 사랑스러운 눈길로 바라볼 수는 없을 테니까.

"누군지 몰라도 너랑 결혼할 남자는 돈 많이 벌어야겠다."

동욱의 말에 동희는 입술을 삐죽 내밀었다.

"돈은 나도 벌거든? 남자들은 여자가 밥 많이 먹으면 꼭 그런 소리 하더라?"

이제 배가 불렀는지 신들린 포크질을 멈춘 동희는 만족스러운 듯 배를 통통 두드리며 말했다.

"음식을 잘하는 사람과 같이 사는 건 정말 복 받은 일이야. 동욱이 넌 좋겠다. 나도 승민 씨하고 살고 싶어. 근데 승민 씨는 나 별로 안 좋아해서.. 그쵸?"

그건 사실이었지만 묘하게도 그 말에 아무도 당황하지 않는다. 표면적으로 승민에게 동희는 룸메이트의 가장 친한 친구다. 당연히 동희와 친하게 지내는 것이 좋다. 하지만 어쩐지 승민은 동희와 친해지려 하지 않았다. 왜 그러냐는 물음엔 마음에 들지 않는다고만 했다. 처음엔 이런 사실이 껄끄러워 승민과 동욱은 몇 번 신경전을 벌이기도 했지만 이제는 익숙해졌다. '그런대로 살아가게 된다' 는 말이 딱 맞다.

하지만 조금 더 깊이 들여다보면 어쩐지는 어쩐지가 아닌 법이다. 동희는 룸메이트가 짝사랑하는 여자, 그리고 조금 더 깊이 들여다보면 동희는.. 승민이 짝사랑하는 동욱이 짝사랑하는 여자. 하지만 이것은 승민만의 비밀, 절대로 아무에게도 말할 수 없는 이야기.

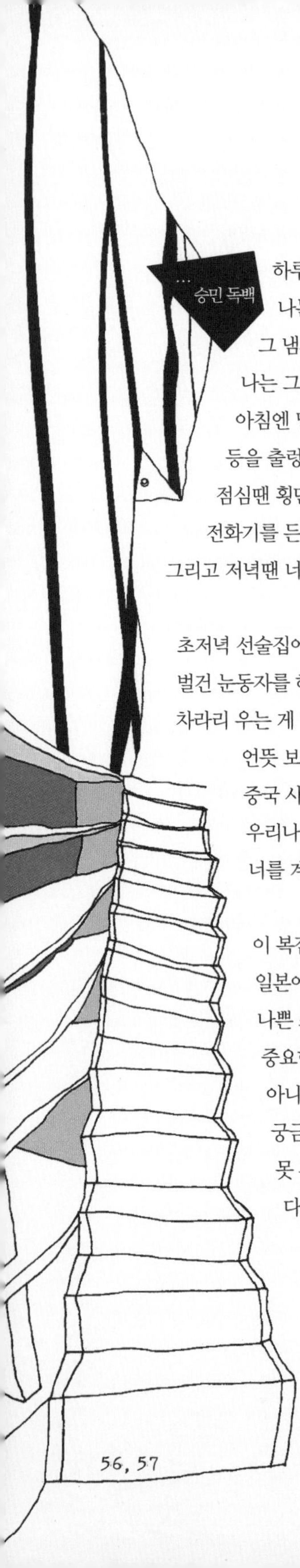

… 승민 독백

하루에 한 번쯤 네가 눈부시게 웃을 때마다
나는 너를 처음 봤던 신주쿠의 선술집이 생각나.
그 냄새, 그 소란스럽던 공기.
나는 그날따라 우는 사람을 참 많이 봤어.
아침엔 멀쩡히 신칸센을 타고 가다 갑자기 얼굴을 무릎에 묻더니
등을 출렁거리며 울음을 터뜨리는 여자를 봤고,
점심땐 횡단보도 앞에서 누군가와 통화를 막 끝낸 듯
전화기를 든 채로 울고 있는 사람을 봤고,
그리고 저녁땐 너를 봤지.

초저녁 선술집에서
벌건 눈동자를 하고 필사적으로 울음을 참고 있던 너.
차라리 우는 게 낫겠다 싶을 만큼 힘든 표정.
언뜻 보기에도 일본 사람 같지는 않았어.
중국 사람 같지도 않았고.
우리나라 사람일 것 같은데, 같은데, 같은데, 생각하며
너를 계속 훔쳐봤지.

이 복잡한 술집에서 왜 저러고 있을까,
일본에는 왜 왔을까, 무슨 일일까,
나쁜 소식이라도 전해 들은 걸까,
중요한 무엇 혹은 소중한 무엇을 잃어버린 걸까,
아니면 어제까지 함께 있던 누군가와 헤어진 걸까.
궁금했지만 마음이 아팠지만
못 본 척 그냥 술집을 나와 버렸지.
다시는 너를 보지 않게 되길 바라며.

하지만 '식스 센스' 였나, 꼬마 아이는 유령들의 눈을 그렇게 설명했어.
"그들은 그들이 보고 싶은 것만 봐요."
살아 있는 사람이라고 다를까.
예감은 쓸데없는 것이라고들 하지만
사실 예감은 때론 진실에 가까운 것.

시작도 못하고 놓쳐 버린 사랑을 찾아
일본으로 무작정 쫓아갔던 나는,
하지만 몇 년을 타국에서 생활하며 쪼들리게 되면서
간신히 그를 잊어 가고 있던 나는,
너를 처음 본 순간 예감했지.
나는 이제부터 너로 인해 울게 되겠구나.

웃으며 살 수 있으면 좋겠다.
KFC를 지키는 하얀 할아버지처럼 1년 내내 생각 없이 웃을 수 있다면..
하지만 그러기에 내 생활은 너무 위험하지.

평양이 고향인 우리 할머니는 명절 때마다 그런 말씀을 하셨어.
"차라리 소련만큼 멀기라도 하면 포기가 되겠구나."
손 내밀면 닿을 곳에 있는 너인데
어깨가 빠지도록 힘을 주어 팔을 뻗어도,
너는 내 손에 잡히지 않으니..
과연 내가 너를 포기할 수 있을까?
지척에 고향을 둔 실향민,
사랑하는 가수의 무대를 등지고 서 있는 공연장의 안전 요원,
백설 공주의 일곱 번째 난쟁이,
그리고 너와 함께 사는 나.

scene 9 :

인연 불변의 법칙

—짚신도 짝이 있다

"이쪽은 전지현이고, 이쪽은 최진철. 나머진 둘이 알아서 하고, 나는 저 뒤쪽에서 누구 좀 만날게. 다음 작품 같이할 작가 만나는 거니까, 너희 둘이 서로 싫어서 물어뜯고 싸우게 되더라도 나는 부르지 마. 자 그럼 여기까지."

동희는 쏜살같이 말하고 카페 한구석으로 사라졌다.

"이름이 정말 전지현이에요?"

몸만 좋은 진철의 첫마디에 이름만 전지현은 바짝 긴장했다. 소개팅을 하면 이 시간이 제일 싫다. '그래서 어쩌라고요' 라고 뾰족하게 말해 버릴까, '예 어쩌다 그렇게 됐어요' 라며 잘못도 아닌데 변명을 해야 할까, '연예인 전지현은 본명이 왕지현이거든요' 라고 원조를 따질까.. 몇 가지 상황을 고려하며 망설이다가 지현은 그냥 이렇게 말해 버렸다.

"예. 그런데 듣던 대로 정말 몸은 좋으시네요. 파란색 티셔츠가 참 입체적으로 보여요. 불끈 불끈."

손짓까지 해 가며 '불끈 불끈'이라고 말해 버린 지현. 이건 아니다 싶었지만 이미 말은 입 밖으로 나와 버린 상태. 다행히 진철의 반응이 나쁘지 않다.

"지현 씨도 듣던 대로 미인이시네요. 그리고 분홍색 원피스도 정말 예쁘네요."

빈정거림과 악의가 전혀 섞이지 않은 순도 높은 칭찬이다. 평소 눈빛과 신경전으로 승부를 내던 지현은 그만 순식간에 무장 해제가 되어 버린 느낌이었다. 이 사람 어쩐지 예감이 좋다. 지현은 솔직해져 버리기로 한다.

"사실 저는 소개팅 하면 이름 때문에 초반에 기분 상하는 경우가 많거든요. 탤런트 전지현은 그런데 너는 왜 이래, 그런 눈빛 때문에.. 고마워요. 그렇게 말해 줘서요."

진철은 거기서 멈춰야 했다.

"아유, 고맙긴요. 정말 예쁘신데요. 솔직히 지현 씨가 탤런트 전지현보다 못한 게 뭐가 있습니까? 나이가 적습니까, 주름이 적습니까, 그렇다고 살이 적습니까, 얼굴 크기가 작습니까, 턱의 개수가 모자랍니까. 딱 보니까 턱도 두 개고, 주름도 많고 넉넉하시네요."

넋이 나간 얼굴로 지현이 말했다.

"이상하다. 왜 그런 말을 듣고도 기분이 안 나쁘지? 이쯤 되면 물 뿌리고 나가야 하는데."

몸만 좋은 진철이 악의라곤 전혀 찾아볼 수 없는 얼굴과 어이없이 순한 목소리로 말했다.

"그건 아마 제가 착해서 그럴 거예요. 제가 생각이 없어서 그렇지 생각이 나쁘지는 않거든요. 근데 정말 예쁘세요. 이렇게 예쁜 분이 왜 아직 애인이 없을까요?"

"그러는 진철 씨는요?"

"군대 가면서 헤어졌어요. 좀 오래됐죠."

"아, 그렇구나. 저도 꽤 오래됐어요."

그렇게 말하는데 저 뒤쪽에서 한 아저씨가 심하게 우렁찬 목소리로 전화를 받았다.

"뭐라카노 또, 지금 들어간다니까. 밥은 묵었지. 이 시간까지 밥도 안 묵었을까 봐? 드간다 드가, 끊으라 고마."

그 큰 소리에 지현과 진철의 대화가 잠시 끊긴다. 사투리 감상 시간이 지나자 진철이 다시 말을 꺼냈다.

"아, 저도 저런 전화 좀 받아 봤으면 좋겠네요. 오빠 빨리 들어와, 그런 거."

지현도 수줍게 말을 꺼냈다.

"저도요. 남자 친구가 데리러 온다고 해서 먼저 일어나야겠어요, 그런 말.."

"그럼, 우리 서로 그런 이야기나 주고받을까요?"

"그럴까요?"

몸만 좋은 진철과 이름만 전지현이 마주 앉아 머리 위로 사랑의 불꽃을 팡팡 쏘아 올리던 그날 밤, 두 사람의 모습을 멀리서 지켜본 동희는 자신의 블로그에 이렇게 일기를 썼다.

'오늘 카페에서 정말 신기한 커플을 봤다. 미안하지만 스머프같이 생긴 남자랑 미안하지만 우리 집 장롱에서 물 마시는 하마같이 생긴 여자가 앉아 있는데, 옆에서 보아하니 둘이는 좋아 죽더라. 하긴, 스머프와 하마, 개구리와 쥐벼룩, 코뿔소와 주꾸미, 남들이 뭐라 하건 무슨 상관인가. 진철이와 같이 헬스클럽에 다니는 동욱이에게 이 소식을 전했더니 무척 부러워한다. 내친김에 동욱이에게 어울리는 짝도 찾아볼까나?'

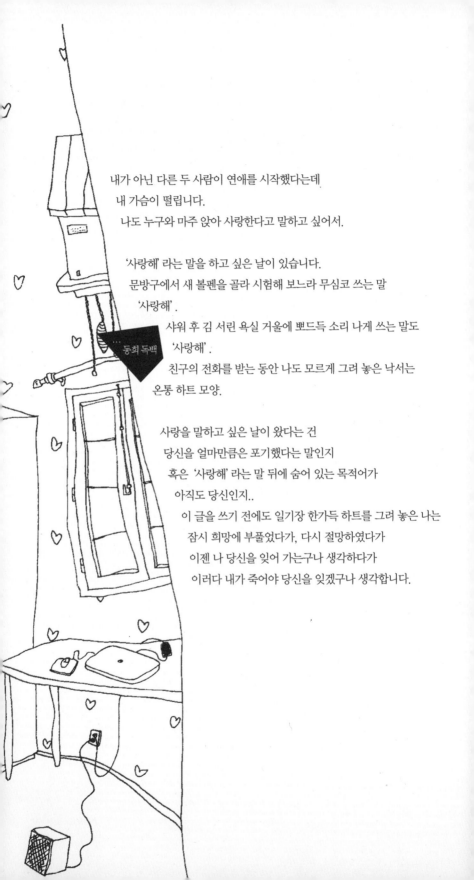

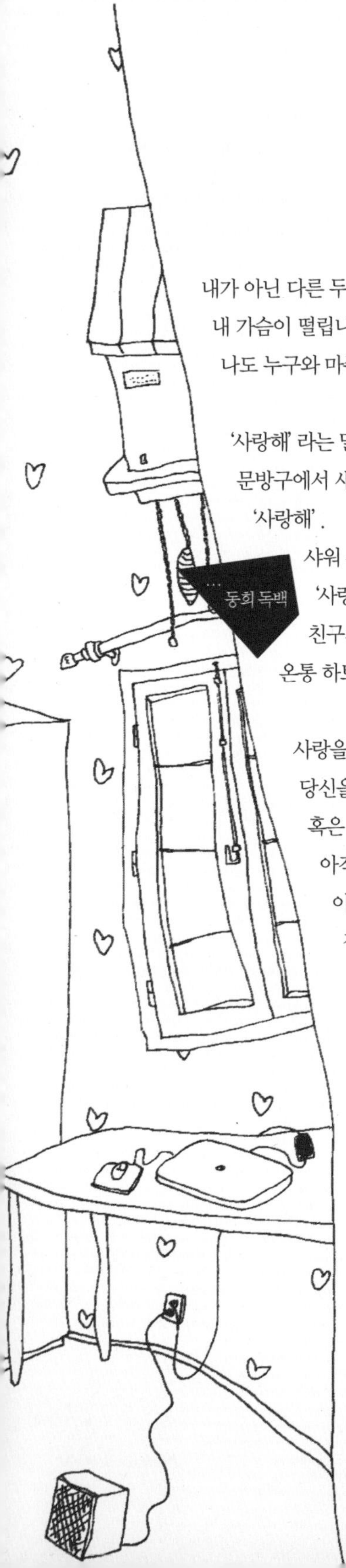

내가 아닌 다른 두 사람이 연애를 시작했다는데
내 가슴이 떨립니다.
나도 누구와 마주 앉아 사랑한다고 말하고 싶어서.

'사랑해' 라는 말을 하고 싶은 날이 있습니다.
문방구에서 새 볼펜을 골라 시험해 보느라 무심코 쓰는 말
'사랑해'.
샤워 후 김 서린 욕실 거울에 뽀드득 소리 나게 쓰는 말도
'사랑해'.
친구의 전화를 받는 동안 나도 모르게 그려 놓은 낙서는
온통 하트 모양.

사랑을 말하고 싶은 날이 왔다는 건
당신을 얼마만큼은 포기했다는 말인지
혹은 '사랑해' 라는 말 뒤에 숨어 있는 목적어가
아직도 당신인지..
이 글을 쓰기 전에도 일기장 한가득 하트를 그려 놓은 나는
잠시 희망에 부풀었다가, 다시 절망하였다가
이젠 나 당신을 잊어 가는구나 생각하다가
이러다 내가 죽어야 당신을 잊겠구나 생각합니다.

철길에나 핀다는 아지랑이가
내 심장에 피었는지
들길에나 흩날린다는 민들레의 포자가
내 목구멍에서 날고 있는지
내 안이 꽤나 웅성거리고 간질거리고 멀미가 납니다.
아마 나는 사랑을 하고 싶은 것 같다, 생각합니다.
봄이 오고 있으니까요.
조금 더 정확하게 말을 한다면
아마 나는 당신을 다시 한 번 사랑하고 싶은 것 같습니다.
조금 더 솔직히 말을 한다면..
나는 당신과 서로 사랑하고 싶습니다.
조금 더 욕심을 내어 본다면..
나는 당신에게 사랑받고 싶습니다.
봄이 오고 있으니까요.

scene 10 :

사랑하는 사람을 '못난이' 라고 부르는 이유

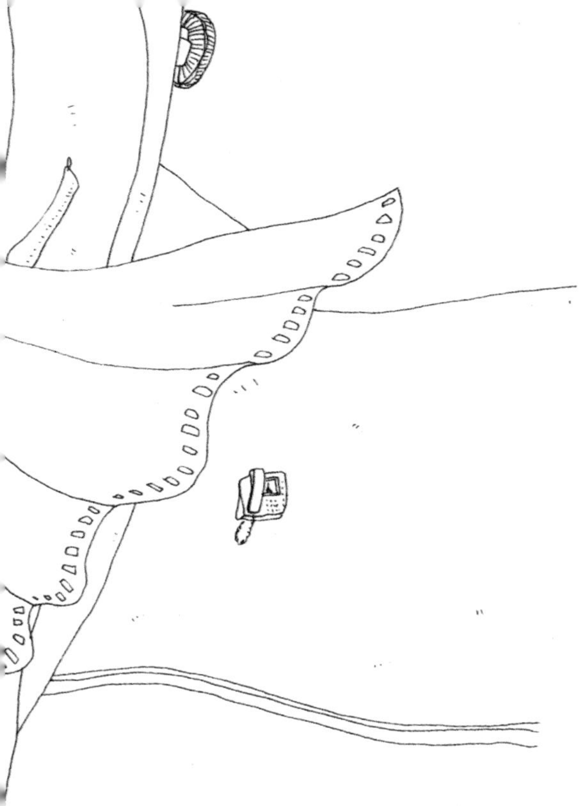

"엄마, 가슴 수술 진짜 안 할 거야?"

동희가 묻자, 나란히 누워서 텔레비전을 보고 있던 가벼운 송자 씨와 무거운 금자 씨는 수중 발레를 하듯 똑같이 목만 오른쪽으로 돌리면서 대답했다. 거의 동시에.

"안 할 거야.", "안 한대."

"하지 그래?"

"왜?", "왜?"

"그냥, 옷 입으면 보기도 좋고. 뭐 꼭 그렇지는 않지만. 그냥."

"생각해 볼게.", "생각해 본댄다."

"의사는 뭐래?"

"남편 없다니까 더 이상 안 권하더라."

"나쁜 새끼네."

"드라마 현장에선 말이 거칠다더니."

무거운 금자 씨의 지적에 가벼운 송자 씨도 싫은 내색을 한다.

"동희야, 엄마는 너 욕하는 거 싫어."

"내가 욕하는 게 싫어, 결혼을 안 하는 게 싫어?"

"둘 다 싫어."

"엄마, 엄마 가슴 수술할 때 나도 약간 고칠까?"

무거운 금자 씨가 날카롭게 외쳤다.

"어딜? 왜?"

"손. 손 수술하고 싶어. 나는 손도 못생겼어. 아빠 닮아서. 엄마는 손 예쁜데. 이모도 손 예쁘잖아. 아빠 짜증 나. 못생기고, 도망치고, 얼굴도 모르는데 나한테 나쁜 것만 다 물려주고."

무거운 금자 씨와 가벼운 송자 씨는 또 한 번 수중 발레를 하듯 동시에 목을 정위치로 돌린다. 금자의 머릿속엔 그래 정말 나쁜 놈이지, 하는 생각이 뭉게뭉게 피어났고, 송자의 머릿속엔 얼마 전 본 동희 아빠의 모습이 떠올랐다. 아무도 모르게 송자는 동희 아빠인 도망친 민호 씨를 보고 있었다. 만나는 것은 아니다. 그저 보기만 하는 거니까.

동희가 엄마에게서 직접 들은 아빠 이야기는 그랬다. 여대에 다니던 엄마는 어느 날 우연히 알게 된 근처 대학의 일문과 강사 김민호에게 반해 가슴을 태웠다고 한다. 반응 없는 짝사랑인데도 지칠 줄 모르고 날마다 쫓아다니는 것도 모자라 결국 그 남자의 자취방에 장렬히 뛰어들었다고. 예쁘고 똑똑한 데다 당시엔 드물기까지 했던 여대생이니 콧대가 하늘을 찔렀을 엄마는 그 남자의 무심함에 더 끌렸겠지. 그 남자는 결국 술기운 때문인지 비 오는 밤의 음습한 기운 때문인지 엄마를 몇 번 안았고, 동희가 생겼다. 엄마는 재학 중 결혼을 할 수 없다는 교칙에 따라 자퇴를 했고, 그 남자는, 그러니까 아빠는 엄마와 결혼을 했다고 한다. 그때는 책임이라는 말이 통하던 시절이니까.

그리고 동희가 이모에게서 들은 그 이후의 이야기는 이런 것이었다.

결혼을 한 뒤 안정된 수입을 위해 박사 과정을 포기하고 고등학교에서 일어를 가르치던 그 남자는 몇 년 후 갑자기 학교에 사표를 냈다. 동희가 걷기를 정복하고 뛰기를 시작했을 무렵이고, 송자가 단막극 작가로 데뷔했을 무렵이다. 그 남자는 유학을 가고 싶다고 했다. 송자가 무슨 일이 있느냐고 물었고, 무슨 공부를 하고 싶은 거냐고 물었고, 한국에서 하면 안 되겠느냐고 설득도 해 봤지만 그 남자의 마음은 꿈쩍도 하지 않았다. 언제부턴가 송자를 안는 일도 없던 터라 다른 여자가 생겼냐고 애처롭게 물어도 봤지만, 그 남자는 그런 일은 정말로 없다고 했다. 송자가 할 수 있는 일은 믿고 보내 주는 것밖에 없었다. 최소한 돌아오리라는 믿음은 있었으니까. 그때는 책임이라는 말이 통하던 시절이니까.

가벼운 송자 씨와 무거운 금자 씨는 할 말이 딱히 생각나지 않는지 텔레비전에만 시선을 고정시켰고, 동희는 계속 구시렁거렸다.

"난 발도 못나서 샌들 신으면 곰 발바닥 같아. 머리숱도 별로 없고. 아빠였던 사람은 아마 지금쯤 대머리 됐을 거야. 아빠 짜증 나. 못생기고, 도망치고."

틀어 놓은 텔레비전 속 오락 프로그램은 방 안의 공기를 시끄럽게 만들기는커녕, 방 안 분위기가 얼마나 어색하고 적막한지를 반증해 줄 뿐이었다. 그 고요를 깨기 위해 마침내 가벼운 송자 씨가 일어나 앉았고, 무거운 금자 씨도 뒤이어 일어나 리모컨으로 텔레비전을 껐다. 이모와 엄마가 일어난 자리에 퉁퉁 부은 동희가 드러누웠다. 동희가 뿔이 나면 언제나 그랬던 것처럼, 송자는 오늘도 다 늙은 딸의 잔머리를 살살 손으로 빗겨 주며 또 한 편의 옛날이야기를 들려주었다.

… 옛날 옛날에

옛날 옛날에 손이 참 못생긴 여자가 살았대.
얼마나 못생겼냐면, 그 여자의 엄지손가락이 꼭 엄지발가락 같았대.
사람들도 수군수군수군..
"쟤는 얼굴은 예쁜데 손이 너무 못생겼어, 손이 너무 못생겼어."
그래서 여자는 어려서부터 버스 손잡이를 잘 잡으려 하지 않았고
찬바람이 불기 시작하면 언제나 장갑을 끼고 다녔지.
그런데 그런 손을 겁도 없이 놀리는 사람이 있었어.
그건 바로 남자 친구라는 사람이었는데
사실 처음엔 그 남자도 몰랐대.
그 여자 손이 그렇게 생긴지.
그 여자가 만날 손을 주머니 속에 넣고 다니고
손잡는 대신 팔짱만 쏙쏙 끼고 다녀서
한 번도 손을 제대로 본 적이 없었다나 봐.

어쨌든 이 남자는
여자가 무안해하거나 말거나 여자의 손에 대해 감탄을 아끼지 않았어.
"이야~ 진짜 신기하게 생겼다!"
"아무리 봐도 발 같아. 어쩜 엄지손가락이 이렇게 생겼냐?"
"너 최고 해 봐, 최고! 엄지손가락 이렇게 세우는 거, 이거 돼? 안 되지?"
그럴 때마다 여자의 눈썹이 사나워졌어.
"보지 마! 보지 말라니까.. 하지 마! 하지 말라니까.."

처음엔 화도 나고, 창피하기도 하고, 원망스러웠겠지.
그런데 남자가 만날 놀려 대니까
여자는 오히려 마음이 편해지더래.
"그래, 봐라 봐!"
하고 포기가 되더니

나중엔 남자가 손바닥을 내밀면서 "자, 앞발~" 그러면
여자는 못 이기는 척
그 위에다가 자기 손을 척 올려놓는 경지까지 됐다나 봐.
웃기지?

그런데 잘 지내던 두 사람이 한번은 심하게 싸웠대.
"그래! 헤어져."
그러곤 각자 집으로 가 버렸겠지.
여자는 집으로 들어가자마자 화장실로 가서는
코를 핑핑 풀면서 펑펑 울어 댔어.
한참을 울다가 거울을 보는데 세상에..
눈물을 닦고 있는 자기 손이 눈에 확 들어오더라는 거야.
음~ 그 못생긴 손!

그 순간 여자는 "어, 떡, 해"
그 세 글자를 내뱉고는 남자 집으로 달려갔어.
그러곤 그 남자를 불러내서 하는 말이
"나 너랑 못 헤어져.
발이 네 개인 여자하고 누가 사귀겠어?
나 너랑 계속 사귈 거야.."
그러면서 여자가 뚝뚝 우니까
남자도 여자의 앞발, 아니 손을 붙잡고 눈물을 글썽글썽.
그래서 두 사람은 안 헤어졌대.

사람들은 그렇게들 사랑한대.
제일 사랑하는 사람을 그렇게 불러 대면서.
내 사랑 곰탱이, 내 사랑 뚱돼지, 내 사랑 못난이, 내 사랑 울보,
내 사랑 동희..

scene 11 :
'결혼하자'는 말을 안 하는 남자 VS '바람피우자'는 여자

2년 반 전이었다.

"여행을 갈까 해."

에어컨 성능이 좋지 않아 공기가 눅진했던 계절로 기억한다. 선풍기가 쉭쉭거리며 돌아가는 식당 안, 순두부찌개에 떠 있는 빨간 거품을 걷어 내며 정은이 불쑥 그렇게 말했다. 마주 앉아 있던 성재는 정은의 어깨 뒤로 보이는 작은 텔레비전에 눈길을 주며 무심히 대답했다.

"그래, 그럼 갔다 오지 뭐."

"그런 거말고, 나만. 나 혼자 여행 갈 거라고."

성재는 순간 고개를 급히 들었다.

"너 혼자? 혼자 어딜?"

정은은 대답 대신 잠시 성재를 바라보았다. 일부러 '이건 장난이 아니야'라는 표정을 보여 주려고 그러는 듯했다.

"아직 결정은 안 했어. 그냥 네가 없는 데로 갈까 해."

성재는 정신이 아득해졌다. 나를 두고 혼자서만 여행을 가고 싶다고. 내가 없는 데로 가고 싶다고. 이곳은 식당이다. 우리는 막 영화를 한 편 봤고, 배가 고파서 발길 닿는 대로 식당에 들어왔고, 순두부찌개를 시켜 밥을 먹으려던 참이었다. 그런데 갑자기 그녀가 말을 했다. 내가 없는 곳으로 가고 싶다고.

성재는 혼자서 어떻게든 상황을 맞춰 보려 애를 쓰다가 그만 정신을 놓고 바보같이 물어 버렸다.

"왜?"

"너는 결혼할 자신이 없고, 나는 결혼을 안 할 자신이 없으니까. 나는 너하고 같이 살고 싶은데 너는 내가 결혼 이야기만 꺼내면 그러잖아. 결혼은 모래알로 밥 짓고 꽃잎 따다 반찬 만드는 게 아니라고. 우리 집에서 집도 사 주고 쌀도 사 주면 되겠지만 내가 그렇게 말하면 넌 당장 나한테 헤어지자고 말하겠지. 난 네 고향이 어딘지 몰라. 부모님 이야기도 모르고 네 친구들도 하나도 모르지. 그거야 상관없어. 말하기 싫으면 말 안 해도 돼. 네가 가난한 가족이 싫어서 밤에 남몰래 내다 버렸다고 해도 이해할 수 있으니까. 우리 집에서 물으면 까짓것 거짓말하지 뭐. 지금처럼 네 자취방에서 자고 3000원짜리 순두부찌개 먹으면 돼. 영화 보고 싶으면 가끔만 극장에 가고 보통 땐 비디오 빌려서 보면 돼. 다른 건 아무것도 안 중요해. 중요한 건 난 너하고 같이 살고 싶은데 넌 그럴 생각이 전혀 없다는 거야. 내 말이 틀렸니?"

그건 너무 어려운 질문. 성재는 당연히 대답을 하지 못했다. 파리가 밥그릇 위를 맴도는 것을 그냥 두고 보면서 한참 침묵이 흘렀고, 성재는 결국 다른 질문을 하는 것으로 침묵을 깼다.

"그럼, 갔다가 오기는 올 거야?"

얼마나 바보 같은 질문이었을까. 결혼할 수 없으니까 떠나겠다는 여자에게 돌아오긴 할 거냐고 물었던 것은. 그런데 놀랍게도 정은은 이렇게 돌아왔다. 심지어 잠시 화장실에 다녀온 사람처럼 태연하게 웃고 있다.

"똑같네."

"너도."

"나만 보고 싶었던 거야?"

이 여자는 왜 이렇게 당당하고 뻔뻔스러울까.

성재의 집 구석구석을 돌아본 정은은 침대 위에 걸터앉아 스프링을 시험하듯 들썩대며 말했다.

"침대도 생겼네. 예전엔 매트리스 하나밖에 없었는데. 둘이 누우면 엉덩이 한쪽씩이 바닥으로 밀려나던 그 좁다란 매트리스."

"너하고 헤어지고 버렸어."

"너도 참 독하다."

"내가?"

그 좋았던 시절을 단칼에 잘라 내고 단숨에 다른 사람과 결혼까지 해 버린 정은에게 독하다는 말을 들으니 성재는 세상에서 가장 독한 인간으로 《기네스 북》에라도 오른 기분이었다.

"그런데 왜 갑자기? 혹시.."

"그냥 단순한 이유라고 할 수 있지. 네가 보고 싶었다거나 뭐 그런."

"나하고 바람을 피우겠다는 말이구나."

성재는 더 이상 놀랍지도 않았다. 헤어지고 몇 개월 만에 다른 사람과 결혼을 하고 아무 소식이 없다가 이렇게 불쑥 돌아오기도 하는 사람이 정은이니까.

"넌 애인 없지?"

"왜 그렇게 생각해?"

"애인 있으면 나한테 집으로 오라고 하지 않았을 테니까."

"넌 남편도 있으면서 내 집으로 왔잖아."

"그렇구나. 그럼 애인이 있다는 말이네."

"어쩌다 보니 그렇게 됐어."

"누굴 사귀는 이유가 그렇게 모호할 수도 있어? 좋다거나 그런 것도 아니고."

"올림픽 대로처럼 신호등이 없는 길을 운전하다 보면 어느 순간 벌써 내가 주차장에 차를 세우고 있을 때가 있잖아. 그 여자와 사귀겠다고 생각한 적은 없는데 어느 날 보니까 그렇게 돼 있었어. 굳이 만들어 내자면 이유는 많겠지. 내가 너무 외로웠던 것 같기도 하고, 빨리 누구든 만나야겠다 싶었던 것 같기도 하고."

"나 때문이라면 굳이 그 여자에 대해 냉정하게 말할 필요는 없는데."

말을 하며 정은이 성재 뒤로 다가와 허리를 껴안았다. 성재는 아직도 자기 몸의 세포 하나하나가 정은의 몸과 냄새를 기억하고 있음을 깨달았다. 내일은 서울로 올라가 동희를 만나야지. 그리고 그 나머지 것들은 지금이 아닌 다음에 생각하기로 했다.

scene 12 :

사랑에 빠진 사람들의 뻔한 거짓말

늦지 않게 나온다는 게 너무 일찍 나와 버린 지현은 한참을 길거리에서 떨어야 했다. 패스트푸드점에 들어가 따뜻한 1000원짜리 커피라도 사 마시면 좋으련만 들어가려고 하면 버스가 오고, 그러면 그 버스에 꼭 진철이 타고 있을 것만 같고. 하여 벌써 30분도 넘게 만나기로 한 버스 정류장 근처에서 어슬렁어슬렁. 그렇게 다시 한 번 목을 빼서 저만큼 오고 있는 버스를 보고 있는데, 어깨를 두드리는 손길.

"나 왔는데."

돌아보니 진철이다.

"어, 버스 타고 오는 거 아니었어요?"

"늦어서 택시 타고 왔어요."

"아, 그랬구나."

"근데 오래 기다렸나 봐요. 코가 빨개요. 아우, 근데 안 추워요? 왜 이

렇게 짧은 치마를.. 물론 나는 좋지만.."

기다려 준 지현이 마냥 고맙고 귀여운 진철. 하지만 지현은 어째 좀 뜨끔한 표정으로 갑자기 코끝을 손으로 가리더니 종종종 앞서 걸어가며 화가 난 사람처럼 말했다.

"별로 안 추워요."

눈치 없는 진철이 그 뒤를 따라가며 말했다.

"추울 것 같은데? 지현 씨 천천히 걸어요. 뾰족구두를 신고 그렇게 걷다가 넘어지면 어쩌려고! 그리고 옷 좀 따뜻하게 입고 나오지."

진철이 지현을 따라잡고 보니 지현은 어쩐지 부아가 난 얼굴.

"그게 아니라 엄마가 바지를 다 빨아 가지고 입을 게 없어서 치마 입은 거예요. 그리고 이 구두 생각보다 편해요. 진짜예요."

진철이 빙긋이 웃었다. 말 끝에 '진짜'를 붙인다는 건 웬만하면 거짓말이라는 뜻이니까. 그 정도는 몸만 좋은 진철도 알고 있으니까.

"아 그렇구나. 난 또 나한테 예쁘게 보이려고 일부러 추운데도 치마를 입고 나온 줄 알았네."

약이 오른 지현이 눈을 흘기자 진철이 말했다.

"그러니까 뻔한 거짓말을 왜 해요?"

"그럼, 보여 줄 가슴이 없어서 다리라도 내놨다고 말할까요? 실리콘 넣어서 코끝이 빨갛다고 말할까요?"

"우아, 그 코 수술한 거예요? 어쩐지 다른 데에 비해서 우뚝하더라. 그럼 지현 씨는 돼지코 안 되겠네요. 우아, 신기하다. 나 코 수술한 사람 처음 봐요. 그거 한번 만져 봐도 돼요?"

이쯤 되자 지현도 차라리 웃는다. 맞아, 이런 사람이었지. 쓸데없는 신경전은 필요 없는 사람이었지. 그래서 단숨에 좋아져 버렸지. 지현은 처음으로 진철의 팔에 자기 팔을 끼우며 말했다.

"추워 죽겠어요. 빨리 맛있는 식당에 들어가요."

"그래도 가는 동안 추울 텐데 내가 옷 벗어 줄게요. 냄새는 좀 나겠지만 추운 것보다는 낫잖아요."

지현은 정말 냄새가 좀 나는 진철의 가죽 점퍼를 어깨에 걸치고 걸어가며 생각했다. 세상엔 뻔하지만 뻔해서 좋은 거짓말이 많이 있다고.

안 추워요, 스타킹이 얼마나 따뜻한데요, 그런 뻔한 거짓말.

아니야 난 안 추워, 정말이야, 그런 뻔한 거짓말.

네가 전지현보다 훨씬 예뻐, 그런 뻔한 거짓말.

난 오빠를 믿어, 그런 뻔한 거짓말.

scene 13 :
남자와 여자가 헤어질 때 나누는 대화

"들었어? 오늘 눈 온다는데.."

막 자리에 앉으며 머플러를 벗는 성재에게 동희는 미리 생각했던 첫마디를 꺼냈다. 성재는 별다른 대답을 하지 않았지만 동희는 마치 대답을 들은 사람처럼 말을 이어 갔다.

"하긴 아직 겨울이니까 뭐. 작년에도 이맘 때 눈 왔잖아. 우리 대전 터미널에서 만나서.. 기억나지, 그때?"

하지만 동희의 마지막 말에는 자신감이 하나도 없었다. 지금의 너라면 기억이 나지 않을 수도 있겠다, 기억이 나도 나지 않는다고 말할지도 모르겠다, 생각했으므로.

그런데 다행히 성재가 고개를 끄덕였다. 표정은 성재가 방금 몰고 들어온 바깥 공기만큼이나 차가웠지만 동희는 그 작은 끄덕임에라도 기대고 싶었다.

"그때, 우리 그 앞에서 붕어빵 사 먹고 나 그러다가 넘어지고.."

더 이상은 고개를 끄덕여 주지 않는 성재. 동희는 다시 가슴이 쿵 내려앉는 것 같았다. 하지만 가슴이 떨어져 나가고 입 안이 바싹 말라 와도 침묵하고 있을 순 없었다. 무슨 말이라도 해야 했다. 꼭 다물고 있는 성재의 입술이 열리면 감당하기 힘든 말이 나올 게 분명하므로.

"뭐 마실래? 녹차? 커피?"

동희는 성재 앞으로 메뉴판을 내밀었다.

"여기 주문요. 그리고 따뜻한 물 한 잔 주세요."

카운터를 향해 소리를 지른 다음 성재에게 말했다.

"일단 내 물 마셔. 춥지?"

자기 물컵을 성재에게 밀어 주고.

"커피? 그래 그럼 나도 커피. 여기요, 커피 두 잔요."

다가오는 종업원에게 소리를 지르고 설탕통도 성재 앞으로.

성재가 무서워서가 아니라 너무 좋아서 동희는 성재의 눈치를 본다. 성재의 마음을 몰라서가 아니라 그래도 헤어지고 싶지 않아서. 그런데 성재가 좀처럼 입을 열지 않았다. 동희는 침묵을 견딜 수가 없어서 침묵보다 못한 말들을 계속 주절거렸다.

'말해요. 할 말이 있어서 불러 놓고
그렇게 가만히 있으면 어떡해요. 말해요.'
나는 지금 당신을 채근하면서도
당신이 정말 말을 하면 어쩌나 겁이 납니다.
그래서..

동희 독백

'말하지 마요.
아무 말도 하지 말고 그냥 넘어가요.
당신은 지금 내가 조금 지겨워졌을 뿐
이 시간만 지나면 또 괜찮아질 거예요.
그러니까 아무 말도 하지 마요.'
나는 마음으로 여러 번 당신에게 말했는데
당신은 듣지 못했나 봅니다.
당신은 못 이기는 듯, 하지만 기다렸다는 듯
말을 꺼냅니다.
헤어지는 게 좋을 것 같다고,
내가 잘못한 것이 아니라
당신의 마음이 문제인 것 같다고.
미안한 것도 같고 아닌 것도 같은데
그래도 앞으로 나를 보고 싶지는 않다고.
그래서..

나는 농담을 합니다.
"앞으로 보고 싶지 않으면, 옆으로 보면 되겠네."
이 상황과 전혀 어울리지 않고 나답지도 않은 농담.
나는 너무 슬픕니다.
그러나 당신은 슬퍼하지도 웃지도 않고 자리에서 일어납니다.
그래서..

'가지 마요. 잠깐만 더 이야기해요.
이렇게 가면 어떡해요. 나는 아직 할 말이 있어요.'
나는 마음으로 말하는데 당신은 또 듣지 못합니다.
눈으로 말했다면 당신이 내 말을 알아들었을까요.
하지만 나는 고개를 들 수가 없습니다.
이미 자리에서 일어난 당신을 꺾어지는 목소리로 불러 세우는 일,
이미 반대편으로 고개를 돌린 당신의 팔을 붙잡는 일,
1초라도 빨리 이곳에서 벗어나고 싶은 당신에게 내 울음을 들키는 일,
나는 그런 것을 하지 못해서
이렇게 사랑을 놓칩니다.
이미 떠난 마음을 붙드는 방법은 어디에도 없으니까요.
당신의 마음은 이미 먼 곳에,
하지만 내 마음은 아직 이곳에..

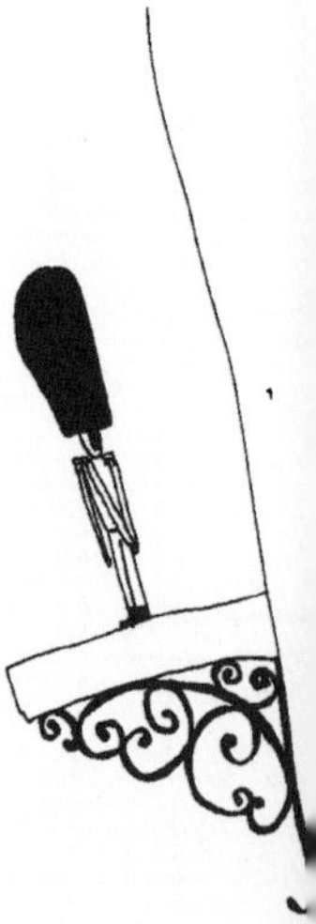

갑자기 찾아온 이별. 이런 순간이 올 것임을 이미 알고 있지 않았느냐고 말할지도 모른다. 하지만 동희에게는 갑자기였다. 아직 사랑하는 사람에게 이별은 항상 갑자기 오는 것이다. 동희는 제멋대로 떠다니는 정신을 붙잡으려고 애를 쓴다. 성재는 조금이나마 망설여 준다. 자리에서 완전히 몸을 빼내 퇴장의 걸음을 내딛기 직전, 하나마나 한 이야기를 마지막으로 던지며.

"아프지 말고.."

그런 성재의 뒤에 대고, 동희는 이렇게 말해 버린다.

"그럼 하는 수 없네. 헤어져야지 뭐. 혹시 괜히 해 본 말인데, 내가 순순히 헤어지자고 하니까 충격 받을지도 모르겠다. 미안해. 대신 나중에 나 보고 싶다고 찾아오면 아무리 바빠도 만나 줄게. 좋지? 그럼 전화해."

동희는 자기가 무슨 말을 하는지도 모르고 있다.

scene 14 :
짝사랑하는 사람들이 제일 많이 하는 말

헬스클럽에서 진철을 만난 동욱은 동희가 아프다는 이야기를 들었다.

"어디가 어떻게 아픈데?"

"모르겠어요. 아침부터 열이 펄펄 끓어서 이모가 못 나가게 했는데 오늘 마지막 촬영이라고 기어이 현장에 나가더니 거의, 기절해서 집에 왔대요. 그리고 우리 지현 씨 말로는.."

그 와중에도 자기 입에서 나온 '우리 지현 씨'라는 말이 다정하고 흐뭇했던 진철은 입이 헤벌쭉 벌어졌다. 우리 지현 씨, 우리 지현 씨.. 그런 진철의 마음을 이해하고는 동욱도 엷게 미소를 지었다.

"암튼, 우리 지현 씨 말로는 걸음을 똑바로 못 걷더래요. 그러면서도 끝까지 안 간다고 버텨서 현장에 있던 사람들이 억지로 택시에 구겨 넣어서 집에 보냈나 봐요. 이따가 우리 엄마가 누나한테 가 본대요. 이모는 오늘부터 무슨 강의 나간다고 했거든요. 참, 형 우리 지현 씨 아직 못

봤죠? 우리 언제 같이 봐요."

진철의 이야기에 동욱은 제대로 대답하지 못하고 그냥 '응응' 거리기만 했다. 얼마나 아프기에 걸음을 제대로 못 걸었을까, 몸이 아픈 걸까 마음이 아픈 걸까.. 마음이 아픈 거겠지. 차라리 잘됐다. 아픈 다음에 나을 수 있다면 그래서 이성재와 영영 헤어질 수 있다면.. 꼭 내가 아니라도 괜찮다. 하지만 이성재는 아니다.

동욱은 동희에게 전화를 걸었다. 혹시 잠을 깨우지는 않을까 하는 걱정에 휴대폰 버튼조차 조심조심 누르는 우스운 모습으로. 다행히 동희가 전화를 받았다.

"아프다며? 뭐 먹고 싶은 거 없어? 죽은? 과일은? 필요한 건? DVD 빌려다 줄까? 필요한 거 생각나면 전화해. 나 근처에 있으니까 잠깐 그쪽으로 갈게."

아무것도 생각이 없다는 동희. 동욱은 그래도 슈퍼에 가서 딸기와 호두 아이스크림을 사 들고 동희네 집으로 찾아갔다.

… 동욱 독백

그 사람 덕분에 웃었던 건 너무도 까마득한데
그 사람 때문에 걱정하는 건 아직도 현재형입니다.
언제나 내게 걱정만 끼치는 사람.
절대 친구는 아니지만 친구인 척 어쩌다 내가 전화를 하면
그녀는 내게 마음 아픈 소식만 전합니다.
"살이 더 빠졌어. 좀 아팠어.
준비하던 일이 엎어졌어. 입맛이 하나도 없어."

한때는 착각도 했습니다.
'자기는 연애하는데 나는 혼자니까
내게 행복하다는 소식을 전하는 게 미안한가?
그래서 늘 내게는 걱정할 만한 소식만 전하나?'

하지만 절대 그럴 사람은 아닙니다.
그런 거짓말을 꾸며 내느라 입술이 바짝 마르는 사람은 언제나 나.
그녀는 언제나 서운할 만큼 솔직한 사람.
이번에도 기다렸다는 듯 힘든 소식을 전하는 그녀.
나는 그러면 언제나처럼 또 바보 짓을 합니다.
"밥은 먹었어?"
소리 내어 묻고는 곧바로 소리 없이 물어 보죠.
'내가 그리로 갈까?'

우리 사이엔 전생에 대체 어떤 빚이 있기에
나는 이렇게나 오랫동안 그녀를 걱정하고
그녀는 이렇게나 오랫동안 나를 걱정시킬까요.
우리 사이엔 전생에 대체 어떤 빚이 있기에
그녀는 나에게 미안해하지 않고
나는 그녀에게 걱정하는 마음을 들킬까 봐 가슴 졸여야 할까요.

오늘도 마찬가지입니다.
"뭐 먹고 싶은 거 없어? 필요한 건?"
나는 계속 물어 보는데 그녀는 계속 없다고만 대답합니다.
차라리 그녀가 대단한 걸 바라면 좋을 텐데..
영화에서처럼 미친 듯이 택시를 타고
서울에서 강릉까지 달려가는 일,
갑자기 바다가 보고 싶다고 하면 바다로 데려가 주는 일,
산속에서 갑자기 초밥이 먹고 싶다 하면
산길을 데굴데굴 굴러 내려와 기어이 초밥을 사다 주는 일.
나는 다 해 줄 수 있는데..
하지만 그녀는 아무것도 바라지 않는다고 합니다.
그렇게 말할 거면 힘이라도 내면 좋을 텐데
이렇게 해파리처럼 얇고 맥없는 얼굴을 하고선
괜찮다고, 친구는 이래서 좋은 것 같다고..

scene 15 :
엄마에게도 사랑이 오고 있는 걸까?

송자는 오늘부터 문화센터에서 강의를 시작한다. 첫 시간에는 '주부에게 드라마를 본다는 것은' 이라는 주제로 이야기할 작정이었다.

"예전엔 왜 우물가나 빨래터에서 수다를 떨었잖아요. 갑돌이가 어쨌대, 맹진사 댁 셋째 딸이 그렇게 예쁘대.. 그런데 요즘은 어때요? 미장원에 가도 동네 사람들 이야기를 하기보다는 드라마 이야기를 더 신나게 하죠. 왜 그럴까요?"

"그게 더 재미있으니까요."

"연예인들이 더 유명하니까."

"맞아요. 옆집에 누가 사는지도 모르는데 뭐."

아주머니들을 대상으로 하는 강의는 이래서 좋다. 용감하고 솔직하게 대답해 주니까.

"그렇죠. 우리가 다른 사람들과 나눌 수 있는 대화의 주제가 사실 그렇게 다양하지 않잖아요. 그나마 많이 하게 되는 이야깃거리, 예를 들면 뭐가 있을까요, 집값 걱정을 많이 하지만 이야기를 잘못 꺼냈다가는 괜히 있는 척한다는 핀잔이나 듣기 십상이죠. 혹은 남의 이야기에 배 아프기 마련이고요. 아이들 공부 이야기도 그래요. 괜히 자존심 상하거나 경쟁심만 불러일으키거나. 그러다 보니까 나하고 거리가 이만큼 확보되어 있는, 텔레비전 속 세상에 대한 이야기를 많이 하게 되는 것 같아요. 누구는 얼굴이 CD만하다는 이야기부터, 누구는 누구랑 사귄다는 이야기나.."

송자의 말이 끊어졌다. 갑자기 손을 번쩍 드는 수강생이 있어서였다.

"예, 말씀하세요."

"선생님, 그런데 정말 연예인들 얼굴이 그렇게 작아요?"

송자는 얼핏 허탈한 웃음이 났지만 순간 느슨했던 강의실 분위기가 팽팽해지는 걸 느꼈다. 그래, 이런 이야기 잠깐 하는 걸로 집중도를 높일 수 있다면야.

"다 그런 것은 아니지만 작은 사람이 많지요. 누가 궁금한데요?"

송자가 입을 떼자 여기저기서 연예인 이름이 쏟아져 나왔다.

"우리 딸은 장동건을 좋아하는데. 선생님, 장동건 본 적 있어요?"

"어머, 나는 강동원이 좋던데."

"내가 아는 사람이 강동원을 봤는데, 얼굴이 요만하대요."

"송일국은요?"

"김제동은 눈이 정말로 그렇게 작아요?"

"아이고, 텔레비전에서 작은데 실제로는 크겠어요?"

"아니, 누가 그러는데 강호동도 실제로 보면 날씬하대요."

그리고 이어지는 깔깔깔 웃음소리, 참 크기도 하다. 귀여운 아줌마들

일세. 송자는 문득 수강생들이 사랑스러워졌다. 저 천진한 눈빛들을 보라지. 송자는 오랜만에 많은 사람 속에서 덩달아 천진하게 웃으며 행복 같은 것을 느꼈다.

송자는 최근 몇 년간 운이 좋지 않았다. 어쩌면 마지막 작품이 될지도 모른다고 생각하며 열심히 준비한 드라마는 거의 마지막 단계에서 제작이 무산되고 말았다. 또 유방암 수술을 받아 오른쪽 가슴을 도려내야 했다. 게다가 남편 없는 여자에게 먼저 찾아온다는 갱년기와 폐경까지.. 하나 있는 딸 동희는 그렇게도 말렸건만 드라마판에 뛰어들었다. 그것도 하필이면 고달픈 제작 피디를 한답시고 걸핏하면 밤을 새워 늘 피곤이 주렁주렁 달린 얼굴을 하고, 남자들 틈바구니에서 거친 말이나 배워 오고, 해외 출장 간다고 한 달씩 안 보이기 일쑤고, 엄마와 놀아 주지도 않고.. 송자는 우울증을 앓지 않기 위해 최선을 다하고 있었다. 지금 이 강의도 그래서 시작했다.

생각 없이 웃고 나니 한없이 단순해지는 기분이 들었다. 그래서 송자는 기꺼이 수강생들의 페이스에 말려들어 즐겁게 강의를 마쳤다.

"오늘은 첫 시간이니까 그냥 이렇게 했는데요. 다음 시간부터는 조금 더 강의다운 이야기를 해 보도록 할게요."

그리고 갑자기 생각나 송자는 '엽기적인 그녀' 의 전지현을 흉내 냈다.

"여러분~ 저도 어쩔 수 없는 아줌마인가 봐요~. 호호호.."

"아유, 우리 선생님 주책이시다."

"그러게. 하나도 안 비슷해요."

송자는 괜히 했다고 생각하면서 빨개진 얼굴로 얼른 강의실을 나왔다.

1층 사무실에 내려가는 길, 복도 끝 무용 강의실에서 그때 본 무용수가 춤을 추고 있었다. 말 그대로 유리창으로 퍼붓듯 쏟아지는 햇살 속에서 날씬한 몸의 그 남자가 날아다니듯 춤을 추고 있었다. 아니, 춤을 추듯 날아다니고 있었다. 송자는 소낙비 같은 햇살 속에서 눈을 가늘게 뜬 채 그 모습을 한참 바라보았다.

'서른다섯쯤 됐을까, 마흔은 안 된 것 같은데. 아무리 봐도 앞이 안 보이는 사람 같지가 않네. 저렇게 자유롭게 움직이는데.. 하긴 앞이 안 보인다고 늘 더듬거리고 다닐 거라고 생각하는 것도 편견이지 뭐. 몸도 얼굴도 선이 참 곱네. 목소리도 좋을 것 같고.'

그때 갑자기 그 남자가 춤을 멈추는 바람에 송자는 화들짝 놀라 문에서 물러서는데, 거의 동시에 뒤에서 말소리가 들려왔다.

"이송자 선생님, 오늘은 가져오셨죠?"

경리 아가씨였다. 통장 사본을 가져오라는 이야기를 벌써 세 번이나 들었는데 세 번 다 잊어버렸다.

"어머, 내가 또 깜빡했어요. 우리 딸 말로는 내가 전신 마취를 많이 해서 그렇다는데, 정말 미안해요. 내일은 꼭 가지고 올게요."

한없이 민망해하는 송자를 경리 아가씨가 반쯤은 원망스럽고 반쯤은 장난스럽게 꾸짖는 눈으로 바라보고 있는데, 유리문이 벌컥 열리면서 그 무용수가 걸어 나왔다. 경리 아가씨가 문을 잡고 몸을 비켜 주며 그 남자에게 인사를 했다.

"안녕하세요."

"아, 안녕하세요."

"이송자 선생님은 배지훈 선생님 처음 보시죠?"

배지훈은 송자에게 자기를 무용을 전공한 그저 평범한 시각 장애인이라고 소개했다. 다만 어느 날 텔레비전 프로그램에 출연했다가 그 유명세 덕분에 요즘은 춤을 가르칠 수도 있게 됐다고.

평범한 시각 장애인이라는 말이 무척 인상 깊었던 송자는 자기도 그 말을 흉내 내어 말했다. 나는 깜빡하고 정장에 고무 슬리퍼 신고 외출하는 게 일상이 된 평범한 아줌마라고.

두 사람 사이의 인사가 끝나자 경리 아가씨는 송자에게 내일은 잊어버리지 않게 문자 메시지를 넣어 주겠다고 했다.

"참 휴대폰 잃어버리셨다고 했나? 아직 못 찾으셨어요?"

"예, 다시 사야 하는데 우리 딸애가 너무 아파서 아직 못 샀어요. 걔가 사야 싼 데서 사거든요."

경리 아가씨가 '제발' 이라는 표정을 지어 보이며 인사를 하고는 먼저 1층으로 내려갔다. 덕분에 송자는 지훈과 나란히 계단을 내려오게 됐다. 잡아 줘야 하나? 잡아 주면 실례가 될까? 가방이라도 들어 준다고 할까? 송자는 괜히 지훈을 훔쳐보며 안절부절못하다가 그만 발을 삐끗해서 계단에서 구를 뻔했다. 지훈이 재빠르게 팔을 뻗어 잡아 주었기에 망정이지 하마터면 크게 다칠 뻔했다.

"괜찮으세요?"

"예, 덕분에. 고마워요. 내가 잠깐 딴 생각을 하느라고. 그런데 내가 어느 방향에 있는지 아네요?"

"시각 장애에도 등급이 있거든요. 저는 광선 지각이라고, 빛은 인지할 수 있어요."

"아, 그렇구나. 그럼 아까 무용실에 햇살이 쏟아져 들어왔던 것도 알았어요?"

"그건 몸으로도 알죠. 햇살은 못 봐도 햇볕은 느껴지니까요. 겨울 햇볕에는 정수리가 뜨끈뜨끈해지죠."

"정말 그러네. 내가 바보 같은 질문을 했네요."

"아니에요. 내일은 꼭 통장 사본 가지고 오세요."

계단을 다 내려온 지훈이 송자를 향해 웃었다. 아까 창문을 통해 쏟아진 햇살이 지훈의 얼굴에 남아 있는 듯 웃음도 환했다. 참 맑고 곱구나. 집으로 돌아가는 길 햇볕이 따사로운 버스 유리창에 이마를 기대고 보니, 공중에 떠다니는 먼지들도 팔락팔락 춤을 추고 있었다.

scene 16 :
더 사랑하는 사람이 더 아픈 법이다

동희의 점심 끼니를 송자에게 부탁 받은 금자 씨는 씩씩거리며 동희네 집으로 가는 중이다. 모임을 하면 꼭 늦게 오는 친구가 있어 늘 이런 식으로 한두 시간씩 길어지고 만다. 밥을 먹는 동안에도 마음이 급해 진철에게 몇 번이나 전화를 걸어 봤지만 어디다 전화를 하는지 내내 통화 중이었다. 아마도 비어 있을 동희네 집 냉장고를 고려해 금자 씨는 야채죽을 끓일 수 있는 최소한의 재료와 아픈 애에게 먹일 만한 과일 몇 개를 사서는 큰 소리와 함께 문을 열어젖혔다.

"동희야, 자냐? 니네 엄마는 늙고 병든 딸내미 나한테 맡기고 무슨 강의를 한다고."

그런데 현관에 웬 남자의 운동화가 한 켤레 놓여 있다.

"이게 뭐야? 이 집에서 남자 신발 보는 게 얼마 만이야?"

무거운 금자 씨가 혼잣말을 하며 들어서자 다크 서클이 턱까지 내려온 동희가 산발을 하고 휘적휘적 거실로 걸어 나왔다.

"이모, 안녕."

"이건 좀비야, 사람이야?"

동희 뒤로 엉거주춤 서 있던 동욱이 긴장한 자세로 인사를 했다.

"안녕하세요, 이동욱이라고 합니다. 동희가 아프다고 해서요."

"오, 그래. 안녕?"

무거운 금자 씨의 눈빛이 날렵하게 동욱을 훑어 내려갔다. 표정은 순식간에 의구심에서 호기심으로, 이윽고 만족스러움으로 바뀐다. 그런 금자 씨의 눈길을 알아차린 동희가 단호한 표정으로 말했다.

"이모, 그렇게 탐나는 눈으로 훑어봤자 소용없어. 내 친구야."

"누가 뭐라니? 동욱이라 그랬죠? 놀던 거 계속 놀아요. 내가 과일 깎아 줄게."

"아닙니다. 지금 가려던 참이었어요. 저도 점심 시간 틈타 잠깐 들른 거라서요."

"그렇구나. 그럼 혹시 동욱 씨는 직업이?"

"이모!"

동희가 버럭 소리를 지르는 통에 무안해진 건 금자 씨가 아니라 동욱이었다. 이러다 동희에게 등 떠밀려 쫓겨날까 싶어 동욱은 서둘러 그 집을 나왔다. 현관문을 쿵 닫고는 금자 씨를 노려보는 동희. 금자 씨는 동희가 그러거나 말거나 사 온 과일과 야채를 싱크대에 풀어 놓으며 잔소리를 시작했다.

"너 그렇게 사람 나가자마자 문 쾅 닫는 거 아니다. 중국집 배달원들이 제일 듣기 싫어하는 소리가 뭔지 알아? 빨리 갖다 주세요, 가 아니라 등 뒤에서 문 닫히는 소리래."

그 소리에 동희는 움찔했다. 하긴 여기까지 와 줬는데, 딸기랑 아이스크림도 사다 줬는데, 미안하네. 내가 고맙다는 소리는 했던가?

생각에 잠긴 동희의 표정을 살살 살피며 금자 씨는 다시 한 번 동희를 떠봤다.

"나 같으면 아프다고 딸기 사다 주는 남자랑 결혼한다. 예전에 내 친구 누구는 그런 고백도 받았다더라. 딸기씨만큼 너를 사랑해."

"딸기가 섹시하긴 하지. 옷도 안 입고 색깔도 빨게 가지고."

"뭐 좀 먹기는 했니? 약은 언제 먹었어?"

"11시쯤 엄마가 해 놓고 간 돼지죽 먹었어. 약도 먹었고. 지금은 배 안 고파. 나 아이스크림 먹을래."

동희는 숟가락을 들고 동욱이가 사다 준 호두 아이스크림을 먹기 시작했다.

"이모, 그거 알아? 이거 호두 찾아서 야금야금 먹다가 어느 순간 정신 차려 보면 바닥이 보인다? 정말 슬픈 일이지. 왜 슬픈 일인 줄 알아? 아이스크림은 밥이 아니거든. 이걸로 밥 한 그릇 넘는 열량을 섭취하고도 밥은 또 따로 먹어야 한다는 거지. 아마 내 뱃살의 8할은 이 아이스크림일 거야. 난 아이스크림이 진짜 싫어."

지독한 언행 불일치지만 동희의 말은 진심이었다. 아이스크림을 먹다 보니 문득 기억 속 한 장면이 떠올랐으므로.

"맛있어? 좋아?"

성재가 그렇게 물어 보았을 때 분홍색 플라스틱 숟가락으로 아이스크림을 퍼 먹던 동희는 혀를 날름거리며 좋아라 고개를 까닥까닥했었다.

"응, 맛있어. 좋아."

성재는 그런 동희를 신기한 표정으로 구경하다가 자기도 한 숟가락 퍼 먹어 보고는 말했다.

"별맛도 없구먼.."

금방 숟가락을 내려놓고 기지개를 길게 켰다. 동희는 성재를 흘낏 보고는 안 본 척 다시 아이스크림 통에 얼굴을 묻었다.

"여자들은 왜 아이스크림을 좋아할까?"

성재의 말에 동희는 그냥 웃었다. 아, 그 여자도 아이스크림을 좋아했나 보구나. 그래서 갑자기 아이스크림을 먹자고 했구나. 하지만 동희는 아무것도 모르는 척 아이스크림을 목구멍으로 꼴깍꼴깍 삼킬 뿐이었다.

알록달록한 아이스크림 가게였다. 통유리로 된 창가 옆에 앉아 흘러나오는 음악 소리에 맞춰 발을 까닥거리며 창 밖을 내다보던 성재, 그런 성재의 옆모습을 훔쳐보며 훔쳐보지 않은 척 자신은 오직 아이스크림 덕분에 행복한 것인 양 열심히 숟가락을 움직이던 동희, 자세히 보면 한쪽으로만 흐르고 있던 사랑의 화살표..

동희의 숟가락질이 조금씩 느려진 건 아이스크림이 바닥을 드러내기 시작할 즈음이었다. 이걸 다 먹으면 집에 가자고 하겠지, 하는 생각 때문에.

더 큰 걸 살걸 그랬나, 창 밖만 바라보는 성재에게 서운해할 틈도 없이 동희는 그 시간을 조금이라도 늘리고 싶어 마음이 초조해졌다. 하지만 아껴 먹던 아이스크림이 두 숟가락 정도밖에 안 남자 성재는 어김없이 고개를 돌려 동희를 보았고, 동희는 하는 수 없이 다시 연기를 시작했다. 오직 아이스크림이 맛있어서 정말 행복하다는 표정 연기.. 지금 성재가 누굴 생각하는지, 누굴 그리워하기에 저렇게 쓸쓸한 표정을 짓고 있는지, 누구 때문에 갑자기 아이스크림을 먹자고 했는지, 아무것도 모른다는 표정 연기..

성재는 그 연기에 깜빡 속아 넘어간 모양이었다.

"나도 너처럼 아이스크림만 먹으면 기분 좋아지고.. 그랬으면 좋겠다."

그 말에 동희는 숟가락을 내려놓으며 씩씩하게 말했다.

"그럼, 난 단순하잖아."

… 동희 독백

당신이 당신만의 감정에 빠져 내 마음을 보지 못할 때,
이렇게나 복잡하고 이렇게나 애타는 내 마음을 몰라주고
그저 나를 단세포 동물처럼 여길 때,
나는 그래도 서운하지 않고 같이 있어서 좋기만 할 때,
이렇게 문득문득 생각이 날 때,
나는 너무 아파요.

몸이 퉁퉁 부어 오르는 이럴 땐
당신이 나를 두 팔로 꼭 안아 주면
부은 몸이 가라앉을 것도 같은데,
이제는 그럴 당신이 없어
나는 이불이나 칭칭 감고 누워 있습니다.
몸이 아파 빨리 잠들었으면 좋겠는데
마음에 풀 수 없는 갈증이 있어 잠조차 들 수 없는 밤.
끝이었구나, 정말 그게 끝이었구나.
나는 베개 속에 머리를 들이밀고 미친 잠꼬대를 합니다.
끝이다. 끝이 아니다.
아니 끝이다. 아니 끝이 아니다.

scene 17 :
배의 '王'자 근육보다 남자에게 더 간절한 일

금자 씨로부터 몇 번이나 전화가 걸려 오거나 말거나, 진철은 꿋꿋하게 몇 시간째 지현과 통화 중이었다. 드라마 한 작품을 끝낸 지현은 오랜만에 달콤한 게으름을 즐기고 있는 참이고, 진철은 오늘 면접을 보고 온 참이었다.

"이번에는 진짜 느낌이 좋다. 면접관들이 나한테만 물어 보더라니까."

"꼭 되면 좋겠다.."

지현의 목소리에는 간절함이 담뿍 담겨 있었다. 몇 달 전까지는 그 존재조차 몰랐던 사람이 나의 취업을 간절히 바라고 있다니. 지금 내 옆에 있다면 뽀뽀라도 해 줄 텐데. 진철은 자기도 모르게 휴대폰을 애틋하게 쓰다듬으며 말했다.

"쉬니까 좋아?"

"응, 너무 좋아. 1년에 딱 한 작품만 하고 다른 날들은 늘 이렇게 놀면 좋겠어. 하지만 그렇게 하면 안 되니까."

"내가 돈 많이 벌어서 그렇게 살도록 해 줄게."

"그건 싫은데? 물론 돈도 문제지만, 다 떠나서 그렇게 일하면 안 되지. 나도 꿈이 있는데. 편집하는 거."

"그건 지금 하는 일보다 덜 힘든 거야?"

"꼭 그렇지는 않은데 그래도 뭐랄까, 그건 창작이니까."

"그럼 잘하겠네. 딱 너한테 맞는 일이네."

"그걸 어떻게 알아?"

"왜 몰라? 너는 무조건 잘하지. 너는 똑똑하고 착하고 예쁘잖아."

"내가 그렇긴 해. 어, 소지섭 나온다."

"소지섭? 소지섭 좋아해?"

"어? 아니, 그냥 몸이 좋기에. 아니, 그게 아니라 연기를 잘하니까. 아니, 그게 아니라 저 드라마를 내가 못 봐서. 드라마 챙겨 보는 것도 내 일이잖아. 화났어?"

"내가 왜 화를 내. 그래 알았어. 그럼 드라마 보고 또 통화하자."

"응. 그럼 하나 둘 셋 하면 같이 끊기로 할까?"

"오늘은 네가 먼저 끊어야지. 저번엔 내가 먼저 끊었잖아."

"그런가? 알았어. 그럼 나 먼저 끊는다."

"응."

"간다."

"응."

"진짜 끊을게."

"그래."

"이따 전화할게."

"응."

"빠이빠이."

"응."

"끊은 줄 알았지?"

"뭐야."

"진짜 간다. 안녕."

툭, 하고 드디어 전화가 끊어졌다. 중간에 배터리 경고음이 들려 충전을 하며 통화를 했더니 휴대폰이 얼마나 뜨겁던지 귓바퀴가 다 뜨끈뜨끈해졌다.

오늘도 전자파를 듬뿍 섭취했구나. 진철은 일어나 배를 득득 긁으며 부엌으로 향했다. 산더미만큼의 귤, 식빵, 딸기잼 그리고 숟가락을 쟁반에 담아 와 소파에 앉아 텔레비전을 켰다. 채널을 휙휙 돌리다 보니 과연 소지섭이 나오고 있었다. 그런데 하필이면 샤워를 하고 있었다.

"음, 몸 괜찮네. 운동 좀 했네. 무슨 어깨가 저렇게 넓어? 아, 나도 다시 슬슬 운동해야 하는데."

입을 쩍 벌려 귤 하나를 통째로 밀어 넣으며 진철은 슬그머니 자기 근육을 더듬어 보았다. 요즘 취업 준비에 연애까지 하느라 운동을 몇 달 쉬었더니 확실히 몸이 불었구나. 그런데 다음 순간, 가슴 아래에 위치한, 어느새 슬그머니 불룩해진 뱃살을 더듬어 보곤 정신이 번쩍 들었다. 하얀 식빵에 빨간 딸기잼을 바르던 손길을 멈추고 부랴부랴 지현에게 다시 전화를 걸었다.

"너 지금 뭐 봐? 너 아직 소지섭 나오는 거 보고 있지? 그 드라마 보지 마. 왜긴 왜야, 짜증 나니까 그렇지. 아 몰라, 짜증 나 짜증 나. 그거 보지 마. 왜긴 왜야, 그냥 싫다니까. 내가 보지 말라고 하는데 꼭 봐야겠어?

다른 거 보면 되잖아. 뭐? 음악 채널에서 비 나온다고? 너 그것도 보지 마. 왜긴 왜야, 나는 원래 비 오는 거 싫어해서 그래. 뭐가 말이 안 돼? 그러지 말고 11번 틀어 봐. 지금 임현식 아저씨 엄청나게 멋있게 나와. 무슨 소리야, 임현식 아저씨가 얼마나 섹시한데. 너 채널 돌렸어? 돌렸지? 안 돌렸어? 아 빨리 돌리라니까."

애인의 사랑을 독차지하는 것은 배의 '王' 자 근육보다 남자에게 더 간절한 일이다. 진철의 앙탈은 그날 밤 지현의 귀에는 그렇게 들렸다. 나만 봐. 나만 봐. 나만 봐. 그래서 지현은 진철을 조금 더 예뻐하게 됐다.

scene 18 :
"너무 아프지는 마라, 내 딸"

송자가 동희의 방문을 열어 보자 동희는 이불을 돌돌 감은 채 한 마리 누에고치가 되어 잠들어 있었다.

"오늘은 그래도 침대에서 자고 있네."

이마를 짚어 보니 아침보다는 그래도 열이 많이 내려 있었다. 동희가 이불을 돌돌 말고 자고 있을 때 송자는 제일 속이 상한다.

"이렇게 외로움을 많이 탈 줄 알았으면 서희 그렇게 되고 얼른 동생이나 하나 더 만들어 주는 건데. 네 아빠 그러고 가기 전에.."

딸을 위해 평생을 소처럼 일하며 살았는데 어쩌다 보니 일 때문에 정작 딸과는 점점 멀어졌고, 결과적으로 딸의 인생은 엄마 때문에 늘 외로웠다. 기억도 나지 않는 아빠, 태어나자마자 곧바로 하늘 나라로 가 버린 동생, 그리고 일하느라 도시락 싸는 일도 이모에게 맡겨 버린 엄마.. 동희에겐 가족이라는 이름 자체가 결핍을 의미했을 것이다. 그마나 평생 해 왔던 잔소리나 간섭도 이제는 할 수가 없다. 어느 틈엔가 서른이 넘어 버린 딸, 나보다 돈을 많이 버는 딸, 내 걱정 때문에 몰래 우는 딸, 하나밖에 없는데 하나밖에 없어서 너무 미안한 딸..

송자는 동희가 단지 몸이 아픈 것만이 아님을 육감으로 알았지만 둔한 엄마처럼 모르는 척하기로 한다. 동희가 그걸 바라고 있을 테니까, 아마 지금도 동희는 깨어 있을 테니까.

손을 뻗어도 잡히지 않는 것은 이미 잃어버린 것이란다. 끝까지 간 후에 알게 되는 건 너무도 고단한 일이란다. 나도 그것을 몰라서 너무 멀리 갔단다. 그것이 막다른 길임을 알게 되었을 때 무릎이 푹 꺾이며 눈물이 났단다. 가 보지 않고도 알 수 있다면 얼마나 좋을까. 하지만 너는 아마 끝까지 가려 하겠지. 말려도 말려도 기어이 세상 끝까지 떠나는 아이처럼..

"너무 아프지는 마라, 내 딸.."

많은 말을 참아 낸 송자가 혼잣말인 척 동희에게 그렇게 짧은 말만 건네곤 조용히 방문을 닫았고, 동희는 방문이 닫히는 소리에 가만히 눈을 떴다.

scene 19 :

사랑하는 그를 위로하는 법

기대하지 않는 소식을 전하기란 정말이지 어려운 일이다. 애타게 기다리는 사람을 생각하면 조금이라도 빨리 알려 주는 게 좋겠지만, 떨어졌다는 말을 하면 실망이 클 것을 알기에 시간이 갈수록 손에 쥔 휴대폰의 온도만 높아질 뿐 용기는 그 반대로 점점 줄어들고 있다. 서류 전형 통과하던 날 자기가 복덩이여서 붙은 거라고 너스레를 떨면서 눈물까지 글썽이며 좋아하던 지현이. 어떻게 하나.. 어떻게 하나..

차마 직접 말할 용기는 나지 않고 진철은 생각 끝에 지현에게 문자 메시지를 보내기로 한다. '미안, 나 안 됐어......' 여섯 글자 뒤에 말줄임표를 무수히 붙여 보기도 하고, 어울리지 않지만 웃는 눈도 붙여 보았다가, 글자를 모두 지우고 다른 말을 골똘히 생각해 보기도 하다가..

1시간을 그렇게 지옥처럼 보낸 뒤 진철은 마침내 결심을 굳히고 전화를 걸었다. 여보세요, 전화를 받는 지현. 진철은 할 말을 다 잊어버리고

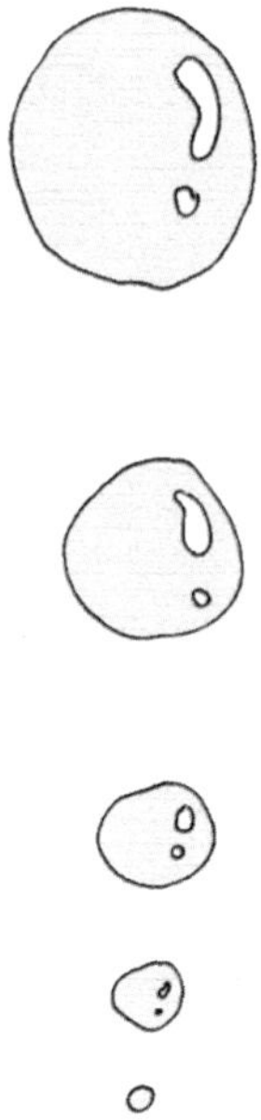

만다. 겨우 생각해 낸 말이라곤 어, 나야.

그리고 짧지 않은 침묵.

미안해, 아니야, 고마워, 힘내.. 침묵 속에서 전파를 통해 많은 말이 오고 간 후, 어렵사리 다시 입을 뗀 사람은 지현이었다.

"감기 기운 있다며.. 괜찮아?"

"어, 괜찮아."

그러자 보이지도 않을 텐데 지현은 온 얼굴로 웃으며 말했다.

"아이, 착해라, 내 애인.."

또 떨어졌지만 그리고 가끔은 한심하게 굴 테고 가끔은 열심히 하지 않겠지만, 그래도 지현에게 진철은 착한 사람일 수밖에 없다. 밥을 잘 먹어서, 씩씩하게 살아 줘서, 곁에 있어 줘서.

진철은 목이 메는 걸 간신히 참아 내곤 전화기에 대고 맹세하듯 말했다.

"너 만나고 나서는 나 정말 열심히 했거든. 그런데 놀았던 기간이 너무 길었나 봐. 앞으로 더 열심히 해서 빨리 취직하고, 돈 많이 벌어서 큰 집도 사고.."

"큰 집은 싫어. 큰 집 사느라 그 많은 돈 깔고 앉아서 우리나라 아파트 값 거품에 나까지 일조하지는 않을 거야."

"알았어. 그럼 그냥 예쁜 집에서 살자. 오래오래."

"그건 좋아."

행복이란 게 별건가. 지현은 진철의 순한 목소리

를 들으며 그런 생각을 했다. 같이 꿈꿀 수 있으면 되는 거 아닌가. 오늘은 이렇지만 같이 꿈꿀 수 있는 내일이 있으면.

scene 20 :
헤어진 연인을 마음에서 떼어 내는 마법의 주문

드라마 쫑파티를 겸한 회식이 있던 날 동희는 '여명 808' 까지 챙겨 먹고 술자리에 임했으나 폭탄주 석 잔에 장렬히 취해 버렸다. 오랜만에 세상이 마음에 드는군. 덕분에 2차까지 가지 않고 자리에서 빠져 나온 동희는 흔들거리며 택시를 타고 승민의 가게로 갔다.

"아령, 친구들."

'안녕' 이란 발음도 제대로 되지 않았다. 게다가 움푹 팬 눈 밑의 시커먼 그늘이라니. 동욱은 동희의 꼴을 보고 기가 막혔다.

"집에 안 가고 왜 이리 왔어?"

"아까 진철이가.. 진철이가 전화했어. 오라고. 지현, 승민, 동욱.. 나만 빼고 씨이, 나만 빼고 다 술 마셔. 나만 빼고 다 뽀뽀하고, 나만 빼고 다 운동하고 씨이.."

앉아 있던 일동은 그런 동희를 보고 웃을 수밖에 없었다. 곧 동욱이 벌떡 일어나 동희가 앉을 자리를 만들었고, 승민은 동희에게 물 한 컵을 내밀었다. 하지만 고개를 대차게 흔드는 동희.

"싫어, 나도 술."

승민은 가짜 술을 제조하기 위해 민첩하게 주방으로 들어갔고, 동욱은 술 깨는 약을 사기 위해 코트를 집어 들고는 약국으로 향했다. 취한 동희 때문에 좋았던 술자리 분위기가 와해된 것이 못마땅해 진철은 동희에게 쥐어박는 소리를 했다.

"도대체 몇 잔이나 마신 거야?"

"글쎄올씨, 어 밀리언? 빌리언? 아이돈노."

"누나가 스무 살이야? 왜 취해서 돌아다녀? 누나 때문에 나 창피해."

"창피해? 나도 네가 창피해. 왜냐!"

이유를 설명해야 하는데 머리가 안 돌아간다. 동희는 갑자기 화살을 지현에게로 돌렸다.

"너! 이름만 전지현! 너는 진철이. 둘이 꼴값. 그래도 예뻐. 좋아? 사랑, 하.."

지현이 동희를 말없이 빤히 쳐다보았다. 이것은 지현의 특기. 무난하고도 매서운 눈빛. 말하지? 말하는 게 좋을 텐데? 말하고 싶으면서? 하는 무언의 압력.

"뭐? 뭐어? 나 말할 거 없어. 그렇게 봐도 소용없어. 난 아무것도 말 안 할 거야. 그런 눈으로 보지 마. 나 안 헤어졌어. 진짜야. 진철아, 나 네 여자 친구 무서워. 너는 이름만 전지현. 내 이름은 김동희. 별명은 똥이지요. 왜냐하면 난 똥을 누니까요."

동희가 쇼를 벌이고 있는 사이 승민이 물이 담긴 소주병을 들고 나와 자리에 앉았다.

"여기 동희 씨 술. 그런데 동욱이는 어디 갔어요?"

지현과 진철에게 물어 본 것이었는데 동희가 잽싸게 대답을 가로챘다.

"나이도 어린 게 자꾸 반말해서 내가 방금 죽였어요. 왜요? 그러면 안 되나?"

그러고도 한참이나 소란을 떨던 동희는 동욱이 사다 준 약을 먹고 시원하게 속을 한 번 게워 낸 뒤 잠이 들었다. 의자를 세 개 붙여 만든 불편한 자리에서, 입을 내민 채로.

"그런데 동희 언니랑 동욱 오빠, 친구 아니었어?"

지현이 아까 동희가 한 말을 기억해 내고 물었다.

"동희 누나 삼수했잖아. 동욱이 형은 심지어 빠른 2월생이야. 알고 보면 세 살 차이지."

자기 이름이 나오자 저쪽에서 잠들었던 동희가 뭐라고 소리쳤다.

"나 안 자."

"그래, 알아."

무시해도 될 텐데 동욱은 굳이 대답해 준다. 그러자 동희가 또 소리를 질렀다.

"반말하지 마. 나이도 어린 게, 누나라고 불러!"

동희는 뭐라고 더 소리치더니 또 금세 잠이 들었다.

"그래서 동희 언니, 남자 친구랑 헤어진 거예요?"

진철도 의외라는 반응이었다.

"근데 누나한테 남자 친구가 있긴 있었어? 있다고는 하는데 제대로 데이트도 안 하기에 우리는 그냥 가상의 인물을 만들어 낸 줄 알았지."

두 사람의 질문을 동욱이 정리해 주었다.

"멀리 살아서 자주 만나지는 못했을 거예요. 동희가 거짓말은 안 하잖아요."

"하긴, 동희 누나가 거짓말했다가 인생 망칠 뻔한 적이 있었죠."

초등학교 입학했을 때 동희는 가족 사진을 가져오라는 선생님 말씀에 가짜 가족 사진을 냈다. 방송국에 놀러 갔다가 엄마가 쓴 드라마에 출연했던 웬 남자 탤런트와 찍은 사진이었다. 엄마와 아빠 나이의 남자와 동희. 외견상으로는 완벽한 가족 사진이었지만 문제는 그 사진에 찍힌 남자 탤런트가 꽤 유명한 사람이었다는 것. 모든 교사가 훌륭한 인격을 갖추고 있는 것은 아니기에 동희의 담임 선생님은 어린이의 거짓말을 덮어 주기는커녕, 반 아이들 앞에서 그 사실을 들춰내며 비웃었고 교무실에까지 소문을 냈다. 그 후 동희는 한동안 '뻥희'라는 별명으로 불려야 했고 마음 깊이 상처를 입었다. 그 사건 덕분에 동희는 거짓말을 하지 않게 되었지만 그 대신 학창 시절 내내 선생님들에게 마음을 열지 않았으며, 교사라는 직업에 대한 지독한 거부감을 가지게 되었다.

하지만 살다 보니 무엇을 무조건 미워하는 일조차 쉽지는 않았다. 동희가 제일 미워하면서도 그리워하는 아빠라는 사람이 '교사'였고, 동희가 제일 사랑하는 성재 또한 '강사'니까.

네 사람이 동희에 대한 이야기를 주고받는 사이, 죽은 듯이 자고 있던 동희가 갑자기 벌떡 일어났다.

"나도 술 줘."

승민이 동욱에게 재빠르게 속삭였다.

"이거 물이야. 이거 주면 돼."

"땡큐."

네가 왜 고맙냐, 승민은 동욱의 인사에 금세 슬퍼졌지만 그래도 동희를 위해서, 동희를 좋아하는 동욱이를 위해서, 동욱이를 좋아하는 자기 자신을 위해서, 동희의 속을 풀어 줄 국물을 끓이기 위해 자리에서 일어났다.

아까부터 오고 가는 눈빛들을 유심히 지켜보고 있던 지현이 알 듯 말 듯한 표정으로 고개를 갸웃했다. 차례로 가슴이 아파오는 도미노가 이 안에 있는 것 같은데. 동희 언니가 넘어지면 동욱이 오빠가 넘어지고 그러면 마지막으로 승민이 오빠가 넘어진다. 어쩐지 냄새가 나는걸. 지현과 눈이 마주치자 승민은 당황한 기색으로 급히 주방으로 들어갔다. 지현은 긴장한 승민의 뒷모습을 끝까지 지켜보다가 넌지시 동욱에게 물었다.

"승민이 오빠는 여자 친구 없죠?"

"어떻게 알아요?"

"그럴 것 같았어요. 혹시 여자 친구 사귄 적은 있어요?"

"..고등학교 때 사귄 적 있는데 자살했대요. 그러니까 혹시라도 그런 건 절대 묻지 마세요. 그리고 이건 비밀로."

멍한 채로 그 소리를 듣고 있던 동희가 끼어들었다.

"어쩐지 기운이 불투명한 것 같더니 과거가 어두웠군. 아, 점괘가 안 좋다. 안 좋아."

뜬금없이 무당 흉내를 내는 동희를 보고 재미있다는 듯이 지현이 받아쳤다.

"내가 보기엔 지금 언니가 제일 불투명한데요? 언니, 내가 헤어진 남자 친구, 마음에서 떼어 내는 법 가르쳐 줄까요?"

"응."

선뜻 대답해 버리는 것으로, 동희는 자기도 모르게 헤어짐과 괴로움을 모두 시인해 버렸다.

"언니, 지금 그 사람 사진 가지고 있어요?"

동희는 늘 가지고 다니는 커다란 가방에서 지갑을 찾기 시작했다. 나와라. 도망가도 소용없다. 혼자서 지갑과 대화를 주고받으며. 그러더니 지갑 속에서 성재와 같이 찍은 사진 한 장을 조심스럽게 꺼냈다.

"조심해, 얼굴에 지문 안 묻게."

동희의 말에 동욱의 마음이 울컥했다. 술에 취해 먹은 걸 다 토하고 저 꼴이 되어서도 그 자식 사진에 지문이 묻을까 봐 걱정하고 있다니. 저 바보 같은 게, 지가 헤어진 줄도 모른다.

지현은 그런 동희를 어이없는 눈길로 쳐다보더니 손으로 사진을 쓱쓱 찢기 시작했다.

"왜 그래, 너 미쳤어?"

동희가 기겁을 하고 야수처럼 달려들자 지현은 애완견을 조련하듯 냉정한 목소리로 동희를 진정시켰다.

"워워, 앉아요. 워워, 앉아요."

야수가 됐던 동희는 금세 눈이 풀려서 자리에 얌전히 앉았다. 포기한 듯 동희의 눈동자에 눈물이 그렁그렁하다. 그러고는 눈에 뭐가 들어간 것 같다며 손등으로 눈을 쓱쓱 비빈다. 동욱은 그런 동희 모습이 절망스러웠다. 바보 같은 것, 지가 우는 줄도 모른다. 그러더니 동희가 쌩긋 웃으며 내일은 눈이 또 퉁퉁 붓겠다며 거울을 찾는다. 바보 같은 것, 지 눈이 얼마나 예쁜지도 모른다.

모두가 지현과 진철 같으면 좋을 텐데, 사랑이 셋이서도 할 수 있는 것이면 좋을 텐데, 사랑은 둘이 해야 가장 좋은 것이라, 쫓고 쫓고 쫓기는 사랑 속에서 이 중의 세 사람은 슬픈 바보가 되었다. 아니 한 명의 바보가 더 있을 수도 있다. 동희의 소중함을 모르는 이성재 바보, 마음 떠난 사람을 놓지 못하는 김동희 바보, 그런 동희만 쳐다보는 이동욱 바보,

그런 동욱이 마음 아파 어쩔 줄 모르는 이승민도 바보. 동욱의 사랑을 받는 줄도 모르는 김동희는 바보 곱빼기. 마찬가지 이유로 이동욱도 바보 곱빼기. 그 모든 상황 속에서 화만 내는 이승민도 바보 곱빼기.

지현은 사진에서 성재의 눈을 오려내더니 승민이 내온 국물 위에 그 눈을 동동 띄우고는 주문 같은 것을 외웠다.

"슈퍼 칼리 프라질리스틱 이쉬틱알리 도시틱, 슈퍼 칼리 프라질리스틱 이쉬틱알리 도시틱.."

그러곤 나머지 부분들은 라이터로 불을 붙여 태워 버렸다.

"웬 불장난?"

지켜보던 진철이 눈이 동그래져 물어 봤지만 지현은 사뭇 진지한 표정을 유지하며 동희를 향해 물었다.

"남자의 이름은?"

"이성재."

이성재라는 말에 멀찍이 앉아 있던 승민이 젓가락을 떨어뜨렸다. 사람들이 놀라 모두 그쪽을 바라보자 얼굴빛이 창백해진 승민이 변명하듯 말했다.

"내가 아는 사람 이름하고 똑같아서 좀 놀랐어.."

벌써 오랜 전 일이지만 절대 기억하고 싶지 않은 이름이었다. 승민은 그제야 동희가 꺼낸 사진을 보고 얼굴을 확인하려 했지만 남은 건 눈 부분뿐이었다. 아니겠지 설마. 승민의 마음이 잠시 지옥에 다녀온 사이에도 지현의 의식은 계속되었다.

"오케이, 슈퍼 칼리 프라질리스틱 이쉬틱알리 도시틱, 이성재 바보, 슈퍼 칼리 프라질리스틱 이쉬틱알리 도시틱, 이성재 바보."

바보라는 말이 선명하게 들려 동욱은 얼핏 웃음이 났다. 하지만 몽롱

한 동희에게는 그 말이 제대로 들리지 않은 데다 지현의 모습이 정말 마녀처럼 보여서 슬슬 무서워지기까지 했다.

"지현아, 나 이제 그만 하고 싶은데."

슬그머니 말하는 동희를 지현은 무섭게 노려보며 명령했다.

"쉿, 자 이제 이 국물을 마셔요."

"왜?"

"쉿, 어서."

동희는 지현이 시키는 대로 국물을 마시기 시작했다. 처음엔 조심조심 마시더니 나중엔 기억까지 삼키고 말겠다는 기세로 꿀꺽꿀꺽 다 마셔 버렸다. 그러고는 막걸리를 원샷 한 사람처럼 그릇을 테이블 위에 소리 나게 내려놓더니, 그릇에 남아 있는 사진 조각을 입에 넣고 끅끅 씹기 시작했다. 동욱이 기겁을 하고 벼락같이 소리를 지르며 동희의 입을 벌려 사진을 꺼냈다.

"미쳤어? 너 왜 그래?"

동욱의 손가락이 입속을 헤집고 나가자, 동희는 한참 웩웩대며 기침을 하더니 눈동자가 벌게져 원망하듯 말했다.

"너야말로 왜 그래? 종이 먹어도 안 죽는대. 나 많이 먹어 봤단 말이야. 너 손도 안 씻었지? 에이, 나 감기 걸리겠다."

성재를 잊기 위한 괴상한 화형식 겸 수장식은 그렇게 끝이 났다. 지현과 진철이 한조가 되어 택시를 탔고, 승민은 가게를 정리하고, 동욱은 동희를 데려다 주기로 했다. 택시 안에서 진철이 물었다.

"아까 그거 진짜 마녀들의 의식 같은 거야?"

"아니, 그런 게 어딨어."

"그럼 그 주문은 뭔데?"

"영화 '메어리 포핀스'에 나오는 건데 외우면 행복해지는 주문이래."

"와, 내 애인은 정말 모르는 게 없구나."

"이 정도쯤이야."

택시 기사는 뒷자리의 연인이 부러운 듯 백미러를 힐끔거리며 라디오 볼륨을 높였다. 라디오에서는 때마침 나만 봐, 나만 봐, 신나고 달콤한 노래가 흐르고 있었다.

scene 21 :

"그 사람 때문에 울지만 말고 그냥 나하고 놀자!"

또 다른 택시 안에는 동욱이와 동희가 타고 있었다. 동욱에게 기대도 좋으련만 동희는 굳이 반대편 유리창에 이마를 대고 운다. 우는 것을 아는 척해야 할지 말아야 할지 몰라서 동욱은 목이 고정된 사람처럼 미터기만 노려보고 있었다. 한참 만에 동희가 훌쩍거리며 혼잣말을 했다.

"왜 나는 잘한다고 했는데, 그 사람은 나를 지겨워했을까?"

'그건 네가 나쁜 놈을 만나서 그래.'

동욱은 그렇게 말하는 대신 그냥 이렇게만 말했다.

"다음엔 안 그럴 거야. 더 좋은 사람 만나면 되잖아."

"참 클래식한 위로다."

잠시 조용하던 동희가 이번에는 좀 길게 이야기를 했다.

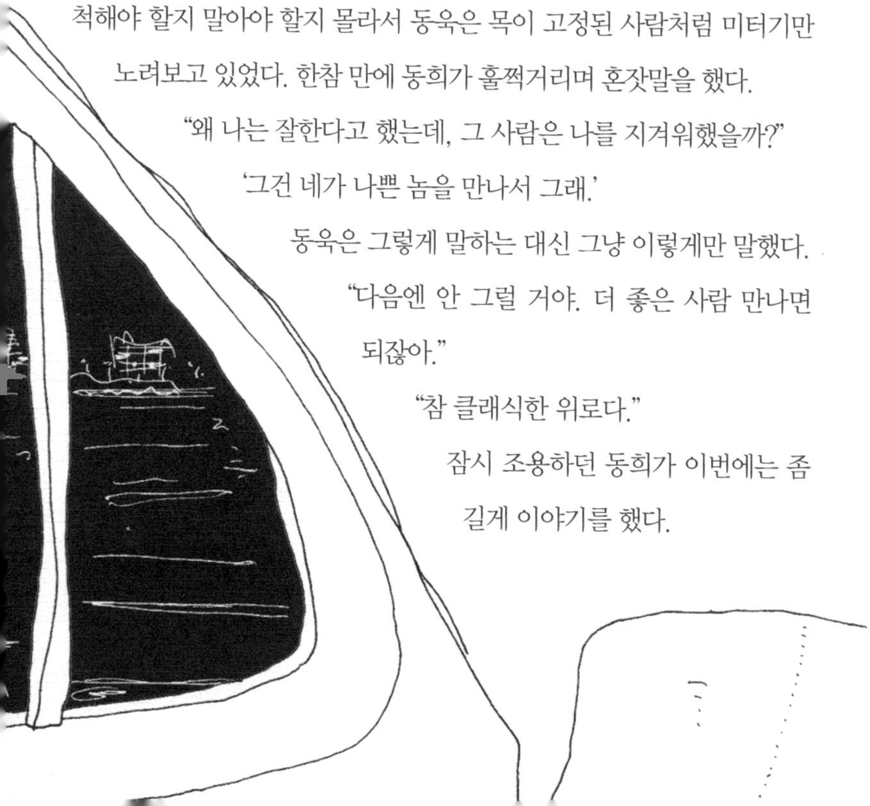

"사무실에서 드라마 시놉시스를 읽다 보면 참 신기할 때가 많아. 16부작짜리 드라마를 어쩌면 이렇게 짧게 정리할 수가 있나 싶어서.. 우연히 만난 두 사람은 불꽃같은 사랑에 빠져 들었으나 세상의 모든 것이 그들의 사랑을 반대해 결국 헤어지고 말았다. 그들은 서로를 잊지 못해 괴로운 시간을 보냈으나 차차 익숙해졌고, 각자 새로운 사랑을 만나 마침내 행복해졌다. 몇 년 후 그들은 우연히 마주쳤으나 그저 뒤돌아 자신의 길을 갔다."

술에 취해 발음이 많이 흐린 동희의 말을 알아듣기 위해 동욱은 영어 듣기 시험을 칠 때처럼 집중했다.

"동욱아, 너 학교 다닐 때 국어 시간에 문단 나누기 했던 거 생각나? 각 문단의 내용을 요약해 오시오, 그런 숙제도 있었잖아. 나는 문단 나누기도 못했지만 요약도 잘 못했어. 고민 끝에 내용을 한 줄로 정리하고 나면 나머지 내용들에 다시 눈이 갔거든. 이것도 중요하지만 저것도 빼면 안 될 것 같은데.."

동욱은 동희라면 충분히 그랬을 거라고 생각하며 혼자 미소를 지었다.

"아주 우연히 만났다가 그저 여러 이유로 헤어졌다, 그렇게 일반화시키고 요약하는 법을 난 처음부터 몰랐나 봐. 나는 지금 생각해도 우리가 왜 헤어졌는지 모르겠어. 우리는 정말 운명처럼 잘 어울렸거든. 여기 눈썹 끝에 점 있는 거랑, 별자리랑, 라면에 청양고추 넣어 먹는 거랑.. 우리처럼 이야기가 잘 통하는 사람들도 없었는데.."

우리는, 우리는, 동희의 말 속에 '우리'라는 말이 등장할 때마다 동욱은 여기에 없는 성재의 손이 자신의 심장을 꽉 쥐었다가 놓는 것처럼 아팠다. 그래서 그만 듣고 싶었지만 동희는 이야기를 계속했다.

"우리도 그렇게 될까? 몇 줄로 싹 정리될까?"

동욱은 서둘러 고개를 끄덕였다. 그리고 대답했다.

"그렇게 될 거야. 둘은 잠시 사랑했지만 한쪽이 다른 한쪽을 버렸다. 버림받은 한쪽은 몹시 괴로웠지만 곧 새로운 사랑을 찾아 마침내 행복해졌다."

"정말 그렇게 될까?"

"그럼. 왜냐하면, 왜냐하면.. 너는 예쁘잖아."

그 말에 동희는 울면서 막 웃는다. 화장은 얼룩덜룩, 술 냄새는 풀풀, 그 얼굴로 하는 말이라고는.

"몸매 이야기는 왜 빼고 그래."

코를 풀고 싶다며 큰 가방을 산만하게 뒤지기 시작하는 동희를 위해, 동욱은 재빨리 바지 뒷주머니에서 손수건을 꺼냈다. 코를 핑핑 푸는가 싶더니 어느 틈에 유리창에 머리를 콩콩 찧으며 졸고 있는 동희. 동욱은 동희 머리를 조심스럽게 자기 어깨 위에 기대게 했다. 그리고 동희에게 많은 이야기를 건넸다.

… 동욱 독백

그때 기억나?
가끔 너에게 그렇게 묻고 싶어질 때가 있어.
어느 날 문득 어떤 풍경이 아주 선명하게 떠오를 때
그것을 누군가와 공유하고 싶은데
아무리 생각해도 그럴 사람은
세상에 너 하나밖에 없구나 싶을 때.

그때 기억나?
어느 날 늦은 밤에 이유 없이 만나 동네를 돌아다니다가
목이 말랐나, 배가 고팠나, 편의점에 들어갔던 일.
주머니를 모두 털어도 나오는 건 동전 몇 개뿐.
우린 둘 다 추리닝을 입고 있었지.
편의점 앞에 쪼그리고 앉아 캔커피를 한 모금씩 번갈아 마시며
"우리 이러고 있으니까, 꼭 비행 청소년 같지 않냐?"
서로 얼굴을 보며 키득대던 기억.
그땐 그날이 그저 365일 중 흔한 어느 하루였을 뿐인데..
이렇게 두고두고 기억날지는 몰랐는데..

나는 그때 어쩌자고 겁도 없이 마음을 다 내줬을까.
나는 어쩌자고 너와 만나는 동안의 그 모든 것을
마음에 담았을까..
잊지도 못할 거면서..

나와 뜨겁게 사랑하지 않아도 좋아.
그 사람 때문에 울지만 말고 그냥 나하고 놀자.

scene 22 :
술과 전화와 사랑의 상관관계

기억이 반토막 났다. 이런 게 제일 고약하다. 아무것도 기억이 안 나면 그냥 잠들었을 거라고 멋대로 생각하면 되는데, 어슴푸레 몇 장면이 기억났다. 승민의 가게였고 애들이 다 있었다. 눈이 이처럼 심하게 부은 걸 보니 울기까지 했나 보다. 술 취해 우는 건 정말 싫은데, 열 살 이후로 눈물은 끊었는데, 담배처럼 눈물도 술만 마시면 뜻대로 안 된다. 다음에 태어나면 술을 잘 마시고 싶다. 아니 다음 생은 다음에 생각하고 일단 오늘 하루만 좀 쉬어도 좋겠다. 학교 같으면 그냥 결석해 버리고 말 텐데 이렇게 어쩔 수 없이 어른값, 나잇값을 해야 할 때가 가장 고단하다.

동희는 어질어질한 머리로 오늘 일정을 떠올렸다. 오전까지 정산된 것 확인해서 넘기기, 점심때는 B팀 감독으로 일해 준 윤 감독과 약속이 있다. 자기는 왼쪽 얼굴이 예쁘다며 죽어도 왼쪽 얼굴만 잡아 달라던 여배우와 시선이 창 쪽으로 향해야 하는 장면인데 어떻게 억지로 각도를 바꾸냐고 버티던 윤 감독. 결국 윤 감독은 겨우 4부를 남겨 놓고 일을 그만둬야 했다. 그 사건에서 동희가 잘못한 것은 하나도 없지만 마지막에 배우와 감독, 양쪽을 달래고 서로 화해시키는 것은 제작 피디인 동희의 몫이 된다.

엄청나게 맛있는 걸 사야 할 텐데, 윤 감독이 국물 있는 걸 먹고 싶다고 하면 좋겠다. 설마 삼겹살 같은 걸 먹자고 하지는 않겠지. 삼겹살에서 흘러나오는 기름을 떠올리자 동희는 다시 속이 메슥거렸다. 언제나 술을 청하는 건 마음인데 다음 날 괴로운 건 몸이다. 이럴 땐 뇌랑 위장을 꺼내서 맑은 물에 살살 흔들어 씻은 다음 다시 끼워 넣고 싶다.

간신히 샤워를 하고 눈썹을 그린 다음 퉁퉁 부어 보름달만해진 얼굴에 부엉이 안경을 쓰고 밥상 앞에 앉았다. 송자가 꿀물과 미지근한 물, 북엇국 이렇게 숙취 해소 3종 세트를 차려 주었다.

"엄마, 나 이러고 가면 너무 흉할까?"

"괜찮아. 늘 보던 사람들은 네가 술 마셔서 그런 거라고 이해할 거고, 널 처음 보는 사람들은 네가 원래 그렇게 생긴 줄 알 거야. 오늘은 일찍 올 거지?"

"응. 일찍 와서 잘래."

동희는 각종 국물로 출렁거리는 배를 안고 지하철을 탔다. 운 좋게 빈자리도 생겨 덥석 앉았다. 옆에는 스무 살쯤 되어 보이는 남자가 계속 문자 메시지를 주고받고 있었다. 꿀렁거리는 지하철 안에서 저 자잘한 글자들을.. 보기만 해도 멀미가 나는 것 같아 동희는 서둘러 고개를 다른 쪽으로 돌렸다. 그런데 그 순간 갑자기 묻혀 있던 기억이 떠올랐다. 어젯밤, 택시, 동욱이 얼굴, 잘 가, 문 앞에 쪼그리고 앉아 휴대폰, 이성재, 설마, 제발.. 동희는 절망적인 얼굴로 휴대폰을 꺼내 통화 기록을 확인했다. 제발, 설마.. 하지만 통화 목록은 잔인했다. 이성재, 이성재, 이성재, 이성재, 이성재, 이성재, 이성재, 이성재.

동희는 자기도 모르게 미치겠네라고 신음 소리를 내며 두 손으로 머리를 감싸 쥐었다. 옆에서 열심히 문자 메시지를 보내던 남학생이 동희의 퉁퉁 부은 얼굴과 그 손에 들린 휴대폰을 힐끔 보더니 다 알겠다는 표정으로 씩 하고 웃는다. 풀 데 없는 자기 혐오를 주체하지 못한 동희는 남자를 있는 힘껏 노려봤다. 하지만 눈이 너무 퉁퉁 부어 있어서 그 남자에게는 그냥 웃기게 보일 뿐이었다.

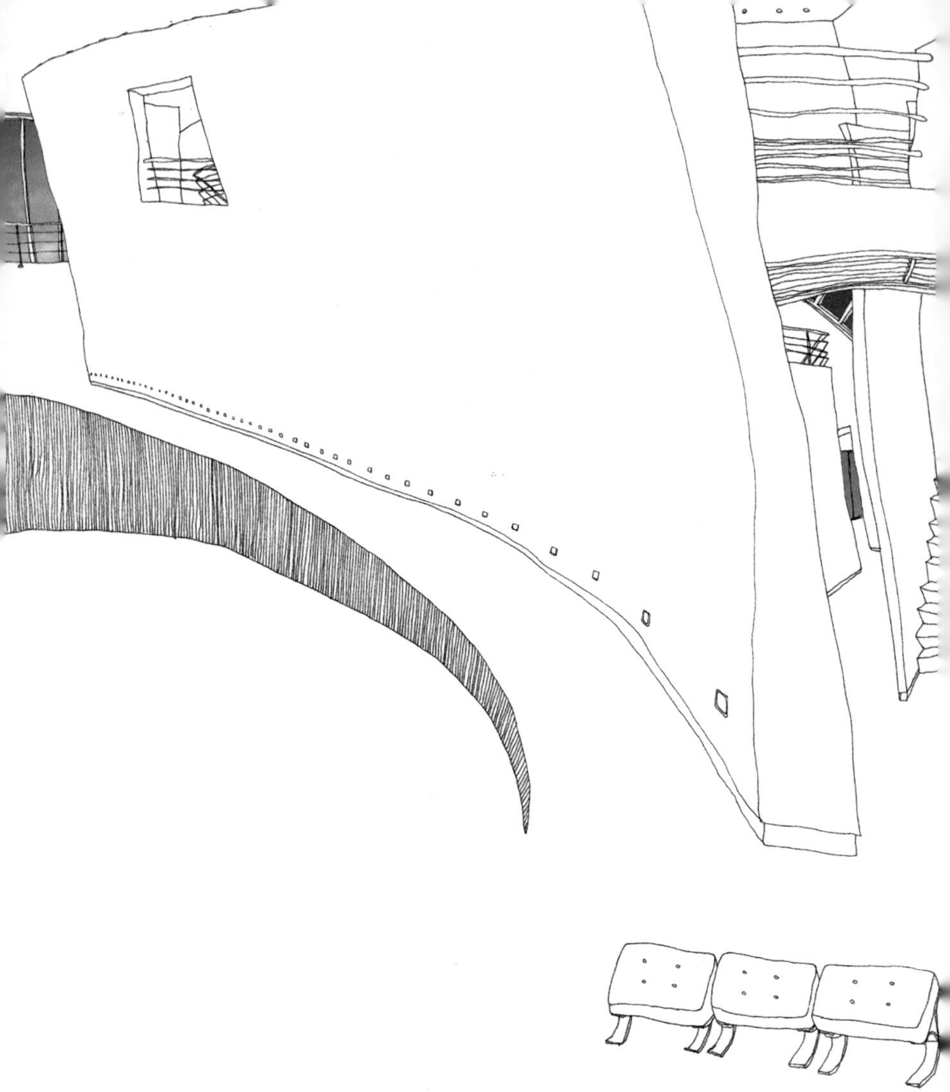

scene 23 :

상처를 주면
어디선가 똑같은 상처를 입기 마련이다

7시쯤 기차로 오겠다던 정은은 벌써 약속 시간을 30분째 넘기고 있었다. 성재는 전화를 해 볼까 하다가 그만두었다. 혹시라도 옆에 남편이 있을지 모르니까. 성재는 생각으로나마 남편이라는 단어를 떠올리자 마음이 낯설고 불편해졌다. 오늘처럼 잠을 제대로 못 자 예민해진 날이면 혼자 생각하고 혼자 상처받는 일이 종종 생긴다.

어젯밤 동희의 전화 때문에 성재는 잠을 설쳤다. 갑자기 통보 받은 이별이 어떤 건지는 성재도 잘 알고 있었기에 동희의 전화가 예상 밖의 일은 결코 아니었다. 그리고 술 취해서 한 전화 정도는 받아 줄 각오가 되어 있었다. 하지만 동희의 주정이 밤새 잠을 이루지 못할 만큼 마음에 걸리고, 그것도 모자라 다음 날까지도 가슴에 얹히게 될 줄은 몰랐다.

"지금 어떤 표정 짓고 있는지 알아. 식당에서 덜 닦인 숟가락을 볼 때와 같은 표정 하고 있지? 내가 모르는 사이에도 몇 번이나 그런 표정으로 나를 쳐다봤지? 지금 내가 너무 귀찮지? 그냥 좀 지겨워하고 말려고 했는데 이렇게 전화하니까 정말 싫지? 그래도 그러는 거 아니야. 내가 밤늦게 전화했는데 왜 아직 안 잤냐고 빈 걱정이라도 해 주지. 지금 누구랑 있느냐고, 왜 같이 있느냐고, 그런 거라도 한 번 물어 봐 주지. 내가 잘 지낸다고 해도 내 목소리가 이상한 걸 눈치 채 주지. 왜 아무것도 모르고 왜 아무것도 걱정 안 해? 그거 알아? 이다음에 나는 이성재를 날마다 걱정시키는 사람으로 태어날 거야. 그러니까 지금 말해 봐. 나만큼 괜찮은 사람 만날 자신 있어? 나처럼 잘해 주는 사람 다시 만날 수 있어? 후회 안 할 자신 있어?"

성재는 동희의 말을 들으며 까만 창문에 비친 자기 얼굴을 바라보았다. 문득 자신의 표정이 궁금해져서. 정말 식당에서 덜 닦인 숟가락을 보는 표정으로 동희의 전화를 받고 있는 걸까. 그러는 사이 울 듯 말 듯

하던 동희가 결국은 울기 시작했다. 잠시 전화기 저쪽이 조용하더니 동희가 말했다.

“후회 안 해도 되니까, 좀 천천히만 잊어 줘. 가끔 생각은 해 줘. 그래서 내가 이다음에 이다음에 물어 보면, 너도 나를 천천히 천천히 잊었다고.. 힘들게 힘들게 잊었다고.. 그렇게만 좀 말해 줘.”

천천히 천천히 잊었다고, 힘들게 힘들게 잊었다고. 동희의 목소리가 귓가에서 맴돌아 성재는 얼른 고개를 돌려 주위를 둘러보았다. 정은은 아직도 오지 않았다. 휴대폰도 여전히 조용하다. 성재는 갑자기 피곤과 졸음이 몰려오는 것을 느끼며 차라리 정은이 오지 않았으면 좋겠다는 생각을 했다. 그러곤 그런 생각을 했다는 데 많이 놀랐다. 어떻게 다시 만났는데, 얼마나 그리워했는데, 겨우 잠 때문에 만나기를 귀찮아하다니.. 성재는 손을 펴서 마른 세수를 하듯 얼굴을 쓱쓱 문질렀다. 동희가 봤다면 얼굴에 주름 생긴다며 기겁을 했겠지. 성재는 동희가 자꾸 따라붙는 것을 느꼈다. 내가 미안하긴 미안했나 보네. 성재는 커피를 마실 작정으로 자판기를 찾아 주위를 살폈다. 저만치 걸어가는 키 작은 여자가 꼭 동희를 닮아 성재는 잠시 놀랐다. 그런 자신을 발견하곤 또 놀랐다. 자판기에서 따뜻한 캔커피를 누른 성재의 귀에는 동희의 잔소리가 들렸다.

“캔 음료 데워서 마시면 환경 호르몬을 한 달 치 먹는 셈이라는 것만 알아 둬.”

천천히 천천히 잊으라던, 힘들게 힘들게 잊으라던, 동희의 말은 아마도 저주 같은 것이었나 보다. 컹컹 소리를 내며 자판기에서 떨어지는 캔커피를 받아 드는데 휴대폰도 같이 울렸다. 정은의 메시지였다.

‘미안. 못 가겠네. 전화할게.’

성재는 어디서 많이 본 장면이 재연되고 있다는 생각이 들어 문득 소름이 끼쳤다. 몇 해 전 성재는 정은에게 늘 그런 말을 하곤 했다.

"전화를 한다고 했으면 전화를 해야 하는 거 아냐?"

그런가 하면 몇 달 전까지 동희는 성재에게 늘 그런 말을 하곤 했다.

"못 올 수도 있지만 못 오면 못 온다고 미리 말해 주면 좋잖아. 같이 밥 먹자고 그래 놓고 안 오면 나는 굶고 기다리는데."

오겠다고 해 놓고 오지 않는 사람이 있으면, 안 올 줄 알면서도 기다리는 사람이 있다. 전화를 한다고 해 놓고 하지 않는 사람이 있으면, 뻔히 안 올 줄 알면서도 전화기 옆에서 죽어 가는 사람이 있다. 내가 그랬듯 어쩌면 동희도 누군가에게는 전화를 하지 않는 사람이겠지. 사람들은 누구나 상처를 받으면 그 상처를 어디선가 푸는 법이니까. 패스트푸드점에서 친절하게 인사하는 저 여학생도 집에 가면 엄마에게 소리를 지르며 짜증을 부리겠지. 사람들은 어디선가 상처를 풀어야 하니까.

성재는 멀쩡히 눈을 뜨고도 악몽을 꾸는 듯한 기분이 싫어서 고개를 크게 움직여 주위를 둘러보았다. 사람들은 어디를 그렇게 다니는 걸까. 많은 사람들이 큰 가방과 기차표를 들고 분주하게 움직이고 있었고, 역 안에 있는 대형 텔레비전 앞에는 한 무리의 남자들이 모여 앉아 있었다. 텔레비전에서는 남의 나라 축구 경기가 한창이었다. 허탈한 마음에 쉽게 자리를 뜰 수 없던 성재는 그 사람들 틈에 끼어 잠시 아무 생각 없이 축구 경기를 보았다.

동희도 축구를 좋아했지. 아니 축구 선수를 좋아했지. 어쩌면 사람들이 축구에 열광하는 그 분위기를 좋아했는지도.

월드컵 열기가 한창이던 그때, 동희가 난데없이 사커걸로 거듭나겠다고 선언하더니 성재에게까지 기어이 빨간 티셔츠를 입히고, 머리에 악마 뿔을 하게 하는 것도 모자라 밤을 새워 가며 축구장 아닌 인터넷 앞에서 전의를 불태우곤 했다. 뭘 그리 열심히 하나 싶어 모니터를 들여다 보면 동희가 입력하는 검색어는 월드컵 일정이나 우승국 예상 투표 같은 것과는 아무 상관없는 단어들이었다. 축구 선수, 꽃미남, 베컴, 카카, 산타크루스.. 지켜보던 성재가 어이가 없어서 물어 보았다.

"동희야, 너 베컴이 어느 리그에서 뛰는지는 아니?"

"영국이잖아. 그것도 모를까 봐?"

"잉글랜드겠지. 그리고 지금 내가 물어 본 건 국적이 아니잖아. 너 혹시 프리메라 리가라고 들어 봤니? 혹은 레알 마드리드라고."

성재가 놀리거나 말거나, 빈정거리거나 말거나, 동희는 여전히 자기 세계에만 빠져 있었다.

"혹시 그 이야기 들었어? 익명을 요구한 어떤 축구 선수가 한 말이라는데, 경기 도중에 베컴이 자기 쪽으로 달려오면 순간적으로 수비를 해야 할지 키스를 해야 할지 망설여졌대. 너무 웃기지! 너무 웃기지! 여자들만 좋아하는 줄 알았더니 남자들도 좋아하는 얼굴인가 봐. 어때? 이 사진 좀 봐. 베컴 멋있지 않아? 응?"

"관심 없어. 난 남자 싫어해. 그리고 그 사람 애가 셋이야. 그거나 알아 둬."

"그러니까. 정말 대단하지 않아? 어떻게 이 얼굴에 애가 셋이나 있을 수가 있어? 정말 두루두루 능력도 좋아. 그치?"

심지어 애가 셋인 것까지 멋있어 죽겠다는 말에 성재는 기가 막혔다.

"그래, 좋아해라 좋아해. 그런데 어쩌냐, 너무 멀리 있어서?"

성재가 막 발동되려던 유치한 질투를 거짓 무관심으로 간신히 넘기려는 순간, 컴퓨터 앞에 앉아 있던 동희의 입에서 우렁찬 탄성이 터져 나왔다.

"우아!"

또 뭔가 싫어서 성재가 슬그머니 모니터 앞으로 가 보니 화면에 떠 있는 것은 윗옷을 벗어 든 박지성의 뒷모습이었다.

"어머, 우리 지성이 다 컸네. 남자네 남자! 히딩크한테 안길 때만 해도 아기더만. 어머, 이 등 근육 쪼개진 것 봐. 은근히 섹시하네. 멋있지?"

그러더니 갑자기 성재의 등 뒤로 손을 쑥 집어넣었다. 깜짝 놀라 자기도 모르게 뒤로 물러서는 성재를 재미있다는 듯 바라보는 동희.

"어머나, 앙상하기도 하여라. 살 다 발라 먹은 고등어 같네. 하지만 괜찮아. 그 등도 운동하면 저렇게 될 수 있을 거야. 그치? 그렇지?"

하지만 그런 동희의 질투 유발에 복수하는 방법은 간단했다. 성재가 그저 예쁜 여자의 이름을 대는 것만으로도 충분했으니까.

"동희야."

"왜?"

"난 아네트 베닝."

그렇게 한마디 툭 던지고 나면 전세는 순식간에 역전됐다.

"아네트 베닝이 예뻐? 예쁘긴 어디가 예뻐? 언제부터 좋아했어? 지갑에 사진 넣고 다니는 건 아니지? 그 여자 나이 얼마나 많은데! 눈가에 주름 있는 거 못 봤어? 이상해. 이상하게 생겼어!"

그러면서 자기 이상형은 조재진 몸매에, 안정환 얼굴에, 박지성 연봉에, 이운재 허벅지를 가진 사람이라며 흥흥거리던 동희. 그런데 그런 네가 왜 나 같은 사람을 좋아했는지. 그때로부터 시간은 또 얼마나 흘러버린 건지. 성재는 텔레비전으로부터 시선을 거두어 발끝을 잠시 내려보다가 몸을 일으켜 집으로 향했다.

scene 24 :
서로를 알아 간다는 것은

오늘도 통장 사본을 깜빡한 송자는 수업이 끝나자마자 경리 아가씨를 피해 도망치듯 문화센터 건물을 나섰다. 하지만 그것도 실패다. 택시 정류장에 도착했는데 어째 목이 휑하다 싶어 생각해 보니 머플러를 강의실에 두고 왔다. 송자는 자기도 모르게 소리 내어 중얼거렸다.

"이러니 죽으면 늙어야 된다는 말이 나오지."

먼저 와 택시를 기다리고 있던 지훈이 송자의 목소리를 듣고 웃으며 말을 건넸다.

"안녕하세요?"

"어머, 안녕하세요. 아유, 못 봤어요."

못 봤다고 말하고 나니 송자는 문득 무안해졌다. 못 보는 사람 앞에서 이런 말을 해도 되나 싶어서. 딴엔 무식하지 않게 세상을 대하는 법을 안다고 생각했는데 막상 장애가 있는 사람과 이야기하자니, 말 한마디

한마디가 조심스럽고 자신이 없다.

“오늘도 통장 안 가지고 오셨나 봐요.”

“아유, 속상해 죽겠어요. 이러다 어느 날 내 딸한테 어디서 많이 본 얼굴이라고 인사할 것 같다니까요.”

“많이 속상하신가 봐요. 늙으면 죽어야 된다는 것도 아니고, 죽으면 늙어야 된다고 하시는 거 보니까.”

송자는 그제야 자신의 말실수를 깨달았다.

“좋게 생각하세요. 걱정거리가 적어서 실수하는 것일 수도 있거든요. 저희 어머니는 아직도 저를 챙기시느라..”

지훈은 두 번째 본 사람에게 별말을 다 한다 싶었는지 말끝을 조금 흐렸다. 그런 기분을 알 것 같아서 송자는 주책맞은 톤으로 말했다.

“그건 아닌 것 같아요. 우리 집에도 챙겨야 할 물건이 하나 있어요. 어제는 술을 얼마나 마셨는지 거의 정신을 못 차리더라고요. 아침에 나가는데 다크 서클이 심하기에 너구리들이 너 보면 허리 90도로 굽혀서 인사하겠다고 그랬더니, 걔가 뭐라는 줄 알아요? 그러면 이렇게 대답할 거래요. 오냐, 이 눈가도 환한 귀여운 것들아."

송자의 말에 지훈이 어설프게 웃더니 망설이며 물었다.

"그런데, 다크 서클이라는 게 얼마나 진한 색이에요? 정확하게 구분선이 생길 정도로 그렇게 진한 건가요? 요즘 '다크 서클' 이라는 말을 많이들 하기에."

송자는 아차 했다. 다크 서클은 만져지는 게 아닌데. 분위기를 살리려고 한다는 게 되레 사고를 쳤구나. 송자는 진땀을 흘리며 더듬더듬 대답했다.

"그게 어떻게 설명해야 할지.. 눈 밑이 거무죽죽해지는 건데, 거무죽죽이라는 표현은요, 새까만 것과는 조금 달라요. 새까만 것보다는 약간 흐린 느낌이에요. 음, 그러니까, 음식 맛으로 설명하자면요. 딸기맛 사탕은 완전히 달잖아요. 그런데 딸기맛 우유는 한 7만큼 달고, 딸기의 뾰족한 부분은 한 5만큼 달고, 딸기의 꼭지 부분은 2만큼 달고. 그렇게 비유하자면 아주 피곤한 날의 다크 서클은 4에서 5 정도로 검은 거예요. 이해가 돼요?"

"제가 들은 색깔 설명 중 최곤데요?"

지훈의 칭찬에 송자는 그제야 웃으며 솔직하게 이야기했다.

"사실 내가 드라마 참 많이 썼는데, 내가 쓴 드라마에는 장애인이 한 번도 나온 적이 없어요. 왜냐하면 그게 참 까다롭거든요. 조금이라도 잘못 쓰면 비하한다는 이야기가 나오고, 그렇지 않으면 너무 뜬구름 잡는 소리라는 이야기가 나오고.."

"이해해요. 저만 해도 누가 저한테 함부로 해서 불편한 경우만큼이나 너무 조심해서 불편한 경우도 많거든요. 그냥 더 자주 다뤄 주기만 해도 좋을 텐데. 쓸데없이 까다로운 비평이 많다 보니까 장애인을 그리는 드라마나 영화가 점점 더 뻔해지는 것 같아요."

"그렇기도 하고, 나는 남들보다 더 겁이 많기도 했죠. 드라마에 무속인도 등장 못 시켰어요. 무속인 협회에서 뭐라 그럴까 봐. 거지는 나온 적이 있었죠. 거지 협회는 없으니까. 사실 나는 비가 막 쏟아지면 좋겠다 그런 대사도 잘 못 썼어요. 어디선가 수해를 당한 사람들이 보고 상처받을까 봐. 그러니 내 드라마가 재미가 없지."

말해 놓고 송자는 또 혼자 부끄러워하며 웃는다.

"택시 왔네요. 얼른 타고 가세요."

"먼저 보내 드리고 싶지만 그러면 불편해하실 것 같아서, 그럼. 어떤 드라마 쓰셨는지는 다음에 여쭤 볼게요. 내일은 꼭 통장 사본 가지고 오시고요."

송자는 지훈이 탄 택시가 저만큼 멀어질 때까지 그 모습을 지켜보았다. 보이지 않는다는 건 생각보다 더 불편한 일이지만 생각보다 덜 불행한 일일 수도 있겠다는 이상한 생각을 하면서, 아무도 돌아볼 사람 없는 그 택시의 뒷모습에 대고 오래오래 손을 흔들었다.

scene 25 :
유쾌한 기억상실증에 걸린 남자

티켓을 사고 영화가 시작되기를 기다리는 사이, 지현은 전날 술자리에서 느낀 몇 가지를 진철에게 확인했다. 그런데 아무래도 동욱이 동희를 좋아하는 것 같다는 지현의 이야기에 진철은 코웃음을 쳤다.

"설마, 그럴 리가 없어. 동욱이 형이랑 동희 누나는 안 지 꽤 됐어. 둘이 사귀려면 예전에 사귀었겠지. 다 늙어서 무슨 불꽃? 그리고 예전에 동욱이 형이 사귄 여자는 미스 코리아였어. 몸매가 아주 미쳤었지."

시작은 동욱과 동희, 즉 남의 문제였지만, 이쯤 되면 당사자들의 문제가 된다.

"누구는 미스 푸에르토리코야? 미스 아제르바이잔이야? 나도 미스 코리아야. 그리고 동욱이 오빠 애인이었는데, 네가 그 여자 몸매를 왜 그렇게 선명하게 기억해?"

아차 싶었지만 이미 늦었다.

"누가 선명하게 기억한다고 그래. 그냥 미인 대회에 나가고 그랬다고."

"지금 너 손으로 이렇게 그 여자 몸매 그렸잖아. 얼마나 유심히 봤기에

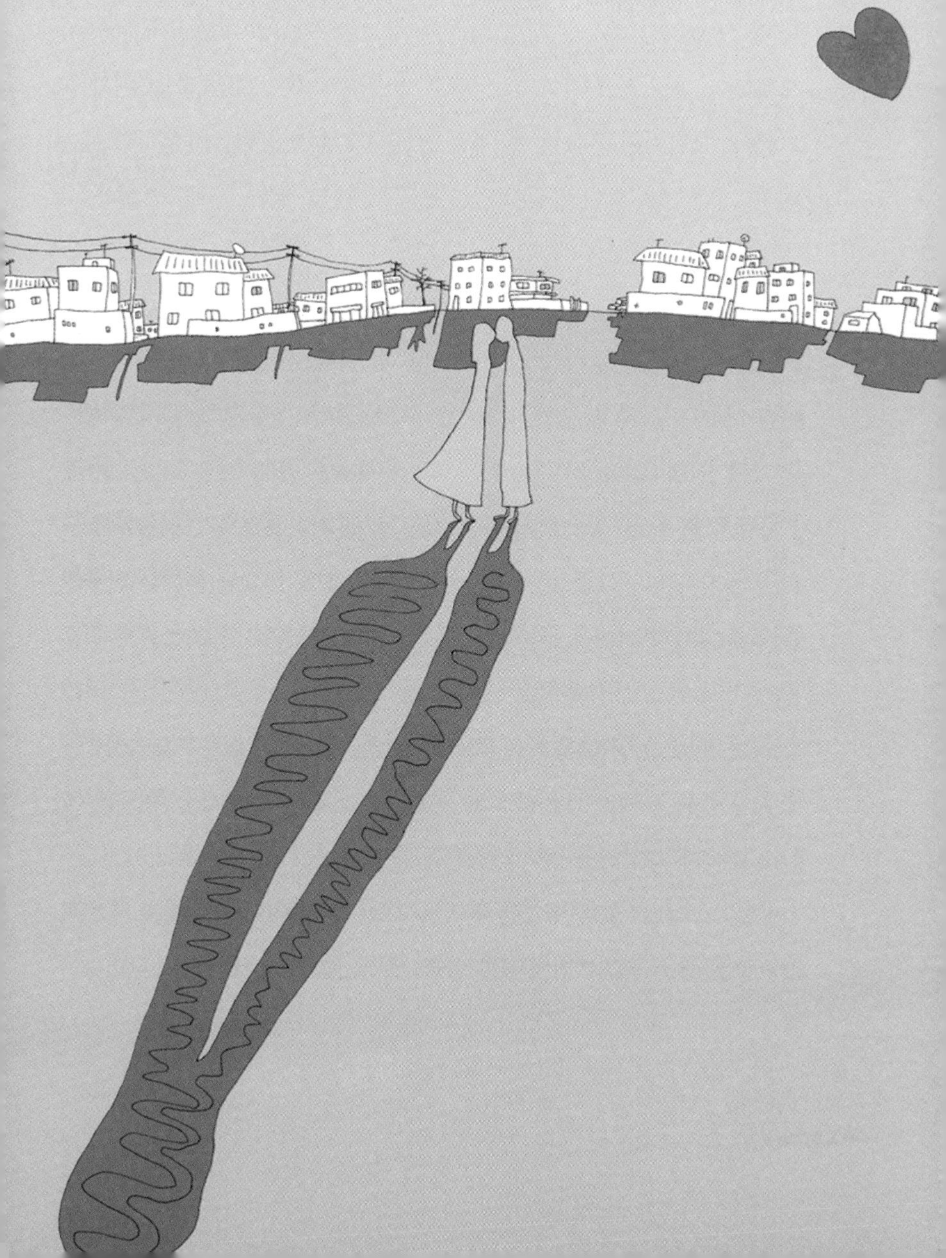

아직도 기억한대?"

진철은 어디론가 사라지고 싶다. 하지만 그럴 수도 없다. 지금 기세로 보면 어디론가 사라져 봤자 지현이 곧 따라와 물을 것이다.

"너 그런 사람이야? 미스 코리아 대회 수영복 심사나 보는, 너 그런 사람이야?"

진철은 하는 수 없이 솔직하게 대답하기로 한다.

"나 그런 사람이야. 원래 오빠들은 다 그런 사람이야. 그런데 너 만났으니까 이제는 그런 사람 안 되려고 노력하는 거지. 그리고 그 여자 좀 그랬어. 하필이면 동욱이 형 제일 친한 친구랑 바람이 나 가지고, 동욱이 형 그때 받은 상처가 깊어 일본에 가서 몇 달 잠수 타고 그랬잖아. 그 친구하고는 그러고 나서 다시는 안 만난대."

"그래도 안 만나는 건 좀 그렇다. 제일 친한 친구라면서."

"먼저 말로 듣거나 그랬으면 모르겠는데, 형이 그 친구 집에 갔다가 둘이 같이 자고 있는 걸 봤다나 봐."

"우아, 진짜 최악이다."

지현이 진심으로 끔찍해하자 진철도 안됐다는 표정으로 고개를 끄덕끄덕했다. 구석구석 들여다보면 누구에게나 삶의 한 부분쯤에는 끔찍한 순간이 있기 마련이다. 지현은 동욱이 더욱 안쓰럽게 느껴지면서 동희랑 반드시 연결시켜 줘야겠다고 생각했다.

"아마, 내 느낌이 맞을 거야. 동욱이 오빠는 동희 언니 좋아해. 원래 끔찍한 연애사를 가진 사람일수록 새로운 사랑을 찾아 헤매는 대신 잘 아는 사람에게 정착하고 싶어 하거든."

진철이 그럴 수도 있겠다는 생각을 하는 사이, 지현은 갑자기 진철의 곁으로 바짝 다가앉으며 팔짱을 꼈다.

"넌 어때? 너도 무서운 사랑 해 봤어?"

입은 꼭 다물고 묘한 웃음을 지으며 눈동자가 반짝인다. 진철은 정말 이러지 말라는 표정을 지으며 멀찌감치 도망쳤다.

"또 또 그런 눈으로 본다. 난 그런 거 없어. 기억도 안 나. 난 너밖에 없다니까."

하지만 호기심이 발동한 지현은 계속 눈으로 조른다. 말해 봐. 말해 봐. 응? 그래도 진철이 꿈쩍도 안 하자 설득까지 한다.

"내가 나중에 화낼까 봐 그러나 본데, 절대 그런 일 없어. 그냥 궁금해서 그래. 네가 옛날에 어떤 사람 좋아했는지, 너한테는 어떤 아픈 기억이 있는지.. 그러니까 말해 봐. 응? 그때 군대 가면서 헤어졌다는 여자는 어떤 사람이었어?"

정말이지 악의 없는 표정과 목소리에 진철은 하마터면 옛이야기를 털어놓을 뻔하다가 빤히 쳐다보는 지현의 얼굴을 보고는 얼른 정신을 차렸다.

"정말 생각 안 나. 나는 너밖에 없다니깐."

"그래도 술 마시면 한 번씩 생각나서 전화하고 싶어지는 그런 사람 있잖아, 왜."

"누구? 대리 운전 아저씨?"

한참을 달래도 진철이 넘어가지 않자 지현은 마침내 포기를 선언한다.

"어디서 들은 건 많아 가지고 끝까지 말 안 하네."

눈을 흘기며 지현이 다 먹은 콜라와 팝콘 봉지를 버리러 가자 진철은 그제야 옛날 생각에 잠겼다.

'헤어지고 참 많이 아팠는데, 생각해 보니 헤어진 지도 꽤 됐네. 언제 처음 만났지? 2000년인가? 2001년인가? 아, 벌써 까마득하네. 처음 만

난 때가 여름이었지, 아마. 아니다, 가을인가? 내가 그때 뭐 입고 있었지?'

진철이 기억 속을 헤매고 있는데 지현이 돌아왔다.

"어? 생각 안 난다더니 막 생각나나 보네? 표정이 아주 애틋한데?"

지현의 말에 진철은 허탈하게 웃어 보였다. 그러곤 더없이 진심인 얼굴로 말했다.

"참, 신기하다. 이렇게 생각이 안 날 수가 있나? 남의 기억 더듬는 것처럼 진짜 아무 생각이 안 나. 내가 머리가 나쁜가? 나쁘긴 하지. 아니면 네 기가 너무 센가? 전지현, 너 나한테 무슨 짓을 한 거야? 응?"

그 말에 지현은 진철의 코를 살짝 비틀어 주었다.

"기가 센 게 아니라 사랑의 포스가 강한 거야. 포오스으. 그나저나 진짜 뭔가 있긴 있었나 보네? 뭐야, 말해 봐. 잊어버려서 억울할 만한 그 여자는 누구야? 응?"

지현의 기분 좋은 질투를 느끼며 진철은 점점 더 행복해졌다. 어느새 정말 다 잊었구나. 세상에 이렇게 유쾌한 기억상실증도 있구나 생각하면서.

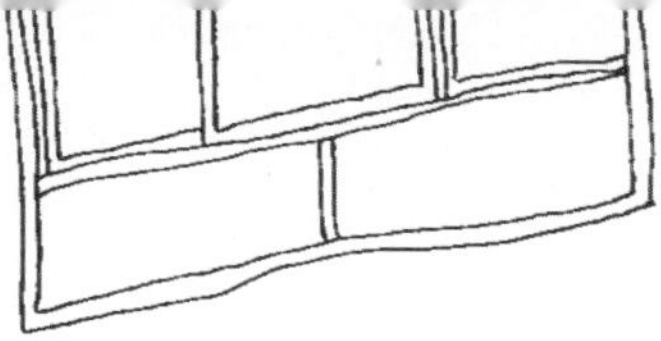

… 동욱 독백

"너는 이 시간에 깨 있을 줄 알았지. 친구야! 호떡 먹어라."
밤늦은 시간 요란하게 초인종을 누른 그녀가
호떡이 든 비닐봉지를 달랑거리면서 내 눈앞에 서 있습니다.
외출복으로 입기엔 너무 못생긴 티셔츠와
이상하게 생긴 인도풍 바지를 입고서..
놀란 나는 그녀에게 묻습니다.
"너 그렇게 하고 여기까지 왔어?"
그녀는 대답 대신 계단에 턱 하니 자리를 잡고 앉아서
그사이 기름이 배어 버린 호떡 봉투를 쭉 찢습니다.
그러곤 나 주려고 사 왔다던 호떡을 자기 입에 냉큼 넣더니
그 꿀, 아니 설탕물이 묻은 입술을 혀로 날름거리며 오물오물 하는 말.
"맛있어. 너도 먹어 봐. 식으면 맛없어."
태연스러운 그녀의 행동에
나는 서로 들러붙은 호떡들처럼 입술이 떡 붙어 버립니다.

이 시간에 어쩐 일이냐
그사이에 또 무슨 일이 있었냐
눈이 부은 건 울어서 그런 거냐
자꾸 훌쩍거리는 건 감기 때문이냐, 눈물 때문이냐
아무것도 묻지 못하고 그녀를 지켜보기만 할 뿐..
그녀는 호떡 두 개를 꿀꺽 해치우더니
화난 사람처럼 발딱 일어나서 남은 호떡을 내 가슴팍에 안깁니다.
"이젠 진짜 끝! 나 이제 자유의 몸이야.
지금부터 남자를 100명쯤 만나 볼까?
아님 남자 없이 사는 법에 대해서 논문을 써 볼까?
그것도 아니면, 나는 미저리였다, 실화 소설을 한번 써 볼까?

일단 100명 만나 보고 그런 다음에 논문이든 소설이든 쓰는 게 좋겠지?"
혼자 말하고 혼자 대답하는 그녀.
붙잡을 사이도 없이 집으로 타박타박 돌아갑니다.
질끈 동여맨 까만 고무줄 사이로 마구 삐져나온 머리카락을
바람에 몇 가닥 날려 가며 그녀가 저만큼 걸어갑니다.
눈두덩이 퉁퉁 부은 그녀,
호떡 기름으로 입술이 번들거리는 그녀,
사랑하는 사람에게 막 버림받은 그녀,
내가 오랫동안 사랑해 온 그녀..

그래 네 말만큼만, 아니 네가 말한 것 반만큼만이라도 편해져라.
그리고 그렇게 되고 나면 그땐 나랑 사랑하자.
이번엔 다른 사람말고 꼭 나랑 사랑하자.
난 호떡 봉지를 가슴에 품고
그녀의 뒷모습을 오래오래 지켜봅니다.

이제는 말해도 괜찮을까요.
내 사랑은 언제나 깨어 있다고
나는 언제나 너의 뒷모습을 지켜보고 있다고..

scene 26 :
기다림, 전화기 옆에서 천천히 죽어 가는 것

송자가 집에 들어서는데 동희 방에서 말소리가 들렸다. 전화 통화를 하는구나 싶어 인사를 미뤘더니 통화가 끝도 없이 이어졌다. 도대체 누구하고 이렇게 오랫동안 얘기하나 빠끔히 방문을 열어 보니 동희가 옷장 안에서 라디오와 대화를 하고 있었다.

"안녕하세요, 푸른 밤 그리고 성시경입니다."

"예, 저는 김동희라고 합니다."

"오늘 많이 추웠지요? 여러분이 계신 곳은 어떠셨어요?"

"예, 여기도 추웠어요."

"오늘 첫 곡으로 들은 노래 다 아시는 곡이죠?"

"어머나, 저는 모르는걸요."

"대방동에 사시는 김정관 씨가 이 노래 신청하셨는데 가사가 일본어인 노래는 아직 방송에서 틀 수가 없다고 합니다. 그래서 오늘은 대신 영어

버전으로 들려 드렸습니다. 이해해 주세요."

"다 이해해요. 그게 뭐 DJ 잘못인가요?"

"그럼 광고 듣고 올게요. 잠깐만요."

"정말 잠깐만인 거죠?"

처음 있는 일이 아닌지라 송자는 별로 당황하지 않고 옷장 문을 열었다. 동희는 옷장에서 자기를 꺼내 달라고 팔을 벌린다. 진작부터 엄마보다 훨씬 더 무겁고, 엄마보다 엉덩이도 훨씬 더 큰 딸을 힘겹게 옷장 밖으로 끌어내며 송자가 말했다.

"딸, 많이 심심했어?"

"엄마, 나 오늘 하루 종일 아무하고도 말을 못했어. 그래서 동욱이랑 말하려고 갔는데 호떡만 먹고 그냥 왔어."

동희의 말에 송자는 화들짝 놀란다.

"오늘 회사 안 갔니?"

"회사는 갔지. 회의도 하고 전화도 하고 섭외도 하고 기 싸움도 하고 애들 혼도 내고. 그런 거말고 대화 있잖아. 즐거우세요? 즐겁습니다. 슬픕니까? 슬픕니다. 그런 거.."

"나는 오늘 그런 대화 했는데.."

느닷없이 자랑스러워지고 사랑스러워지는 송자의 표정에 동희는 약간 기가 막힌 얼굴이 된다. 그 바람에 송자도 퍼뜩 표정을 관리하며 되물었다.

"뭐가 잘 안 돼?"

"그냥 심심해. 엄청나게 바빠서 매일 열심히 일을 해도 할 일이 잔뜩 쌓여 있는데, 왜 이렇게 심심하고 지루한지 모르겠어."

"누구 기다리니? 전화나 그런 거."

괜히 물었나 보다 싶을 만큼 동희의 얼굴이 순식간에 어두워진다. 얘가 누굴 기다리는구나. 송자는 그것만은 하지 말라고 말해 주고 싶지만 그럴 수도 없었다. 누군가를 오래 기다려 본 사람으로서 그게 얼마나 힘든 일인지 알지만, 그게 또 얼마나 포기하기 어려운 일인지도 알기 때문이다. 기다리는 것은 못 잊겠다는 말인데, 우편함 혹은 전화기 옆에서 천천히 죽어 간다는 말인데..

송자는 어느새 자신의 무릎을 베고 누운 동희에게 라디오에서 흐르는 노래를 배경 음악 삼아, 또 한편의 옛날이야기를 들려주었다.

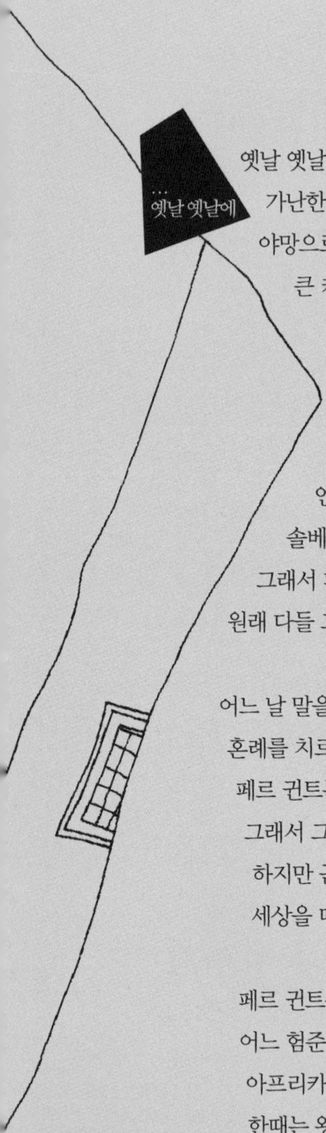

옛날 옛날에

옛날 옛날에 페르 귄트라는 청년이 살고 있었어.
가난한 여인의 아들로 태어난 그는 가난하게 살지 않겠다고 결심했지.
야망으로 불타오르는 눈매와 강인하게 다문 입술,
큰 키와 넓은 어깨, 그리고 웅장한 목소리.

같은 동네에 살고 있던 처녀 솔베이는 그런 페르 귄트의 약혼녀였어.
평생 눈을 치켜뜨는 법이 없었다는 그녀는
언제나 조용히 말하며 소리 없이 웃는 착하고 고운 여자였대.
솔베이는 언제나 페르 귄트 옆에 있었지.
그래서 페르 귄트는 아주 자주, 그녀를 잊고 살았어.
원래 다들 그런 식이니까.

어느 날 말을 타고 달리던 페르 귄트는
혼례를 치르기 위해 마차를 타고 가는 한 아가씨를 보게 되었어.
페르 귄트는 그 아름다운 아가씨가 욕심났지.
그래서 그녀를 훔쳐 달아났어.
하지만 곧 싫증이 난 페르 귄트는 그녀를 놔두고 배를 탔대.
세상을 떠돌며 인생을 멋지게 항해하기 위해!

페르 귄트는 멋지게 살았어.
어느 험준한 산에선 마왕의 딸과 함께 지내고
아프리카에선 추장의 딸과 청춘을 즐기고
한때는 왕 못지않은 돈을 모으기도 하면서..

하지만 어느 날 금은보화를 실은 배는 가라앉아 버렸고
바닷물에 비친 그의 얼굴에는 주름만 한가득
열정처럼 청춘도 덧없이 사라지고 말았지.
그것이 세월이니까.

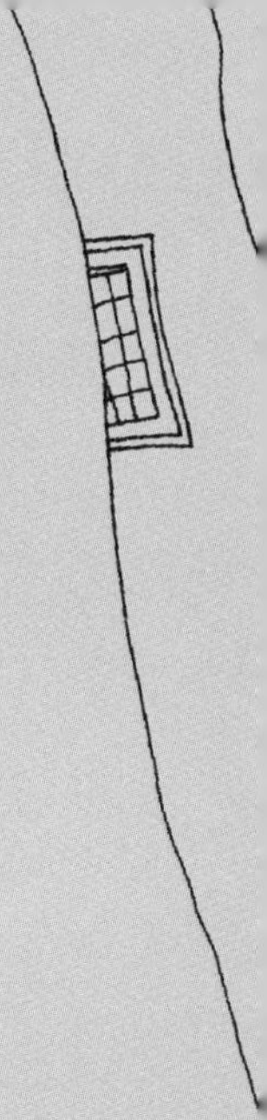

백발의 머리카락과 얼굴 가득 피어난 검버섯.
페르 귄트는 고향의 통나무 집으로 돌아갔어.
갈 곳이 거기밖에 없었거든.
집 근처에 다다르자 어디선가 여인의 노랫소리가 들려왔어.
'그 겨울이 지나 또 봄은 가고, 또 봄은 가고,
그 여름날이 가면 더 세월은 간다. 세월은 간다.
아, 그러나 그대는 내 임일세, 내 임일세.'

솔베이의 목소리였어.
한평생 그 통나무 집에서 페르 귄트만을 기다려 온 솔베이,
그녀 역시 백발의 노파가 되어 있었지.
그녀는 검버섯이 피어난 손을 내밀며 페르 귄트를 맞이했어.
"돌아왔군요. 피곤해 보이네요. 이젠 푹 쉬세요."

페르 귄트는 솔베이의 무릎에 얼굴을 묻고 숨을 거두었대.
솔베이는 영원히 잠든 페르 귄트를 위해 끝까지 노래를 불렀지.
'아, 그러나 그대는 내 임일세.
내 정성을 다하여 늘 기다리노라, 페르 귄트, 페르 귄트..'
이게 그 유명한 솔베이의 노래지.

딸, 한때는 나도 이 이야기가 낭만적이라고 생각했단다.
누군가를 기다리는 일이 어떤 것인지 몰랐던 시절이지.
나를 잊고 사는 사람을 나만 기억하는 것이
어떤 일인지 몰랐던 시절이고,
네가 이 세상에 있기도 전
혼자였지만 지금처럼 외롭지는 않았던 시절.

\# scene 27 :

헤어진 그녀에 대한 최소한의 예의

생각해 보면 동희는 언제나 성재를 기다렸다. 전화가 오지 않을 걸 알면서도 기다렸고, 그럴 일은 절대 없을 테지만 혹시나 텔레비전 소리에 전화벨 소리를 듣지 못할까 봐 드라마를 무성 영화처럼 봤다. 물을 꺼내려고 냉장고로 걸어가는 중에도 휴대폰을 손에서 놓지 않았고, 샤워를 하러 들어가면서도 마른 수건에 휴대폰을 싸서 물이 튀지 않는 곳에 안

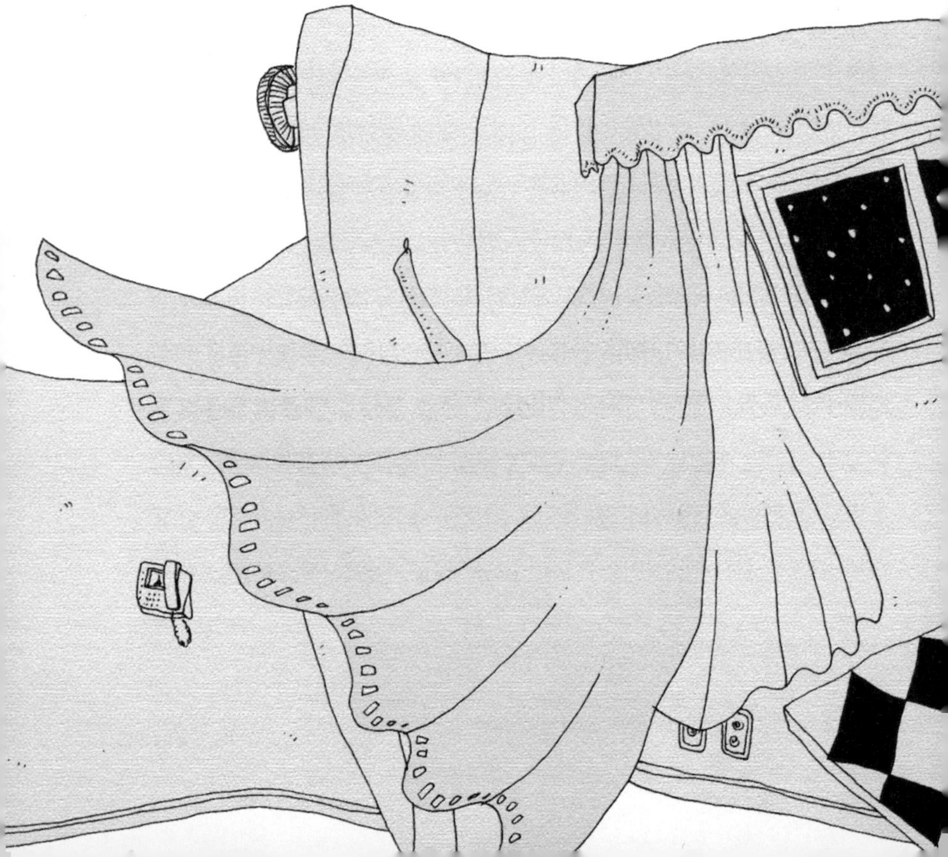

전하게 올려놓는 것을 잊지 않았다. 욕조에 떨어지는 물소리가 전화벨 소리처럼 들려서 몇 번씩이나 물을 잠그기도 했다.

"전화한다고 안 했는데 뭐. 전화 안 할 거야."

수건으로 머리를 꼭꼭 눌러 물기를 닦아 내며 동희는 혼자 중얼거렸다.

"그래. 한다고 해 놓고도 안 하는 사람이잖아. 안 할 거야."

누가 과연 그렇다 동의한 것도 아닌데, 혼자 뱉은 말에 혼자 동의하고, 혼자 서글퍼져서는 새삼 눈이 빨개지고, 눈물이 그득히 고였다가 고개를 절레절레 흔들며 다시 텔레비전 앞으로 엉금엉금 기어갔다. 여전히 소리 없는 텔레비전 앞에 오도카니 앉아 있으면, 화면 속 배우들은 벙긋

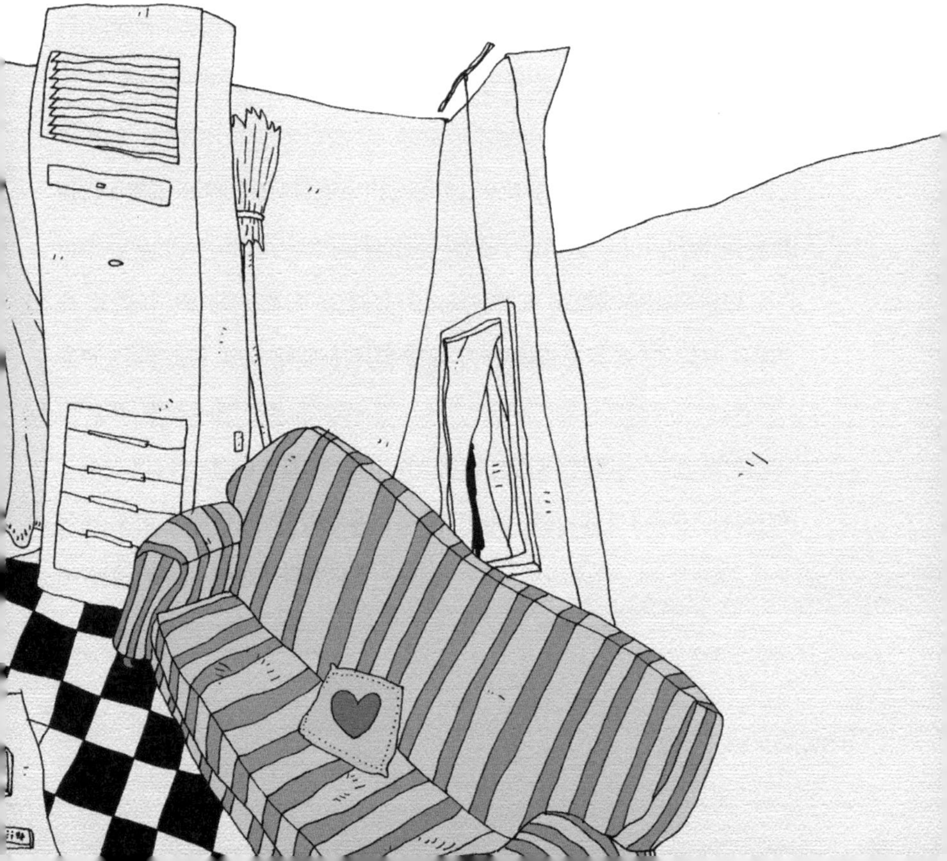

벙긋. 화면 속 가수들도 벙긋벙긋.

"다들 바보 같아."

괜히 모든 것에 화를 내며 엄지와 집게손가락으로 바닥의 먼지를 한 알 한 알 주워 모으고, 소파에 붙어 있는 머리카락을 떼어 내기 위해서 무릎으로 볼볼볼 기어가고, 이리저리 널린 책들을 집어 들어 한 장 한 장 넘겨 보기도 하고.

그 모든 동작에는 아무런 소리도 나지 않았다. 그리고 그 모든 동작이 이루어지는 동안 휴대폰도 울리지 않았다. 냉장고에서 따라온 물 한 컵을 야금야금 다 마시고, 젖어 있던 머리카락이 저절로 마르고, 정규 방송을 끝낸 텔레비전이 지지직거리고 동희가 끝내 볼 위로 눈물 자국을 낸 채 지쳐 잠자리에 들 때까지 성재는 전화를 하지 않았다. 동희가 그토록 기다릴 때는.

그런데 기다림을 힘겹게 접고 동희가 막 잠이 들려는 순간 전화벨이 울렸다. 성재였다. 기가 막힌 타이밍이었다. 용건은 더없이 간단했다.

"괜찮은지 걱정돼서. 술 많이 마신 것 같던데.."

"응."

괜찮다는 건지 술을 많이 마셨다는 건지, 동희는 멍하니 그렇게 대답을 하고 말았다. 그러고는 더 바보 같은 질문을 던졌다.

"그런데 왜 전화했어?"

용건을 다 듣고도 되묻는 동희의 기세가 심상치 않았다. 성재는 동희가 억지를 쓸까 봐 서둘러 전화를 끊으려 했다.

"괜찮으면 됐다. 끊을게."

하지만 성재는 그러고도 끊지 않았다. 동희는 전화가 끊어지지 않은 것을 확인하고는 숨소리도 내지 않고 몇 초를 버티다가 비록 덜덜 떨리긴 했지만 제법 독기를 품은 목소리를 내는 데 성공했다.

"앞으로는 그러지 마."

이번엔 성재가 말이 없다. 대답할 말이 없다. 뭘 그러지 말라는 건지.

"내가 전화하면 받아 주고 그러지 말라고. 내가 메시지 보내도 답장하지 말고, 내가 술 취해 길거리에서 자고 있어도 그냥 밟고 지나가라고. 뒤에서 이성재 이성재 소리치면서 불러도 아 어떤 미친 여자가 노래하는구나 그러고 그냥 가라고."

"무슨 말인지 알았다. 그만 해라. 이번 한 번만 그런 거니까."

하지만 동희는 성재의 말을 잘랐다. 동희는 지금 엄마까지 동원해 간신히 기다림을 포기하려 했던 시도가 무참히 깨진 것에 대해 분노하고 있다.

"알기는 뭘 알아. 이렇게 불쑥 전화 걸면 다야? 앞으로도 내가 술 취할 때마다 전화 받아 줄 거야? 다음 날 전화 걸어서 괜찮냐고 물을 거야? 아니잖아. 그러니까 전화하지 말라고."

"알았다. 전화해서 미안."

결국 성재가 먼저 전화를 끊었다. 3분 남짓의 통화. 기다림을 끊기 위해 라디오와 대화하고 엄마의 옛날이야기를 듣고 혼자서 3시간을 뒤척인 노력은 그 3분에 모두 날아가 버렸다. 그래서 다음 날 동희는 대전으로 내려갔다.

scene 28 :

헤어진 남자에게 무작정 찾아가던 날

초인종이 울려 문을 열어 보니 동희가 서 있었다. 한 손에 꼬마 주스가 열두 병 들어 있는 종이 박스를 들고. 모든 것이 조금은 다른 모습이었다. 초인종을 누른 것도 저런 주스 박스를 사 온 것도. 원래의 동희는 저렇게 공식적인 음료수 같은 것은 사 오지 않는다. 대신 이모가 만든 식혜나 수정과, 인삼주를 가지고 오곤 했다.

"나 또 훔쳐 왔어. 잘했지?"

자기가 먹을 것도 아니면서 신나게 그 음료수들을 냉장고에 넣곤 했는데. 언젠가 동희가 아팠을 때 병문안을 가면서 성재가 꼭 저런 종이 박스를 들고 있었다. 그때 동희가 그랬다.

"아니, 공식적인 음료수를 사 들고 오다니 꼭 남 같잖아."

성재가 기억하고 있으니 동희는 그 일을 더 선명하게 기억할 것이다. 그러면서 저런 걸 사 오다니, 자기가 직접 저장한 도어록의 비밀번호를 잊었을 리가 없는데 굳이 초인종을 누르는 모습하며 이 어색한 말투.

"들어가도 돼?"

성재는 갑자기 마음이 아팠다. 내가 동희에게 무슨 짓을 한 걸까.

"들어와."

성재의 말이 떨어지고 나서야 동희는 집 안으로 들어서며 말했다.

"어제 그러고 전화를 끊은 게 너무 미안해서.."

말해 놓고 나니 변명이 너무 구차하다고 느꼈는지 동희의 얼굴이 빨개졌다. 성재가 주스 박스를 식탁 위에 올려놓고 돌아보니 동희는 그대로

서 있었다.

"왜 앉지 않고."

성재의 말에 동희는 그제야 앉았다. 그러고는 들릴 듯 말 듯한 목소리로 말했다.

"얼마 전까지는 다 내 거였는데, 이젠 다 허락 받아야 할 것 같네. 문도 마음대로 못 열겠고 냉장고도 그렇고.."

성재는 동희가 울까 봐 마음이 불편해졌다. 내 앞에서 누가 우는 건 정말 싫은데. 울어 버리면 나는 또 달래 줄 수밖에 없는데. 달래 주었으니 사랑해 달라고 말하면 나는 그럴 수가 없는데.

동희는 성재의 불편한 심기를 알아차렸나 보다. 갑자기 말도 안 되게 명랑한 톤으로 말했다.

"그래도 이름은 허락 안 받고 계속 불러도 되지?"

성재는 대답을 하는 대신 혼자서 떠들고 있던 텔레비전을 꺼 버렸다. 할 말이 있어서 왔을 테니, 어서 말하라는 신호. 동희는 그 신호를 알아듣고 준비한 말을 시작했다.

"생각해 보니까 내가 이 말은 안 한 것 같아서.."

그러고는 또 시간이 조금 흘렀다. 성재는 여전히 아무 말도 하지 않았고, 그 어려운 분위기에서 동희가 마침내 하려고 했던 그 말을 꺼냈다. 별로 길지도 않은 말이었다.

"안 헤어지면 안 돼? 귀찮게 안 할게."

어젯밤 얼마나 연습했는지 동희의 말에는 억양도 없다. 그러고 보니 어젯밤 얼마나 울었는지 코끝이 아직도 빨갛다. 성재는 할 말이 없어졌다. 그 한마디를 하려고 여기까지 온 거니? 대답은 너도 알잖아. 어떻게 말해도 동희는 울 것 같았다. 내 앞에서 누가 우는 건 정말 싫은데. 울면

달래 줄 수밖에 없는데. 하지만 다행히 동희는 울지 않았다. 심지어 또 한 번 말도 안 되게 명랑한 얼굴로 자리에서 발딱 일어났다.

"오케이, 그럼 가야겠다."

성재가 꼼짝도 안 하는 사이, 동희는 벌써 현관에서 신발을 신고 있었다. 그런데 하필이면 긴 부츠를 신고 와서 그것을 다시 신느라 막 허둥댔다. 성재는 동희가 딱하다 못해 마음이 괴로울 지경이었다. 겨우 부츠를 다 신은 동희가 도어록을 잡는 순간 성재가 입을 열었다.

"왜 헤어지느냐고는 안 물어 보네."

동희는 도어록을 꼭 붙잡은 채 뒤도 안 돌아보고 말했다.

"어차피 헤어질 건데 뭐. 그러니까 안 물어 보는 거야. 그럼 안녕. 이젠 여기 다시 올 일 없겠다."

그렇게 말한 동희는 문을 열고 나와 계단을 내려가기 시작했다. 동희의 뒷모습을 보며 성재는 착잡한 심정이었지만 곧 문을 닫고 소파에 앉아 텔레비전을 켰다. 등 뒤에서 문 닫히는 소리가 들리자 모든 걸 포기한 듯 계단을 내려가던 동희가 발걸음을 멈추더니 이내 다시 돌아와 초인종을 눌렀다. 성재가 문을 열었고, 동희는 앞으로 올 일 없겠다던 그 집에 1분도 채 지나지 않아 다시 들어섰다.

"하나만 더, 혹시 다른 사람이 생긴거라면.."

거기까지 말한 동희는 울음을 필사적으로 참아 내며 말을 이었다.

"나도 만나면 안 돼? 나만 만나는 거말고, 나도 만나면 안 돼?"

scene 29 :
"그때 나 좀 말리지 그랬니?"

야근하다 퇴근이 늦어진 동욱이 집으로 가는 길에 잠깐 승민의 가게에 들렀다. 승민은 반가움을 온몸으로 드러내며 동욱을 맞이했다.

"라면 먹을래? 아니면 다른 거라도."

"너무 피곤해선지 입맛도 없다. 이럴 땐 뭘 먹으면 좋을까?"

"술?"

"넌 정말 훌륭한 요리사야."

주종도 안주도 승민이 모두 알아서 정했다. 불에 그슬린 복어 지느러미를 청주에 넣고 70도 정도로 중탕하면 동욱이 좋아하는 히레사케가 된다. 일본 음식을 만들어 파는 승민은 의외로 소주파지만, 피곤하고 추운 날에는 히레사케가 좋다는 것에는 동의한다. 달콤하고 훈훈하면서 조금 비릿하기까지 하니까. 안주로는 꼬치 몇 가지와 국물이 자작한 오뎅 전골. 그리고 고이 따로 모셔 둔 참치의 대뱃살도 조금 썰어서

냈다.

"먹어 봐. 대뱃살이야. 이건 원래 찬 정종이랑 마시는 거지만.."

네가 좋아하는 거니까, 라는 말은 그냥 삼켜 버린다. 대신 오랜만에 보는 사람처럼 회사 일이나 물어 본다.

"바쁜 건 다 끝났어?"

"응. 간신히. 오늘은 원 없이 자야지."

"잘됐네."

음주에 열중하는 척 히레사케를 홀짝이며 동욱이 묻는다.

"동희나 진철이, 지현 씨는 오늘 가게에 안 왔어?"

"며칠째 조용하네."

동희 이름이 나온 다음엔 동욱은 항상 몇 초쯤 조용해진다. 이렇게 가까이에 있으면서 혼자서 다른 생각에 빠져 버리는 동욱이 싫다. 그 아득한 거리감이 싫어 승민은 차라리 동희 이야기를 꺼낸다.

"동희 씨 참 재미있어."

"특이하지."

그러고는 동욱이 혼자 웃는다. 승민은 초조해서 물어 보고 만다.

"특히 어떤 점들이?"

"동희는 개를 싫어하거든. 왜 싫어하는지 알아?"

승민이 알 리가 없다. 어깨를 으쓱해 보이자 동욱이 신이 나서 말한다.

"발을 안 씻어서 싫대. 동희 은근히 결벽증이거든. 꽃다발도 싫어하는데 그건 왜 싫어하는지 알아?"

그게 뭐 웃긴 이야기라고, 혼자서 또 만득이처럼 웃는 동욱이 싫다. 그래서 퉁명스럽게 대답한다.

"글쎄."

"너무 잔인해서 싫대. 멀쩡히 땅에 발붙이고 잘 살고 있는 애들을 무릎부터 싹둑 잘라서 비닐에 둘둘 말아 버리는 게 너무 비인간적이래. 그렇게 만들어진 꽃다발은 처음부터 시체라면서."

동희는 특이한 게 아니라 괴상한 여자다. 그런 괴상한 여자를 좋아하는 동욱은 더 한심하다.

"그러면서 꽃 주면 또 좋아하기는 한다? 그러고 보니 통닭도 방화로 살해된 닭이라고 하면서 또 먹기는 잘 먹어. 동희는 '캔디' 도 싫대. 못생긴 게 주위의 남자들을 다 꿰차고 다니는 것도 마음에 안 들고, 그러면서 만날 혼자 불쌍한 척하는 것도 싫고, 외로워도 슬퍼도 안 울고 웃으면서 들판 달리는 것 보면 분명 미친년이었을 거래. 아, 주근깨도 그래서 생긴 거래. 자외선 차단제 안 바르고 들판 뛰어다녀서. 그런데 동희 휴대폰 컬러링은 벌써 몇 년째 캔디캔디잖아. 참, 너 동희가 캔디 흉내 내는 거 못 봤지? '아하하 난 너무 슬퍼~' 그러면서 들판 달리는 흉내 내는데 엄청 웃겨. 나중에 한번 보여 달라고 해 봐."

내가 그걸 왜. 승민은 이제 얼굴에 표시가 날 만큼 기분이 나쁘다. 그래서 한마디 한다.

"난 동희 씨 그런 거 별로더라. 진지해야 할 때도 너무 안 진지하고, 별로 안 웃긴데 혼자서 막 웃는 것도 그렇고, 뻔히 할 말 있는 걸 아는데 딴소리 빙빙 돌려서 하는 것도 그렇고."

하고 싶은 말은 많았지만 동욱의 눈치를 살피느라 승민은 말을 그쯤에서 줄였다. 동욱은 처음으로 승민에게 동희를 마음에 담게 된 날의 이야기를 들려주었다.

"한번은 같이 골목길을 걷고 있는데 어쩌다 보니 내가 안쪽, 동희가 차도 쪽이었어. 그런데 갑자기 어떤 차가 동희의 발등 위로 지나갔어. 그 순간 나는 기겁을 해서 비명을 질렀는데, 정작 발등에 금이 간 동희는 소리를 안 질렀어. 차 주인이 놀라서 동희한테 물었지. 괜찮냐고. 그랬더니 동희가 웃으면서 그러는 거야. '병원에 좀 데려다주세요. 킥킥.' 차 주인은 동희더러 독하다고 혀를 내두르는데, 나도 처음엔 그런 동희가 좀 무섭다가 곧 너무 가여워졌어. 아, 이 사람에겐 웃음이 비명이구나.."

동욱은 승민이 살뜰하게 챙겨 준 안주는 내팽개쳐 두고 자꾸 술만 찾는다. 어느새 석 잔째. 승민은 천천히 마시라는 의미로 술잔 옆에 물 컵을 놓아 주며 묻는다.

"일종의 연민인 거네?"

동욱은 대답이 없다. 조금씩 취기가 도는 얼굴이다. 피곤하면 그만 들어가서 자라고 말하려는데 동욱은 계속 말을 한다.

"나는 그렇게 동희를 이해하고 좋아하기 시작했어. 그래서 어느 순간 동희가 이성재를 좋아하기 시작했다는 사실을 알고는 그런 생각을 했어. 너를 이해할 남자가 세상에 그리 많지는 않을 것이다. 만약 이성재가 그런 드문 사람이라면 너는 아주 운이 좋은 편일 것이고 그래서 너를 꼼짝없이 놓치게 되는 나는 아주 운이 나쁜 편일 거다."

승민은 그 말을 들으며 생각했다. 그럼 지금 동욱이 너는 운이 좋은 사람이 된 건가, 그리고 나는 운이 나쁜 사람이 된 건가.

"그런데 그건 틀린 생각이었어. 동희도 운이 없고 나도 운이 없는 경우가 있다는 걸 몰랐지. 이성재가 동희를 이해하지 못한다고 동희가 반드시 나한테 오는 건 아니니까. 심지어 날 원망하니까, 왜 안 말렸냐고. 보시다시피."

보시다시피, 말을 했더니 보란 듯이 동희에게서 전화가 걸려 왔다. 동욱은 휴대폰 액정에 뜬 동희의 이름을 승민에게 보여 주며 어깨를 으쓱했다. 보시다시피.

"응. 어디야?"

웃으며 전화를 받던 동욱의 얼굴이 무슨 말을 들었는지 금세 딱딱하게 굳는다.

"그러게 너는 왜!"

그러게 왜 대전에 갔냐는 말을 겨우 삼키고 다시 말한다.

"알았어. 금방 갈게. 금방 갈 테니까 카페든 어디든 들어가 있어. 가서 전화할게."

전화를 끊은 동욱은 이미 겉옷을 걸치고 있다.

"나 대전에 가 봐야 할 것 같다. 동희가 거기 있는데 지갑이 없대."

"대전까지 택시를 타고 간다고?"

"술 마셨잖아. 서울역까지 가고 또 기차 시간 기다리느니 택시 타는 게 더 빠를 것 같아서."

총알택시를 타겠다는 거구나. 승민은 괜히 아찔하다. 또 누군가를 잃기는 싫다. 그게 동욱이라면 더더욱. 승민은 민첩하게 하얀 요리복을 벗으며 말한다.

"내가 운전할게."

"가게는 어쩌고?"

"괜찮아."

승민은 아르바이트생에게 더 이상 손님도 주문도 받지 말고, 누가 물어 보면 집안에 급한 일이 생겨 일찍 문 닫는다고 말하라고 당부하고는 동욱과 함께 가게를 나섰다.

… 동욱 독백

세상에서 가장 필요 없는 말.
그리고 듣는 사람을 가장 기가 막히게 만드는 말.
"그때 나 좀 말리지."
그런데 그 말을 네가 내게 하는구나.
"그때 나 좀 말리지 그랬니."

그냥 해 보는 말인 것을 잘 알아.
평소 같았으면, 말짱한 정신이었으면
내게 그렇게 말할 리 없겠지.
요즘 너는 너무 힘드니까, 그날은 술도 마셨으니까,
자기가 무슨 말을 하고 있는지도 몰랐을 테니까,
그래서 나한테 그렇게 말했겠지.
우린 둘 다 그때 일을 기억하고 있으니까..

네가 그 사람과 사귀겠다고 말했을 때 나는 당연히 싫었어.
그를 아는 주위 사람들은 모두 반대했지.
단순히 어울리지 않는 사람이다, 그런 이유는 아니었어.
사랑했던 사람의 결혼식을 다녀온 남자가
그날 오후에 만난 여자를 사귀겠다고 하는 것은
사랑이 아닐 가능성이 아주 크니까.
'이용' 이나 '오기' 라는 말이 너무 쉽게 떠오르니까.
사랑은 원래 사고 같은 거라지만
그래서 누굴 좋아하게 된 것은 잘못이 아니라고 하지만
사랑도 사람이 하는 일인데
아니다 싶은 사랑도 얼마든지 있는 법이니까.

그래서 나도 당연히 한 번쯤은 말렸지.
자신 없는 목소리였지만,
'아무리 생각해도 그건 아닌 것 같은데.'
하지만 너는 내 말을 단호하게 잘라 냈어.
"세상엔 연민으로 시작하는 사랑도 있고
미움으로 시작하는 사랑도 있어.
오기로 시작하면 어때?
결국 사랑하게 되면 상관없는 거잖아."

그러곤 빨개진 눈으로
한참 입을 다물고 있다가 나한테 그랬어.
"다들 말리기만 하는데, 너라도 반대 안 하면 안 돼?"

그래서 나는 반대하지 못했어.
왜 말리지 않았느냐고?
네 행복이 염려되지 않았던 게 아니라
네 불행을 예상하지 못했던 게 아니라
네가 부탁해서, 그래서 나는 못 말렸어.

그 대신 나는 아직도
이렇게 네가 전화하면 언제나 받잖아.
네 부탁, 네 원망, 네 울음소리, 그 모든 걸 다 들어 주잖아.
지금처럼 네가 부르면 나는 언제나 달려가잖아.

scene 30 :
사랑이 아파
아무 말도 할 수 없었던

승민이 운전한 동욱의 차는 2시간이 채 걸리지 않아 대전에 도착했다. 역 안에 앉아 있었다던 동희는 차 뒷자리에 올라타며 애써 태연한 척한다.

"굉장히 빨리 왔네. 근데 승민 씨, 가게는요?"

"신경 쓰지 마세요. 그보다 지갑은 또 어쩌다가."

"그러게요.."

동희가 고개를 푹 숙이며 말한다. 사실은 이성재의 집에 갔었는데 거기에 지갑을 두고 왔다고. 다시 가서 가지고 올까 생각했는데 도저히 그럴 수가 없더라고. 신분증과 카드, 지갑 모두 다 버려도 되는데, 그 속에 들어 있는 수백만 원 가까운 경비 처리 영수증들을 두고 갈 수가 없었다고.

"동희 씨는 친구가 동욱이밖에 없나 봐요."

승민이 딴에는 가시가 박힌 말이었는데, 동희는 순순히 웃으며 대답한다.

"예, 제가 원래 왕따예요."

그렇게 말하는 것도 얄미운데 동욱이까지 거들고 나선다.

"그게 아니라 내가 왕딴데 동희가 놀아 주는 거야. 동희는 하루 종일 전화 받는데 나는 너하고 동희한테서만 전화 오는 거 알지?"

"전화 오면 뭐 해. 다 회사 사람들이고 매니저고.."

듣기 싫은 승민은 그쯤에서 말을 자른다.

"여기서 어느 쪽으로 가야 해요?"

"하나 더 가서 우회전하면 돼요. 그다음에 바로 첫 번째 골목으로."

이번엔 동욱의 기분이 나빠진다. 지하도에 들어가면 늘 나오는 입구를 못 찾아 헤매는 동희가 이성재의 집은 참 술술 설명도 잘한다. 동욱은 사이드미러로 동희를 훔쳐보며 갑자기 피곤이 몰려오는 것을 느꼈다. 좁은 차 안에 겨우 세 명이 타고 있는데 수많은 감정의 화살들이 이리저리 날아다니면서 세 사람의 가슴을 번갈아 가며 콕콕 찌르고 있는 것만 같다.

"지갑은 어디 뒀는데?"

동희가 동욱이의 눈치를 다 살피며 대답한다.

"식탁 위에 있을 거야. 주스 박스랑 같은 손에 들고 있었으니까."

주스까지 사 갔나 보다. 바보 같은 김동희. 울컥한 동욱이 라디오를 켜자 속없이 시끄러운 노래가 흘러나오고 있었다. 그 불편한 분위기 속에서 차는 성재의 오피스텔 앞에 멈춰 섰고 동욱이 내렸고 승민도 따라 내렸다.

"나 혼자 갔다 올게."

"같이 갈게."

동욱을 혼자 보내면 싸움이라도 일어나지 않을까 걱정스러워 승민이 굳이 따라나섰다. 동희는 호송되는 죄인의 표정을 하고는 뒷자리에 꼼짝도 않고 앉아 있다. 누가 뭐라고 한 것도 아닌데 혼자 기죽어서는.. 바보 같은 김동희, 자기를 찬 남자 집에 주스까지 사 간 김동희. 동욱은 서둘러 계단을 올랐다. 그 뒤를 승민이 따랐고. 동욱이 벨을 누르자 이성재가 나타났다.

"동희가 뭘 놓고 왔다고 해서."

이성재는 문에서 비켜 서는 것으로 들어오라는 몸짓을 했고 동욱은 성큼 그 집 안으로 들어갔다. 방이 두 개 있는 투 룸이었다. 문이 열려 있는 작은 방 안에는 침대가 보였다. 동욱은 뺨을 맞은 사람처럼 급히 고개를 돌렸다. 아무것도 생각하고 싶지 않았다. 서둘러 주방 쪽으로 가니 식탁

이 있고 그 위에는 동희가 사 들고 왔을 주스 상자가 아직 그대로 놓여 있고 그리고 그 옆에 낯익은 동희의 지갑이 누워 있었다. 낚아채듯 지갑을 들고 쿵 소리를 내며 현관문을 닫고 계단을 내려왔다. 계단을 하나 내려올 때마다 목구멍이 점점 뜨거워졌다. 바보 같은 김동희. 자기를 찬 남자 집에 주스까지 사 간 김동희. 그 주스도 한 병 못 얻어 먹고 그냥 나온 김동희.

돌아오는 차 안, 세 사람은 아무 말도 하지 않았다. 동희는 자는 척, 동욱은 라디오를 듣는 척, 승민은 운전에 열중하는 척했다. 동희에게는 자기 자신이 너무 싫었던 날, 동욱에게는 자기 자신이 너무 무력하다고 느꼈던 날. 하지만 그날 가장 충격을 받은 사람은 승민이었다. 승민에게 그날은 절대로 마주치고 싶지 않았던, 학창 시절 유일한 친구였던 민정을 죽게 만든 이성재와 다시 만난 날이었으므로.

scene 31 :
"사랑은 끝까지 가 보지 않고서는 포기가 어려운 법이지"

"왜 이렇게 늦었어?"

현관에서 신발을 벗기가 무섭게 바로 침대로 가서 쓰러지는 동희를 보며 송자는 잔소리를 늘어놓기 시작했다.

"너 그때 이모가 했던 말만 믿고 자꾸 늦나 본데, 난 아니야. 너 요즘은 현장도 잘 안 나간다면서 왜 자꾸 늦니?"

얼마 전에 금자 씨가 그랬다. 서른 넘은 딸이 외박하고 오면 엄마들이 은근히 좋아한다고. 그런데 송자가 잔소리를 하는데도 침대에 엎어진 동희가 꼼짝도 하질 않는다. 귀를 막고 애국가를 부르거나, 왜 이러시냐며 마구 엉겨 붙어야 정상인데.. 뭔가 이상하다 싶어 송자는 동희를 옆으로 굴려 본다. 바로 눕히고 보니 얼굴이 아주 엉망이다. 엄마들은 딸의 얼굴이 그럴 때 이런 말부터 하기 마련이다.

"밥은 먹었니?"

듣고 보니 동희는 오늘 한 끼도 먹지 않았다. 대답 대신 고개를 절레절레 흔드는 동희를 잠시 침대에 방치해 놓고 송자는 주방에서 물부터 끓였다.

"떡라면 먹을래, 만두라면 먹을래?"

"둘 다."

동희는 먹고 나면 금방 잠들 수 있을 거라는 희망을 품어 본다. 오늘은 정말이지 너무 길었다. 아침 일찍 출근했고, 캐스팅 문제 때문에 감독을 만났고, 오후에 서울역에서 기차를 탔고, 편의점에서 주스를 샀던 것 그리고 성재의 집, 다시 대전역, 동욱이와 승민 씨, 자동차, 그 모든 일이 하루에 일어났다고는 믿어지지 않을 만큼.. 매일매일이 이렇게 길다면 사람들은 아마 열 살도 되지 않아 모두 노인이 되어 버릴 것이다.

하지만 다행히 어떤 날은 기억할 틈도 없이 금세 지나가 버린다. 내일은 그렇게 지나갈 것이다. 지금 엄마가 끓여 주는 라면을 먹고 잠이 들면, 내일은 퍼진 만두처럼 무섭게 부은 얼굴로 일어나 오후만 있는 토요일을 맞이하게 될 테니까. 라면 냄새가 모락모락 번지는 사이 동희는 세수만 하고 식탁에 앉았다.

"엄마는 안 먹어?"

"안 먹어."

동희는 라면을 먹고 송자는 그 모습을 가만히 보고. 둘 사이엔 한참 말이 없다. 동희가 라면을 거의 다 먹었을 때쯤에야 송자가 말을 건넨다.

"많이 피곤해 보이네."

"응. 지구 끝까지 갔다 온 것 같아."

동희의 말에 송자는 라면 그릇을 치우며 애써 무심하게 대답한다.

"끝까지 가는 건 안 좋은데. 여기 없는 건 가 봐도 없거든."

"엄마는 끝까지 안 가는 편이던가?"

끝까지 가는 편이지. 그래서 끝까지 기다리다가 이 나이가 되었지.

"엄마 젊었을 때 별명이 이끝순이었어. 이모가 말 안 하디?"

웃으라고 한 소리였는데 동희는 웃지도 않고 또 혼자서 중얼거리듯 얘기한다.

"엄마, 나는 어릴 때부터 끝까지 가는 거 별로 안 좋아했다? 왜냐하면 지우개 따먹기 하다가 싸우게 되면 끝에 가서 애들이 꼭 그랬거든. 너 우리 아빠가 누군지 알아? 우리 아빠 경찰이야. 너는 아빠도 없지?"

송자의 표정이 너무 슬프다. 엄마를 슬프게 만들려고 꺼낸 이야기는 아닌데.

"아니야, 엄마. 그런 표정 하지 마. 난 엄마가 나한테 미안해할 때가 제일 어색해. 그냥 그랬다고. 나는 어른들이 자기 성격을 다 어린 시절 탓으로 돌리는 거 좀 웃긴다고 생각하거든. 마흔 넘으면 자기 얼굴에 대해 책임지는 것처럼, 스무 살 넘으면 자기 성격은 자기가 책임져야 하는 거잖아. 아무튼 나는 끝까지 가는 거 별로 안 좋아해. 엄마도 알잖아. 내 인생의 모토, 좋은 게 좋은 거다, 사는 데 정답은 없다. 물론 명백한 오답은 있지만. 전쟁 같은 거."

이야기를 듣던 송자는 자기도 모르게 동희에게 주려고 따랐던 물을 꿀꺽꿀꺽 다 마셔 버렸다.

"그런데?"

"그런데 오늘은 끝까지 갔다고. 그 얘기였어. 그랬더니 너무 피곤하네. 엄마는 아빠였던 사람하고 언제 완전히 끝났어? 아빠는 지금 뭐 하고 살아? 도망가서 행복하대?"

취하지도 않은 동희가 느닷없이 아빠 이야기를 물어 보는 것, 그것도 금자가 아닌 송자에게 직접 묻는 것은 아주 좋지 않은 현상이다. 더군다나 다 알고 있다는 듯한 질문. 언젠가는 해 주어야 할 이야기가 많지만 송자는 아직 준비가 되지 않았다. 송자는 일단 시간을 벌기로 한다.

"옷부터 갈아입어. 이도 닦고."

배가 부르자 피곤과 졸음이 밀려오는지 동희는 착한 아이처럼 고분고분 이를 닦았다. 그러고는 송자가 침대 위에 꺼내 놓은 새 잠옷 대신, 열몇 살 때부터 입던 다 해진 잠옷을 찾아 입고는 이불 속으로 들어가 다행히도 금방 잠이 들었다.

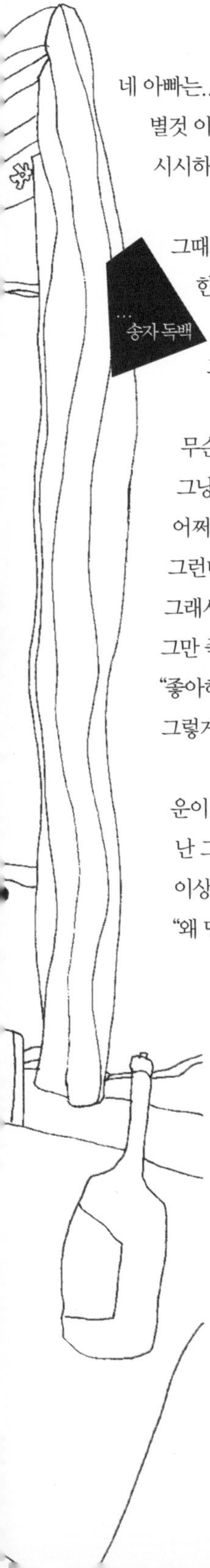

네 아빠는.. 노래를 참 잘 부르는 사람이었어.
별것 아닌 음들도, 그 사람이 소리 내면 모두 노래처럼 들렸고
시시하던 가요도 그 사람이 부르면 정말 감미로웠지.

… 송자 독백

그때도 여름이었는데.. 여러 사람이 술을 마시던 자리였어.
한창 흥이 오를 즈음 고개를 돌려 보니까 그 사람이 없는 거야.
괜히 화장실에 가는 척 밖으로 나갔더니
그 사람은 막걸리 집 앞에 쪼그리고 앉아 노래를 흥얼대고 있었어.

무슨 노래였는지는 기억 안 나.
그냥 별로 유명하지 않은 노래였던 것 같아.
어쩌면 세상에 없는 노래였을 수도 있고..
그런데 내 귀에는 그 노래가 꼭 나를 부르는 소리처럼 들렸어.
그래서 나도 같이 쪼그리고 앉아서 한참 노래를 듣다가
그만 좋아한다고 말해 버렸지.
"좋아해요, 당신도, 당신 노래도."
그렇게 무식하게 말할 계획은 아니었는데..

운이 좋아서 그 후로
난 그 사람의 노래를 더 가까이 들을 수 있는 애인이 됐지만
이상하게 그때부터 그 사람의 노래가 듣기 싫어졌어.
"왜 당신이 부르는 사랑 노래들은 한결같이 그렇게 슬픈가요.
당신의 가슴에 맺힌 이야기가 그렇게 많은 건가요."
나는 가끔씩 따져 물었지.
따지는 것처럼 들리지 않도록 일부러 먼 산을 보거나
아니면 비겁하게 웃는 척하며 묻기도 했지만
그 사람은 내 속내를 알았는지 끝내 대답해 주지 않았어.
그래서 한번은 화를 냈어.
"왜 당신은 나한테 옛날이야기를 안 해 주는 거죠?"

그 사람은 그러더라.
"그런 이야기는 안 하고 싶어."
그러고는 입을 꼭 다물었어.
그 뒤로 한동안은 노래도 부르지 않았지.

그 사람이 떠나간 뒤에야
슬픔과 미련도 다 지나간 뒤에야
나는 그 사람의 아픔이 무엇인지를 알게 됐어.
처음부터 나를 사랑할 수 없는 사람이었구나.
그 사람에게는 내 사랑 자체가 상처였겠구나.

하지만 진작에 그 사실을 알았어도
나는 별 도움이 되지 못했을 거야.
믿을 수 없다고 소리를 지르거나
쓸쓸한 노랫소리가 듣기 싫어 귀를 틀어막으며
아마도 상처만 더 줬겠지.
"당신은 나를 사랑해야 해요.
아니, 내가 아니라도 여자를 사랑해야 해요.
당신은 남자잖아요.
남자를 사랑할 순 없어요.
우리는 결혼도 했잖아요.
노력하면 바꿀 수 있어요."

그 후로 나는 슬픔이 깊어 보이는 사람은 사랑하지 않겠다고 결심했어.
내가 죽기 전에 다시 누군가를 사랑하게 된다면
내가 감싸 줄 수 있을 만큼의 슬픔만 가진 사람,
행복한 노래를 부르는 사람을 사랑하고 싶어.

잘될지는 모르겠어.
아직도 가끔 비가 오면
그 노래가 듣고 싶고, 그 얼굴이 보고 싶어지니까.

scene 32 :
엄마의 가슴을 두근거리게 만든 네 글자

실컷 자고 늦게 일어나리라 마음먹었던 동희의 계획은 이른 아침 울린 전화 때문에 보기 좋게 틀어지고 말았다. 현장에서 걸려 온 전화였다. 텔레비전 연예 정보 프로그램에서 촬영 현장으로 인터뷰를 오기로 했는데, 마케팅 팀에서 주연 여배우 측에 미리 연락을 하지 않았다는 거였다.

"어떻게 그런 일이 있을 수 있어? 왜 연락을 안 했어?"

전화기 속 후배가 궁색한 변명을 늘어놓았다.

"마케팅 팀 막내가 연락을 하기로 했는데 그 배우 매니저가 바뀌어서 전화가 안 됐다고."

자기 스스로도 말이 안 된다 싶었는지 목소리가 형편없이 기어들어 가고 있다.

"아니 전화가 안 됐으면.."

소리를 지르려다 그만둔다. 대부분의 경우 잘못은 잘못한 사람이 제일 잘 아는 법이다. 이럴 때 길게 혼을 내면 오히려 역효과가 날 뿐이다. 처음엔 잘못했다 싶다가도 꾸중이 길어지면 '그럴 수도 있지' 라는 반발심이 생기기 마련이니까. 그래서 동희는 30분 내로 현장에 도착하겠다는 말만 하고 전화를 끊었다. 모자를 뒤집어쓰며 거울을 보니 부기는 그야말로 최고조에 달해 있다. 흠, 이렇게 부은 사람이 중간에서 사정을 하면 불쌍해 보일지도 모르겠군. 코트에 팔을 꿰며 방에서 나오니 송자는 텔레비전 앞에 누워 있고 금자 씨가 그 옆에 앉아 있다.

"이모 안녕, 일찍 왔네."

"네 엄마가 김치 떨어졌다고 해서."

"이모 나 나갈게. 엄마 나 나간다."

"같이 가. 나도 지금 나가려던 참이야."

금자 씨가 자리에서 일어나는데 어디선가 문자 메시지가 도착한 신호음이 들린다.

"난 아닌데? 이모 건가?"

"나도 아닌데? 얘, 네 전화긴가 보다."

누워 있던 송자가 부스스 일어나 휴대폰을 확인해 보니 지훈이 보낸 것이다. 딱 네 글자가 적혀 있다. 통장 사본.

"어머나, 이 사람 정말 메시지를 보냈네."

신기해하며 휴대폰을 쳐다보는 송자를 무거운 금자 씨가 수상한 눈초리로 쳐다본다.

"너 눈이 왜 이렇게 하트야? 너 어떤 영감이랑 연애하지? 동희야, 네 엄마 연애하나 보다."

제에발, 이라고 동희는 말하며 현관문을 연다. 5분 전보다 훨씬 생기가 도는 송자가 두 사람을 배웅한다.

"근데 참 동희야, 넌 오늘 안 나간다더니."

"갑자기 일이 터졌어. 늦지는 않을 거야. 봐서 애들 점심이나 사 먹이고 금방 올게. 이모, 나 급해서 택시 탈 건데 집으로 갈 거면 같이 타고 갈래?"

"아니야, 나 차 가지고 왔어. 너 일산 쪽 가는 거면 내가 태워다 줄까?"

"정말? 좋지."

현관문이 닫히고 나자, 송자는 다시 한 번 메시지를 확인한다. 통장 사본 가져 오는 걸 깜빡한 게 벌써 다섯 번째라는 소리에 지훈이 메시지를 보내 주겠다고 말했지만 정말 이렇게 보낼 줄은 몰랐다. 송자는 고맙다고 답장을 하려다 멈칫했다. 지훈의 입장에서 보자면 보내는 거야 자판을 외워서 한다지만 받은 문자 메시지는 어떻게 확인하지? 다른 사람이 확인해 주는 건가? 송자는 잠시 망설이다가 답장 대신 직접 전화를 걸기로 했다. 전화기 속에서는 제목을 알 수 없는 봄 같은 노래가 흘러나왔다. 송자는 어쩐지 가슴이 두근두근했다.

"아, 안녕하세요."

지훈의 목소리.

"여보세요. 저 이송잔데요. 메시지 잘 받았어요."

"뭘요. 그런데 오늘 건 별로 소용이 없겠죠? 제가 월요일 아침에 다시 보내 드릴게요."

송자는 호호 소리를 내어 조금 주책맞게 웃는다.

"예, 그럼 더 고맙죠. 사실은 지금도 고맙다고 답장을 보내려다가 혹시 확인하시기가 곤란하지 않을까 싶어서 전화했어요."

그 말에 지훈이 여유롭게 대답한다.

"휴대폰에 문자 메시지 읽어 주는 기능 있는데, 모르셨어요? 요즘 휴대폰은 별거 별거 다 돼요."

"설마요."

지훈은 송자에게 휴대폰에 저장된 많은 기능을 차근차근 설명해 주었다. 영한 사전, 한영 사전, 지하철 노선도, 음성 녹음, 동영상 촬영, 외장 메모리.. 송자는 그 모든 것이 마냥 신기하기만 했다.

"딸이 있다고 하셨죠? 종희라고 했나? 아마 물어 보면 저보다 더 잘 알 거예요."

"이름은 동희예요. 그런데 걔는 젊은데도 워낙 기계를 싫어해서 아마 저처럼 휴대폰을 전화 받고 거는 데만 쓸걸요? 걔는 인터넷에 나쁜 사람이 너무 많이 산다고 컴퓨터도 잘 안 켜요. 인터넷으로 흥한 나라 인터넷으로 망할 것 같다나 어쨌다나.."

"부분적으로 동감해요. 사실 저는 휴대폰의 도움을 많이 받는 편인데도, 휴대폰이 없어도 좋았을 물건이라는 생각을 하거든요. 편한 것과 행복한 건 많이 다르니까요. 불편한 것과 불행한 게 전혀 다른 이야기인 것처럼."

정말로 그렇다는 이야기를 나누느라 두 사람의 수다는 꽤 길어졌다. 휴대폰 때문에 요즘은 드라마에서 엇갈림을 그리기도 쉽지 않다는 이야기, 휴대폰 때문에 요즘은 아무도 정확한 약속을 하지 않는 것 같다는 이야기.

"맞아요. 예전엔 몇 월 며칠 몇 시에 어디서 보자고 약속했잖아요. 일단 정해 놓고 나면 취소하기 힘들어서라도 약속을 지키곤 했는데, 요즘은 휴대폰이 있으니까 약속을 옮기기도 쉽고, 취소하기도 쉽고.."

지훈의 말에 송자는 예전의 풍경을 떠올렸다.

"맞아요. 예전엔 길에서 떨면서 기다리는 사람도 많았거든요. 상대방

에게 무슨 일이 생겼는지, 지금 어디쯤인지 전혀 알 수가 없으니까. 너무 추우면 근처 가게에 잠깐 들어가 껌 한 통 사면서 몸을 녹이고, 그러면서도 기다리는 사람이 언제 올지 몰라 계속 창 밖을 내다보고."

송자의 말에 지훈도 그런 장면을 상상해 보았다. 그리고 한마디를 보탰다.

"지금처럼, 어디냐고 전화 걸어서 소리 지르는 일도 없었죠."

"전화 왜 안 받느냐고 화내는 일도 없었고요. 요즘은 전화 안 받는 게 무슨 범죄가 된 것 같아요. 전화는 안 받을 수도 있는 건데, 그러면 사회성 없는 사람 취급하죠. 편하자고 만들었는데 수갑이 따로 없다니까요."

"휴대폰 때문에 불가능해진 일도 참 많아요. 부모님이 주무시면 전화기를 몰래 방으로 끌어오는 일, 밤 12시가 되면 전화기 옆에 딱 붙어 있다가 벨이 울리자마자 받아서 '응 나야' 속삭이는 일, 하루 종일 연락이 안 돼서 애태우는 일, '안녕하세요, 전 누구 친구 배지훈이라고 하는데요, 혹시 누구 있나요?' 덜덜 떨리는 목소리로 그 사람 부모님께 인사 드리는 일.."

지훈의 이야기를 듣다가 송자는 궁금해졌다. 이 남자가 덜덜 떨리는 목소리로 전화를 걸었던 여자는 어떤 사람이었을까, 이 남자의 첫사랑은 어떤 사람이었을까, 아니 이 남자에게 지금 사랑하는 사람은 있을까.

휴대폰이 없었어도 모든 연인은 지금만큼 행복했을 것이며, 지금보다 더 엇갈릴 수는 있겠지만 더 지극하게 그리워했을 것이라는 게 그날 통화의 결론이었다. 하지만 그러한 결론과는 상관없이 송자는 그날 휴대폰 덕분에 따뜻한 수다를 즐길 수 있었다. 그래서 그날만큼은 누가 뭐래도 휴대폰이라는 발명품에게 조금 고마워했다.

scene 33 :
결코 공평하지 않은 사랑의 이데올로기

빨간색 마티즈는 무거운 금자 씨와 퉁퉁 부은 동희를 태우고 강변북로를 씽씽 달리고 있다. 동희는 차창을 열고 바람을 맞는다. 어느새 바람이 그렇게 차갑지만은 않다. 이렇게 얼굴을 내놓고 달리면 부기가 좀 빠지려나. 누가 이렇게 운전만 해 줘도 아침이 살 만할 텐데. 지금처럼만 차가 안 막히면 서울도 살 만한데. 여행 가고 싶다. 오라는 사람 없어도 하루 종일 낯선 바람 속을 휘휘 돌아다니고 싶다. 그러고 보니 맨 공기 속을 돌아다닌 것도 너무 오래됐다. 차를 타고 움직이거나 아니면 건물 속에 갇혀 있다 보니 언제나 히터 바람 속에 있었으니까.

"추워, 문 닫아."

금자 씨의 만류에 동희는 다시 현실로 돌아온다.

"이모는 운전 참 잘한다. 나는 운전 정말 못하는데. 그래서 급하면 차 안 몰고 택시 타잖아."

"네가 엄마를 닮아서 그래."

"그런가? 그럼 아빠는 운전을 잘했나?"

"내가 알게 뭐니."

"이모는 정말 내 아빠였던 사람 소식 몰라?"

그 말에 운전을 하던 금자 씨가 동희를 힐끔 본다.

"아니, 엄마는 알고 있지 않을까 해서. 보통 부모가 이혼하면 부부끼리는 몰라도, 애들 중에 한 명은 양쪽 부모랑 다 연락하고 지낸다잖아. 그런데 나는 한 번도 아빠라는 사람을 본 적이 없거든? 그래서 그냥 혼자 생각해 본 거야. 엄마는 연락을 하지 않을까. 정말 까마득하게 소식을 모르면 안부라도 궁금해할 텐데 엄마는 전혀 그런 것도 없잖아. 미칠 정도로 사랑했다면서.."

동희의 말에 금자 씨는 무거운 얼굴로 마지못해 동의를 한다.

"그럴 수도 있지. 그런데 그래 봤자 뭐."

"그거야 모르는 거지. 엄마 아직도 저렇게 애인 하나 없는데."

"절대 그럴 일은 없다네."

너무 단호한 금자 씨의 부정.

"이모 뭐 알고 있는 거 있어? 아빠였던 사람, 다시 결혼했대? 혹시 애도 있어?"

"그럴 리가."

금자 씨의 결연한 대답이 어쩐지 수상쩍었지만 차는 어느새 촬영장에 도착했고, 서둘러 사고를 수습해야 하는 동희는 추궁을 포기하고 차에서 내렸다.

"이모, 고마워. 나 갈게."

"너, 엄마한테 좀 잘해 줘."

"응."

가끔은 이모가 더 편하다. 솔직히 자주 그렇다. 이모에겐 말해도 덜 미안한 것이 있다. 아니 미안하지만 그래도 괜찮다. 그래, 적당한 거리라는 건 이렇게나 편리한 것인데 나는 왜 그걸 진작 알지 못했을까? 조금만 거리를 두었더라면, 그래서 당신을 질리게 하지 않았더라면..

… 동희 독백

정말 많이 좋아했어요, 과도하게.
당신을 만나는 동안은 친구도 없었죠.
친구가 다 뭐예요, 가족도 없었는걸.
누가 나한테 "잠깐 얼굴이나 볼까"라고 말하면
나는 선뜻 대답을 못했지요.
그 사람을 꼭 만나야 하는 상황이라도
나는 "글쎄"라고만 대답하면서 머리를 막 굴렸습니다.
'어제 당신이 나한테 시간 되면 얼굴 보자고 했는데..'
'전화할지도 모르는데..'

나는 항상 대기 상태였어요.
언제든 "응, 10분만 기다려"라고 말하면서 뛰어나갈 준비를 했죠.
"너무 멀리 있으니 다음에 보자"는 말이 나오지 않도록 말이에요.
길이 막히면 지하철을, 막히지 않으면 택시를 타야 하니까
주머니 속엔 택시비가 항상 넉넉히 들어 있어야 하고..
머릿속이 늘 그런 생각으로 가득 차 있으니
다른 사람에게 쓸 신경이 남아 있질 않았죠.

그래서 당신은 내게 자주 원망을 들어야 했어요.
당신은 한 번도 내게
"언제나 나를 기다리고 있어 줘"라고 말하지도 않았고
"내가 전화하면 바로 달려와 줘" 하고 부탁한 적도 없었고
"내가 내일 꼭 전화할게"라고 확실히 약속한 적도 없는데..
나는 늘 당신을 원망했죠.

나는 이렇게 준비하고 있는데 왜 당신은 나를 부르지 않는지..
물론 대놓고 말한 적은 없지만 그래도 모를 수는 없었을 거예요.
하루 종일 당신만 따라다니는 안테나 같은 내 귀, 카메라 같은 내 눈빛.
내가 얼마나 부담스러웠을까요.

나는 왜 하필 그렇게 이르게 당신을 만났을까요.
살면서 바보 같은 짓, 바보 같은 사랑을 한 번씩 해야 한다면
차라리 다른 사람 먼저 만났으면 좋았을 텐데.
그런 바보 짓은 다른 사람에게 다 연습해 보고
지금쯤 당신을 만났더라면..

멋대로 커져 버린 내 사랑이 당신을 짓눌렀던 그때,
'행복하게 살자' 라는 말보다
'사랑하다 죽어 버려라' 라는 말이 더 멋지게 들렸던 그때..
당신에겐 힘든 기억이었겠지만
그래도 내 딴에는 그게 사랑이었다고 말하고 싶습니다.
이제는 아무 소용없겠지만
당신은 이런 것들이 더 이상 궁금하지도 않겠지만..

scene 34 : 그 남자 그 여자의 달콤한 연애질

"왜 이렇게 늦었어. 추워서 죽는 줄 알았잖아."

정말 추워서 죽어 가는 지현의 불만에, 급히 달려온 기색이 역력한 진철은 헉헉대며 휴대폰에 매달린 십자수 고리를 내밀어 보였다.

"이것 때문에. 아, 그러니까 안에서 기다리라고 했잖아."

그 말에도 지현은 여전히 심술 난 표정.

"아까아까 출발한다고 했잖아. 그래서 금방 도착할 줄 알았지."

진철은 허리를 펴며 여전히 숨찬 목소리로 말했다.

"내가 빨리 오려고 했는데 오다 보니까 휴대폰 고리가 없는 거야. 지하철 안에서 흘렸으면 몰라도, 다른 데면 찾을 수 있겠다 싶어서 다시 집까지.."

화들짝 놀란 지현이 말을 잘랐다.

"그래서 다시 집까지 갔다 온 거야?"

"아니이, 가려고 했는데 지하철 플랫폼에 떨어져 있더라고. 아까 너한테 다 왔다고 문자 보내려다가 휴대폰을 도로 주머니에 넣었거든. 네가

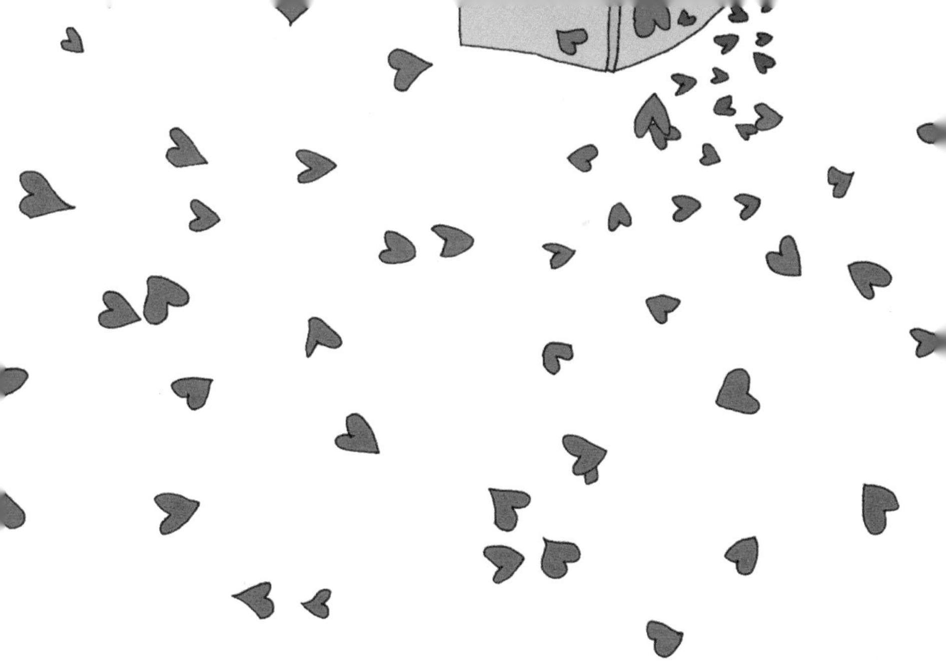

혹시 안 왔으면 그냥 천천히 오게 하려고. 그때 떨어졌나 봐."

설명을 듣다 보니 지현은 버럭 짜증을 낸 게 미안해졌다.

"아니, 그럼 그렇다고 말을 하지.."

하나도 안 미안한 척 툴툴대는 것 같지만 잘 들여다보면 미안함이 구석구석 번진 얼굴.

"아니 그게 뭐라고 그렇게까지 해. 그냥 잃어버리면 잃어버리는 거지. 별로 예쁘지도 않은데.. 누가 보면 여자 친구가 굉장히 무서운 사람인 줄 알겠네."

화낸 게 미안하기도 하고, 계속 길거리에 있으니 춥기도 하고, 배도 고프고, 갑자기 화를 풀자니 어색하기도 하고, 그래서 지현은 괜히 혼자 쭝얼쭝얼대며 앞으로 걸어가기 시작했다.

진철은 그 뒷모습이 귀여워서 잠시 지켜보다가 성큼성큼 다가가 주머니 속에 넣고 있던 지현의 손을 꺼내어 잡았다.

"와, 진짜 손이 얼음장이네. 어떡하니? 이렇게 차가워서.."

그러더니 자기 손으로 지현의 손을 비볐다가 입에 갖다 대고 후후 불었다가 하면서 재롱을 떨었다. 아까부터 웃고 싶었지만 못 웃고 있던 지현은 그제야 웃음을 보였다.

"아, 됐어. 자기 손도 차가우면서 뭐.."

그러곤 서로 어깨로 한 번씩 밀고, 엉덩이로 한 번씩 밀면서 사이좋게 걷기 시작했다.

"전쟁 영화 보면 애인이 준 목걸이 찾으러 갔다가 총에 맞는 사람 꼭 있잖아. 너는 절대 그러지 마. 내가 선물한 거 다 잃어버려도 돼. 난 너만 있으면 되니까. 무슨 말인지 알지?"

"그럼 알지."

"그럼 됐어. 우리 승민이 오빠네 가서 라면 먹을까? 살찌겠지만 맛있겠지?"

"그래 가자. 동욱이 형도 있으려나? 요즘은 통 운동하러도 안 오더라고. 무슨 일 있나?"

"아 붕어빵 먹고 싶다. 아직 겨울인데 왜 붕어빵 장수가 별로 없을까?"

잠시 뒤 지현이 라면 가게에 들어서며 말했다.

"오늘은 동욱이 오빠 여기 없네요?"

"동욱이가 여기 직원도 아니고 뭐 매일 있나요."

아무렇지 않은 척 대답하면서도 승민은 기분이 좋아져 버렸다. 그래 동욱이는 나와 가장 가까운 사람.

"동욱이 오빠 요즘 운동하러 안 온다고 진철이가 궁금해하더라고요. 저는 이 집 라면이 먹고 싶어서 왔고요."

승민은 빙긋 웃으며 따뜻한 물 한 잔을 건넨다.

"진철 씨는 잘 지내죠?"

그냥 그렇게 물었을 뿐인데 지현은 금세 얼굴이 흐뭇해진다.

"사실은 여기 문 앞까지 같이 왔는데 붕어빵 사러 갔어요. 제가 그냥 지나가는 말로 먹고 싶다고 그랬더니.. 안 먹어도 되는데."

사랑하는 사람의 이름은 저렇게나 큰 위력을 발휘하는구나. 방금 전 지현이 '동욱' 이라는 말을 했을 때 내 얼굴도 저랬겠구나.

"진철 씨 진짜 부지런하네."

그 말에 지현은 눈을 크게 뜨며 전혀 아니라는 표정을 지어 보인다.

"진철이가 며칠 전에 저한테 문자 메시지 보낸 거 보여 줄까요?"

지현은 자기 휴대폰을 꺼내 승민의 눈앞에 들이민다. 보낸 사람의 이름은 '겸둥진철', 메시지의 내용은 '자기야, 우리 집 리모컨 좀 찾아 줘 ㅠ.ㅠ'.

우락부락진철도 아니고, 무식진철도 아니고, 겸둥진철이라.

"너무 귀엽지 않아요?"

남에게도 이렇게 보여 주는 걸 보면 자기는 벌써 수십 번은 봤을 텐데, 아직도 뭐가 그리 웃긴지 지현은 귀여워서 까무러치겠다는 표정이다. 승민은 진철의 어떤 부분을 귀여워해야 할지 몰라 난감했다.

"아마 이거 보낼 때 우리 진철이, 소파에 몸을 착 붙이고 비행기에서 훔쳐 온 담요를 몸에 감고 누워 있었을 거예요. 머리맡에는 먹다 남은 과자 같은 게 있었을 테고. 왜 웨하스나 딸기산도 같은 거, 크림 바른 부분만 핥아 먹고 남은 부분 말이에요. 그러고는 굵은 팔을 뻗어서 어디 갔지, 이 리모컨이.. 등에 깔려 있나 엉덩이 밑에 있나.. 끝끝내 몸은 안 일으키고 더듬더듬 리모컨을 찾고 있었을 거예요. 상상이 가죠?"

솔직히 상상이 되지 않았다. '그렇게 게으른 모습이라면 동희 씨가 더 어울리는데' 라고 승민은 생각했다. 그런데 지현은 그런 진철의 모습이 바로 눈앞에 있는 듯 깨물어 주고 싶다는 표정을 지었다.

"아, 이렇게 게으른 사람이랑 어떻게 살지? 하긴, 그래도 같이 텔레비전 볼 때는 리모컨 저 준다니까 참아 주려고요."

지현이 혼자서 묻고 대답하는 사이, 승민은 잠시 다른 생각에 빠져 있었다. 사촌끼리 많이 닮았나 보다. 동희 씨 역시 그런 사람일 텐데, 동희 씨를 상상하면서 동욱이도 저렇게 귀여워 죽겠다는 표정을 지을까. 생각이 거기까지 미치자 승민은 혼자서 괜히 삐딱해지는 느낌이었다. 게으름뱅이들.. 승민은 서둘러 생각을 접고 지현과의 대화로 돌아왔다.

"리모컨들이 원래 가출을 좀 잘하긴 하죠. 도망과 은둔이 본능이라잖아요."

"맞아요. 그래서 저도 그냥 보던 거 보라고 답장 보냈어요. 그런데 그랬더니 뭐라고 답장이 온 줄 아세요?"

지현은 다음 문자 메시지를 보여 주었다. 응, 이라고 딱 한 글자가 적혀 있었다.

"손가락 움직이는 것도 귀찮았나 봐요. 우리 진철이가 이 정도예요."

"그래도 지현 씨가 먹고 싶다니까 붕어빵 사러 가네요, 이 밤에."

"그러니까요."

지현이 한껏 자랑스러운 표정을 지어 보였다. 사랑에 빠진 사람들을 행복하게 만들기란 참 간단한 일이다. 그 사람의 애인을 칭찬해 주거나, 혹은 서로 잘 어울린다고만 말해 줘도 그들은 금방 행복해지니까.

scene 35 :
남자를 사랑하는 남자

지현이 느닷없이 승민에게 물었다.

"혹시 동욱이 오빠 좋아하세요?"

승민에게 이렇게 단도직입적으로 물어 보는 사람은 처음이었다. 느닷없기도 하고 예의가 없기도 했다. 그런데도 별로 화가 나지 않았고, 당황되지도 않았다. 승민은 자기가 생각해도 어이없을 만큼 순순히 인정하고 말았다.

"워낙 착한 애라서."

제대로 된 대답은 아니었지만 그럼에도 불구하고 지현은 진지한 얼굴로 고개를 끄덕였다. 그 표정에 뭔가를 알아맞혔다는 승리감이나 호기심이 담겨 있지 않아서 승민은 경계심을 풀었다.

"그런데 그걸 어떻게?"

"저도 그런 친구가 있어요. 몰랐을 때는 아예 몰랐는데 알고 보니 주위에 꽤 많더라고요. 일부러 관찰한 건 아니지만 옆에서 지켜봤더니 게이들은 공통적으로..”

게이라고 말해 놓고는 지현이 당황한 기색으로 승민을 바라보았다. 지현에게도 이런 이야기가 쉽지는 않을 것이다. 승민은 부드러운 얼굴을 보여 주려 애썼다. 그러자 지현이 다시 이야기를 이어 나갔다.

“특유의 손짓 같은 게 있더라고요. 왜 같은 한국 사람이라고 해도 교포들을 보면 웃는 표정이나 걸음걸이부터가 벌써 다르잖아요. 제가 지켜본 바로는 남자 동성애자들한테도 그런 특징이 있어요. 예를 들면 뭘 마실 때도 다른 남자들은 컵을 움켜쥐는 것처럼 이렇게 잡는데, 그 사람들은 컵을 감싸 쥐는 것처럼 잡거든요. 이런 식으로 말이에요. 그리고 무엇보다..”

승민은 지현의 설명과 시범에 감탄하는 중이었다. 처음부터 알아봤지만 이 여자 정말 예리한 눈을 가진 사람이구나, 하고.

“동욱이 오빠는 전혀 모르는 거죠? 그렇구나. 많이 힘들었겠다. 바로 옆에 있으면서..”

승민은 딱히 대답하지 않는데 지현이 알아서 답을 말하는 식이다.

“여기서부터는 제 호기심인데요. 언제부터 좋아했는지 그런 거 물어봐도 돼요?”

대답을 하지 않아도 괜찮은데 승민은 대답을 하고 있다.

“고3 때 담임 선생님을 좋아했어요. 그 전에는 나도 내가 이런 줄 몰랐어요. 여자 친구도 사귀고 그랬으니까.”

말투는 빠르지 않았지만 전개는 매우 빠르게, 승민은 지난날들을 요약해서 지현에게 들려주기 시작했다.

“1학기가 끝날 때쯤 선생님 집으로 찾아가서 고백했어요. 좋아한다고.

그랬더니 아무 말씀도 안 하시고 나를 그냥 돌려보내셨는데 그러고는 학교를 그만두셨어요. 들리는 소문으로는 일본으로 갔다고 하더라고요. 그래서 나도 졸업하고 바로 일본에 갔다가.."

"아니 일본이 작은 동네도 아니고, 어디 있는 줄 알고."

지현이 놀라 물었다.

"그 선생님, 우리 학교에 오시기 전에 일본에서 유학을 하셨어요. 수업 중에 가끔 다니던 대학교 이야기나 라면 가게 이야기를 해 주셨는데, 그 주위를 맴돌면 만날 수 있지 않을까 했던 거죠."

"그래서 만났어요?"

"아니오. 만날 때까지 있겠다고 꽤 오래 버텼는데도.. 그러다 가지고 간 돈이 다 떨어지는 바람에 술집에서 아르바이트를 했어요. 거기에 동욱이가 왔어요. 혼자 와서는 술 마시면서 울더라고요."

"아, 혹시 그럼 그때가 동욱이 오빠가 미스 코리아 여자 친구한테 배신 당했다던.."

승민은 처음 듣는 이야기였다. 그때 왜 울었느냐고 물어 본 적이 없었으니까.

"모르는 이야기인가 보네요? 저도 진철이한테 들은 건데.."

지현이 막 그 말을 꺼내려는데 진철이 가게 안으로 들어왔다. 하얀 봉지를 흔드는 폼이 어찌나 흐뭇해 보이는지.. 지현은 승민에게 낮은 목소리로 "투 비 컨티뉴드(To be continued)"라고 속삭이고는 발딱 일어나서 진철을 맞이했다.

"양반은 못 되겠네, 우리 겸둥이."

scene 36 :
친구가 필요한 여자
VS
친구말고 연인이 되고 싶은 남자

동희는 몇 분 간격으로 계속 걸려 오는 전화를 받느라 밥도 제대로 못 먹고 있다. 새로 시작하는 드라마에 무슨 문제가 생긴 건가. 눈앞에 놓인 쌀국수가 쌀우동이 되는 걸 눈으로 빤히 보면서도 어찌할 방도가 없는 것처럼, 일에 관한 한 동희를 도울 방법이 없으니 이럴 때는 정말이지 무기력해진다. 좀처럼 전화를 끊을 기미가 보이지 않아 동욱이 일부러 화장실에 다녀온 후에야 동희는 전화를 끊고 다 불은 쌀국수를 먹기 시작했다.

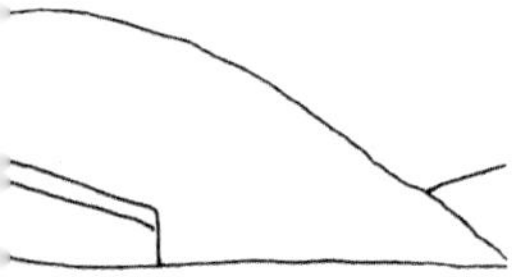

"다시 시킬까? 불어서 국물이 하나도 없잖아."

"아니야, 그냥 먹을래. 어차피 입맛도 없어."

아까는 배고프다고 해 놓고. 동희는 또 걱정만 끼친다. 동욱은 순간적으로 화를 낼 뻔하다가 금방 체념했다. 생각해 보면 동희가 걱정을 끼친다기보다는 동욱이 동희에게 해 줄 수 있는 것이 걱정뿐이라는 말이 더 맞을지도 모른다. 동희는 걱정을 끼칠 의도가 전혀 없었을 테니까. 동욱이 할 수 있는 건 오직 걱정하는 일뿐, 나머지는 모두 다른 사람, 이성재가 담당하고 있다. 말 한마디로 대전까지 달려갈 에너지를 주는 일, 말 한마디로 동희의 얼굴에서 모든 웃음을 가져가는 일, 그리고 아마도 말 한마디로 저 얼굴에서 슬픔을 말끔히 걷어 내는 일, 그런 것은 모두 이성재의 몫이다.

동욱은 예전에 세 사람이 같이 만났던 시절을 떠올렸다. 동희가 입맛이 없다고 하면 동욱은 애가 타서 자꾸만 음식을 권했다.

"먹어. 왜 안 먹어? 조금만 먹어 봐."

그래 봤자 동희는 꿈쩍도 하지 않았다. 성재는 동희에게 음식을 권하지 않았다. 그 대신 이렇게 말했다.

"그럼 먹지 마. 대신 이따가 배고프면 말해."

그 말에 대번에 밝아지던 동희의 얼굴. 그럴 때마다 참담해지던 동욱.

"또 무슨 일인데?"

동욱은 자기가 할 수 있는 걱정이라도 제대로 하려는 듯 동희에게 물어 보았다.

"캐스팅 디렉터인데, 주연으로 들어오는 여배우 기획사에서 남자 세컨드 역까지 달라고 하나 봐. 왜 주연 배우 출연 조건으로 신인이나 잘 안 나가는 배우 끼워 파는 거 있잖아."

"그런 게 진짜로 있구나."

"거의 반드시 있다고 봐야지. 그런데 이번 작품은 감독이 편성을 따 낸 거라 우리 쪽에서 캐스팅 가지고 뭐라고 말을 하기도 어려워. 편성을 누가 받았느냐에 따라 캐스팅 권한이 달라지거든. 지금 이 친구 말로는 기획사에서 여배우 몸값을 올리려고 그러는 것 같기도 하다는데, 차라리 그런 거면 좋겠다. 암튼 일단 내가 만나서 이야기를 잘 해 봐야지 뭐."

그런 사람들을 만나는 동희의 모습은 어떨까. 동욱은 그런 것이 궁금했다.

"만나면 뭐라고 말해? 그 배우 안 쓴다고 그럴 거야?"

동희는 동욱을 참 순진하기도 하다는 눈길로 쳐다보며 말했다.

"배우가 생각만큼 그렇게 많지 않아. 더구나 스타가 아니면 방송 편성 자체가 잘 안 나오고."

"하지만 유명한 사람 나와도 망하는 드라마 많잖아."

그 말에 동희가 쓴웃음을 지었다.

"내가 처음 이 일 할 때, 별로 안 유명하지만 연기 잘하는 배우 쓰고,

쓸데없는 해외 로케 안 나가고, 헬기 같은 거 안 띄우고, 그 대신 대본에 공들여서 작고 좋은 드라마 만들면 안 되냐고, 그래서 시청률 15퍼센트만 나오면 성공한 거 아니냐고 했다가..."

말하다 말고 동희가 헤죽헤죽 웃었다.

"했다가?"

"너 집에 가라. 그런 무서운 말을 들었지."

참 이상한 일이지만 사람들은 현실적인 것을 원한다고 하면서 비현실적인 것을 좇는다. 누구도 청혼할 때 당분간은 죽도록 고생해서 20년 후쯤엔 꼭 25평짜리 아파트를 사자고 말하지는 않으니까. 손에 물 한 방울 안 묻히게 해 주겠다는 초현실적인 약속은 할지언정, 나는 돈 버느라 바빠서 빨래와 설거지는 아주 가끔씩만 할 수 있을 것 같다는, 지킬 수 있는 소박한 약속은 하지 않으니까. 그러니 도박처럼 한번 '터지기'만을 바란다는 드라마 쪽에서는 오죽하랴. 그런 생각들 끝에 동욱은 문득 묵묵히 불어 터진 국수를 먹고 있는 동희를 원망 섞인 눈길로 훔쳐보았다.

어쩌면 김동희 너도 그런 사람인지 몰라. 너도 내가 좋다고 했잖아. 제일 편하다고 했잖아. 그러면서도 너는 꼭 너를 죽일 듯한 이성재만 찾잖아. 나는 언제나 너만 사랑할 텐데, 평생 너를 버리지 않을 텐데, 우리 사랑은 참 착한 드라마가 될 텐데, 왜 너는..

동희는 결국 쌀국수를 반이나 남긴 채 젓가락을 놓으며 동욱에게 말했다.

"술이나 한잔할까, 친구?"

… 동욱 독백

"술이나 한잔할까, 친구?"

노골적으로 친구라고 불린 탓에 나는 그만 마음이 꼬여 버립니다.
그래서 여느 때와 달리 고개를 45도 비틀었다가
다시 제자리로 돌려놓으며 되묻습니다.
"술이 필요한 거야, 친구가 필요한 거야?"
그 말에 그녀는 어깨를 으쓱해 보입니다.
"둘 다. 왜? 술만 필요하다면 술값만 주고 가려고?"
나는 발끝으로 땅을 툭툭 치며 말합니다.
"아니, 나도 술은 마시고 싶은데 네 친구라는 죄로
네가 하는 똑같은 이야기 또 듣기는 싫거든."
그렇게 말해 놓고는 나는 또 금세 그녀의 눈치를 보며 덧붙이죠.
"서운해? 내가 이렇게 말해서?"
그 말에 동희는 고개를 심하게 좌우로 흔듭니다.
나를 완전히 이해한다는 몸짓이겠죠.
"아니야, 이해해. 충분히 이해하지.
이때까지 참아 준 게 고맙지 뭐.
그러면 내가 오늘은 다른 이야기 할 테니까
그냥 서로 모르는 사람인 척 같이 술이나 마실까?"

그렇게 해서 우리는
어둠이 내린 포장마차에 어깨를 나란히 한 채 앉아 있습니다.
초록색 병 하나, 투명한 술잔 두 개,
하얀 플라스틱 접시, 그리고 우리 두 사람.
우리가 안주를 더 시킬 기미를 보이지 않자
주인 아저씨는 좁은 포장마차 안이 답답했던 듯
밖으로 나가 담배를 한 대 청합니다.

포장마차는 참 조용하기도 합니다.
정말 모르는 사람처럼 적막함 속에 서로 술잔만 채워 주는 그녀와 나.
나는 엄지손가락과 검지손가락으로
술잔을 빙빙 돌리다가, 몇 번이나 목 울대를 들썩이다가
결국 먼저 이야기를 꺼내고 맙니다.
"있잖아, 그 사람 이야기, 하고 싶으면 해.
어차피 앉아 있는 거고 어차피 귓구멍은 열려 있으니까
까짓것, 말해. 내가 들어 줄게."

힘들게 낸 인심이었는데 그녀는 그냥 넘기고 맙니다.
"됐어, 안 할래. 술만 마시면 그 얘기 하는 것도 버릇인 거 같아.
이제 그만 해야지. 그러지 말고 네 이야기 좀 해 봐.
난 그렇다 치고 넌, 오늘 왜 술 마시고 싶었는데?
혹시 누구 생겼어? 좋아하는 사람?"
그 말에 나는 웃으며 대답할 수밖에 없습니다.
"나도 버릇이 됐나 보지.
금요일 밤, 공휴일 전날 밤, 비 오는 밤이면
늘 너하고 술 마시다 보니까
때가 되면 아, 오늘은 술 마시겠구나
내 몸도 딱 아는 거 있잖아.
그러니까 말해 봐.
그 지겨운 얘기 듣는 것도 버릇이 돼선지
안 들으니까 허전하네.
최근에 전화 온 적 있었어?
아니면 또 네가 술 마시고 전화했어?"

나는 결코 친구가 되고 싶진 않았는데
내가 친구가 되어 주면 좋다 하니
나는 또 어쩔 수 없이 오늘 밤도 친구가 됩니다.

scene 37 :
사랑을 버릴 때는 결코 몰랐던 것들

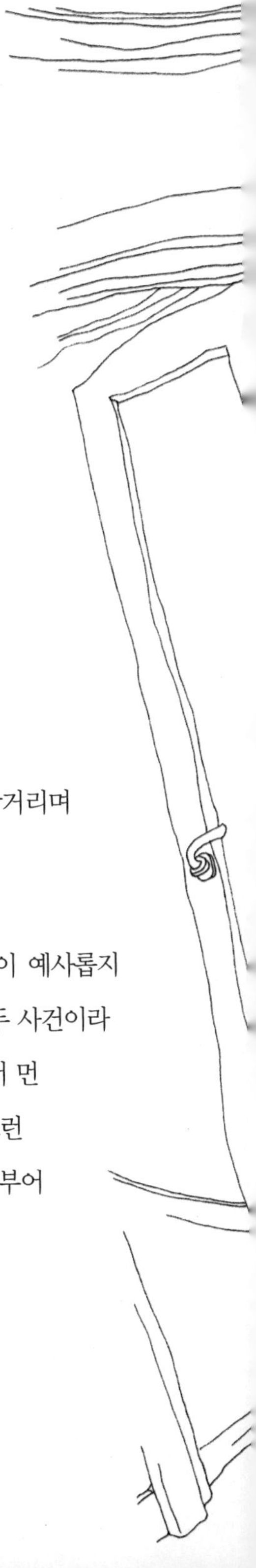

"이 사진 너무 웃긴다, 누구야?"

정은은 성재의 책상에서 찾아낸 사진 한 장을 팔락거리며 물었다. 동희의 사진이었다.

"설마 사귀었다던 그 여자는 아니지?"

정은이 그렇게 말한 이유는 사진 속 동희의 얼굴이 예사롭지 않기 때문이었다. 동희는 그 사진을 스스로 퍼진 만두 사건이라고 명명했었다. 사진을 찍기 전날 밤 성재는 피곤해서 먼저 잠이 들었고, 다음 날 동희가 깨워서 일어났다. 그런데 눈을 뜨자마자 올려다본 동희의 얼굴은 무섭게 부어 있었다.

"얼굴이 왜 그래?"

놀라서 묻는 성재에게 동희는 부끄러워하며, 하지만 개구쟁이처럼 웃으며 대답했다.

"드라마가 너무 슬펐어. 울다 보니까 배가 고파서 라면도 먹고 물도 마셨더니 얼굴이 이렇게 됐네. 근데 내 얼굴이 그렇게 신기해?"

성재는 대답 대신 카메라를 꺼내 동희의 얼굴을 찍었다. 처음엔 싫다며 도망을 치던 동희는 나중엔 볼에 바람까지 집어넣고 카메라 앞에서 기꺼이 망가져 주었다.

바로 그 사진.. 마음이 바닥에 드러눕는 것 같은 날에도, 이걸 꺼내 보면 그래도 웃음이 나곤 했는데.. 이젠 이 사진도 보면 안 되겠다. 사귈 땐 몰라도 헤어진 여자의 우스운 사진을 보며 위로를 받는 건 안 될 일이니까. 성재는 정은의 손에서 사진을 받아 들고 마지막으로 찬찬히 들여다본 후 휴지통에 넣었다.

"대단한 달덩이네."

정은은 비웃는 것도 아니고 즐거워하는 것도 아닌 목소리로 말하며 다시 방으로 들어갔다. 또 뭘 찾아내려는 걸까. 성재는 아까부터 정은이 방을 뒤적거리는 것 때문에 신경이 곤두서 있었다. 너 원래도 뭘 뒤지길 좋아했니? 하마터면 뾰족하게 물을 뻔도 했지만 간신히 참았다. 동희였다면 벌써 말해 버렸겠지. 그거 만지지 마. 그러면 동희는 착하게 대답했을 것이다. 응, 안 만질게. 하지만 정은은 성재가 그런 생각을 하는 사이에도 책장에서 뭔가를 찾아내곤 소리를 질렀다.

"와우, 이성재가 이런 DVD를 다 소장하고 있었네. 네가 이런 말랑말랑한 영화도 좋아해? 웬일이야? 그리고 이 낙서는 또 뭐야?"

정은이 찾아낸 것은 영화 '러브 레터'의 DVD였다. 하얀 눈밭을 배경으로 한 여주인공의 얼굴. 그런데 더없이 청순한 여배우의 얼굴에는 온

통 낙서가 되어 있었다. 보물섬의 선장처럼 애꾸눈에, 영구 앞니에, 도깨비 뿔에, 머리엔 땜빵까지.

그 낙서를 보는 순간 곤두섰던 신경이 누그러지며 성재의 얼굴에 미소가 차 올랐다.

"초등학생 같은 애가 하나 있었어."

"혹시 아까 그 사진? 달덩이 같은?"

"응."

"이 낙서도 그 여자가 한 거야?"

성재는 단숨에 기억 속으로 빠져 들었다.

"하는 짓도 그랬지만 몸도 초등학생 같았어. 자그마했거든. 그래도 단단해서 자주 아프거나 하지는 않았는데, 일단 아프면 심하게 아프더라. 한번은 하필 여기 왔을 때 감기가 꽤 심한 것 같기에 내가 약을 사다 줬지. 그런데 약을 안 먹겠다는 거야. 내가 화를 냈지. 먹어. 왜 약을 안 먹어? 근데도 자기는 원래 약을 안 먹는다며 고집을 부리더라고. 약을 많이 먹으면 나중에 몸이 안 썩는다면서.. 열 때문에 눈 주위가 벌게진 채로 그런 소리를 하고 있는 거야. 그래서 내가 그랬지. 좋다, 그럼 거울을 봐라. 거울 보고 네가 예쁘다고 생각하면 약 안 먹어도 된다. 왜? 만약 네가 예쁘면 이런 상태로 서울 가다 쓰러졌을 때 지나가던 사람이 업고라도 병원에 갈 테니까. 하지만 넌 약을 먹어야 한다. 왜냐? 못생겼으니까. 그러면서 내가 이 배우 얘기를 한 거야. 너랑 나랑 어제 '러브 레터' 봤지? 네가 그 여배우처럼 예쁘면 약 안 먹어도 된다."

정은이 듣든 말든 상관없이, 성재는 혼자 그 기억 속으로 들어간 사람 같았다.

"내 딴엔 농담처럼 한 말인데 되게 서러웠나 봐. 갑자기 눈물을 뚝뚝 흘리면서 나를 노려보더니 약을 입에 털어 넣더라. 그러더니 며칠 지나서 이걸 사 가지고 온 거야. 네가 좋아하는 얼굴 실컷 보라면서. 진짜 유치하지? 낙서 좀 봐. 더 웃긴 건 여기 봐라? 안에 보면 이 배우 이름도 빨간 사인펜으로 적어 놨어. 저주라면서."

줄줄 이어지던 성재의 말이 그쯤에서 뚝 끊겼다. 듣고 있는 정은의 표정이 어색한 것을 알아차림과 동시에 자기 스스로도 무엇인가 잘못됐다는 것을 알아차렸기 때문에.

유치하고, 지독하고, 귀여운 척하고, 질투도 심하고, 고집도 세고.. 그랬는데, 그런 동희로 인해 내가 한때 참 행복했구나. 나 때문에 그렇게나 질투를 하던 사람, 내 앞에선 그렇게나 유치해졌던 사람, 전혀 세련되지 못했고 때론 부담스러웠지만, 그렇게나 막무가내로 솔직하게 사랑을 표현하던 사람.

… 성재 독백

이렇게 누굴 오래 사귀는 건 네가 처음이야.
내가 너에게 말했을 때 나는 마치 상이라도 내리는 듯 으쓱한 표정이었지만
너는 오히려 불안해했지.
'나는 마지막 사랑이 더 좋은데' 라고 작은 목소리로 중얼거리며..
내 말이 거짓이었던 게 들통 났던 날
나는 네가 잔소리할까 봐 눈치를 살폈는데
너는 잠시 서운해하더니 곧 마음을 풀었지.
내가 이렇게 말했기 때문에.
"거짓말해서 미안,
하지만 그렇게 말하는 게 더 좋을 것 같아서.
대신 너만큼 사랑한 사람은 없어. 앞으로도 그래."
그날 이후로 나는 너의 마음을 흡족하게 하는 말이
어떤 것인지 알게 되었고 필요할 때면 자주 그 말을 이용했지.
"너만큼 사랑한 사람은 없었어. 앞으로도 그럴 거야."
어쩌면 습관처럼 한 말일 수도 있는데
너무 자주 사용한 탓일까?
그 말들은 어느 사이 주문처럼 내 마음에 남은 것 같다.
삐치고, 용서하고, 화내고, 깔깔대던 너를 떠나보내고
하루, 이틀, 일주일.. 시간은 흐르는데
나는 이렇게 가끔 넋이 빠진 사람처럼 중얼거린다.

그런데, 정말 아무도 너를 이기지 못하면 어떻게 하지?
앞으로 만날 그 누구도 너를 못 이기면 어떻게 하지?

사랑하는 동안의 모든 행복은
왜 헤어진 후엔 꼭 그만큼의 슬픔으로 남는 것일까.
생각보다 많이 사랑한 것 같은데
그럼 나는 어쩌면 당분간, 어쩌면 평생,
너를 떼어 내지 못하는 것은 아닐까.

scene 38 :
그들은 정말 사랑했을까

'투 비 컨티뉴드' 라고 말했던 약속을 지키기 위해 지현은 오늘 진철 없이 혼자 승민의 가게를 찾았다. 승민은 사실 지현이 오기를 바라는 마음 반, 안 왔으면 하는 마음 반이었다. 동욱에 대한 이야기를 듣고 싶은 마음과 자신의 이야기를 더는 하고 싶지 않은 마음이 엇갈리고 있었기 때문에. 하지만 약속한 시간에 정확하게 도착한 지현의 얼굴을 보는 순간 승민의 마음은 그냥 다 말해 버리고 싶은 쪽으로 기울었다. 이렇게 어지러운 관계들 속에 누군가는 모든 것을 알고 있어야 하지 않을까, 만약 그게 나여야 한다면 혼자보다는 둘인 게 낫지 않을까.

"떡볶이랑 순대예요. 쉬는 날까지 음식을 만들게 하면 실례가 될 것 같아서. 저도 쉬는 날은 드라마 잘 안 봐요. 특히 일요일 재방송은 절대 안 봐요. 본방에서

10분쯤 억지로 잘라 내다 보니까 아무래도 편집이 거칠거든요. 보다가 내용이 툭툭 끊어지면 제 심장이 막 벌렁벌렁..."

결전을 앞둔 사람처럼 마음이 긴장됐는데, 지현이 먼저 편하게 수다를 떨어 주니 승민은 긴장이 한결 풀어지는 느낌이었다. 승민은 익숙하게 물병과 컵, 앞 접시와 포크를 테이블에 세팅한다. 비닐봉지째 이쑤시개로 대충 떡볶이를 먹으려던 지현은 머쓱해진다.

"역시, 다정하다니까."

지현의 칭찬이 싫지 않아 승민도 허물없이 웃어 보인다.

"이 정도로 뭘, 직업인걸요. 지현 씨는 나중에 드라마 편집할 거라고 했죠?"

"하고 싶은 거죠. 누가 시켜 주는 건 아니고."

"잘할 거예요. 보는 눈이 빠르고 정확하니까. 공평하기도 하고."

지나가던 사람이 삐걱 문을 열고 안을 들여다봤다. 일요일인데 문이 열려 있기에 어쩐 일인가 하고 들어와 봤다는 단골손님. 승민과 마주 앉아 있는 지현을 보더니 대충 알겠다는 눈빛으로 웃으며 문을 닫는다.

"꼭 바람 피우다 걸린 기분인데요?"

지현의 말에 승민이 괜히 미안해진다.

"그러게요. 진철 씨는 오늘 안 만나요?"

"아마 만날 거예요. 오늘 면접 본 거 또 하나 발표 난다고 했거든요. 기대하지 말라고 해서 기대 안 하고 있어요. 붙으면 당연히 만날 거고, 떨어지면 더더욱 만날 거고. 붙으면 좋겠지만 기대는 안 할 거예요. 안 하고 있어요, 정말로."

스스로를 세뇌하는 사람처럼 기대하지 않는다는 말을 몇 번이나 되풀이하는 지현이 한편으론 안쓰러우면서도 한편으론 부러웠다.

"진철 씨는 참 좋겠어요. 좋아 보여요, 두 사람."

승민이 진심으로 부러운 표정으로 말하자 지현은 조금 부끄러워졌다.

"그렇게 말하면 찔리는데. 사실 저는 욕심도 많고 바라는 것도 많아요. 그런데 진철이가 워낙 계산할 줄 모르고 순수하니까. 솔직히 저는 아닌 척하면서 볼 거 다 봐요. 만약 진철이가 좋은 대학 안 나왔으면, 그러면서 지금처럼 그러고 있으면, 저는 지금보다 훨씬 더 초조했을 거예요."

지현이 마음을 솔직하게 털어놓다니 의외였다. 날카롭게 남을 보는 사람은 그만큼 예리하게 자기를 숨기기도 하는 편인데. 승민이 별다른 대답이 없자 지현이 너스레를 떨었다.

"이젠 저랑 안 친하고 싶죠? 저한테 비밀 이야기 하기 싫어졌죠?"

"아니에요. 솔직하다고 생각했어요."

어쩌면 사람들은 늘 하고 싶은 이야기를 마음속 장바구니나 위시 리스트에 수북하게 담아 놓고 있는지도 모른다. 그 이야기를 들어 줄 상대가 없어서 언제나 마음속에 담아 둔 채, 그 대신 정치인의 말실수나 연예인의 사생활에 대한 험담이나 하고 사는지도 모른다. 솔직하고 싶어서 솔직히 말하면 부담스럽다며 도망가는 사람이 생긴다. 눈을 보며 거짓말을 할 수가 없어 사실을 털어놓으면 처음부터 그럴 줄 알았다며 뒤통수에 대고 수군거리는 사람도 생긴다. 그런 일을 몇 번 겪고 나면 안전을 최우선으로 두게 된다. 입을 다물어 버리는 것은 물론이고 스스로도 생각을 멈추게 된다. 자기 일기장을 누가 훔쳐봤다는 사실을 알게 된 아이는 그 후로 대외용 일기만을 쓰게 되듯. 모든 것을 말할 수 있고 진지하면서도 험악하지 않은 분위기로 대화를 나눌 수 있는 상대를 일생에 몇 명이나 만날 수 있을까. 승민은 민정을 떠올렸다. 그 친구가 그랬는데.

많은 생각 끝에 한참 만에 승민이 입을 열었다.

"사실은 오늘 대전에 갔다 왔어요. 누굴 좀 만나러. 동희 씨가 사귀었던 남자 말이에요."

"아, 그때 눈 오려 먹었던 사람? 아는 사람이었어요? 동희 언니도 그거 알아요?"

"동희 씨는 모르는 일이에요. 고등학교 때 여자 친구를 사귄 적이 있었는데, 엄밀히 말하면 여자인 친구였죠. 그 친구 사귀는 중에 그 선생님을 좋아하게 됐으니까. 그 친구가 꼭 지현 씨 같았어요. 별로 힌트를 안 줘도 이미 다 알아차리고 이해해 주고."

"아.."

"그때 우린 겨우 열아홉이었는데, 그 친구는 나를 통째로 이해해 줬어요. 지금 생각해도 어떻게 그럴 수 있었을까 싶을 만큼 너그럽게. 어쩌면 모든 걸 말할 수 있는 유일한 친구였어요. 태어날 때부터 사연이 많았던 탓에 나이는 열아홉인데 말하는 건 꼭 일흔 넘은 사람 같았죠. 그런데 그 친구가 내가 일본에 가 있는 사이에.."

승민이 말을 멈췄다. 지현은 무슨 말이 나올지 알고 있었다. 동희가 술에 취해 난리를 피우던 날 동욱이 재빨리 말해 주었던 이야기. 하지만 이야기를 재촉하지는 않았다. 그런데 승민이 곧 말을 이었다.

"약을 먹었어요. 무슨 일이 있었는지 나도 정확하게는 몰라요. 유서 같은 것도 없었고 그때만 해도 인터넷이 요즘 같지 않아서 우린 자주 연락도 못했으니까. 다만 그때 그 친구가 이성재라는 사람을 좋아한다는 건 알고 있었는데."

"그럼 그 사람이 동희 언니의?"

승민은 괴로운 이야기의 가장 괴로운 부분을 빨리 해치우고 싶은지, 대답도 하지 않고 이야기를 계속했다.

"경찰이 조사를 했는데, 약을 먹은 직후에 여러 번 통화를 시도한 사람이 있었는데 그게 이성재였어요. 그런데.."

지현은 숨을 죽였다. 이런 이야기, 듣는 것도 힘든데..

"전화로 약을 먹었다고 말했대요. 그러니 빨리 와 달라고. 그런데 이성재가 안 갔대요. 왜 안 갔냐고 물었더니 그 전에도 그렇게 말한 적이 있었다고, 또 거짓말일 거라고 생각했다고."

"아무리 그래도 가 봤어야죠! 사람이 죽겠다는데, 그걸 그냥 뭐? 아니, 뭐 그런!"

지현이 참지 못하고 소리를 질렀다. 하지만 충격이나 분노, 자책이나 슬픔, 그 많은 고개를 이미 여러 번 넘었을 승민은 최소한 겉으로는 담담함을 유지한 채 말을 이어 갔다.

"나도 그렇게 생각해요. 그래서 나는 아직도 이성재가 그 친구를 죽였다고 생각해요. 약을 먹고 전화를 했던 거면, 약을 먹은 이유도 분명히 그와 관련이 있을 테니까. 그런데 그 이상의 조사 같은 건 없었어요. 어쨌거나 자살이었으니까."

그런 후 5초쯤 시간이 흐르는 동안 승민의 표정은 분노에서 슬픔으로 바뀌었다.

"그 친구는 아마 태어나면서부터 죽을 때까지 한 번도 충만하게 사랑받은 기억이 없었을 거예요. 나는 그 친구를 좋아했지만 그건 다른 종류였으니까. 왜 하필 이성재 같은 사람을 좋아했는지.."

힘든 이야기를 하느라 승민의 얼굴은 몇 십 분 사이 족히 10년은 늙어 버린 것 같았다. 지현이 힘들면 그만 하라고 말하려는데 승민이 다시 입을 열었다.

"저번에 동희 씨 데리러 대전에 갔을 때가 그 이후로 처음 본 거였어요. 그때는 뭐라 말할 상황이 아니었어요. 동희 씨도 그 모양이었고 또 동욱이도 있었고.."

지현은 이해한다는 표정을 짓는 것밖에 아무것도 할 수 없어서, 계속 고개만 끄덕끄덕하고 있었다.

"내려갈 때는 그 집에 불이라도 지를까 하고 갔는데."

그렇게 무서운 이야기를 하면서 승민은 오히려 웃어 보인다. 아무한테도 말 못하고 대전까지 가는 동안 승민의 마음은 어땠을까.

"아주 불행한 얼굴로 다른 여자와 있기에 그냥 왔어요."

"그럼 다른 여자 때문에 동희 언니랑 헤어진 거예요?"

"정확하겐 모르지만 아마도.."

"세상에.."

자기도 모르게 깊은 한숨을 내쉬고 지현은 입을 다물었다. 승민의 마음은 더 지옥 같을 텐데 내가 그 앞에서 한숨이나 쉬고 있으면 안 되지 싶어서.

"왜 여자들은 그 남자를 좋아할까요? 민정이도 동희 씨도. 나쁜 사람이라는 게 너무 잘 보이는데.."

지현은 골똘히 생각에 잠겼다. 승민의 친구였다는 민정이라는 여자와 동희 언니, 그리고 나쁜 남자. 두 여자의 공통점은 뭘까. 그 남자는 왜 그렇게 나빠졌을까. 두 여자는 왜 그런 남자를 사랑했을까. 그 남자는 두 여자를 사랑하긴 했을까. 두 여자는 뭘 잘못해서 버림을 받았을까. 그 남자에 대한 오해는 없는 걸까. 민정이라는 여자는 왜 약을 먹고 전화했을까. 복수였을까 혹은 그것도 사랑이었을까. 그 남자와 민정, 그 남자와 동희 언니 사이에 오고 간 것들은 그래도 사랑이었을까. 왜 그렇게 무서운 방식으로 사랑을 할까. 동희 언니가 이런 이야기를 들으면 어떤 얼굴이 될까. 동희 언니도 이런 이야기를 알아야 하지 않을까.

지현은 머리가 어지러워 생각을 잠시 접어 놓고, 지난번에 하려다 만 동욱의 사랑 이야기를 승민에게 들려주었다. 간단하게 딱 한 줄로 요약해서. 여자 친구가 베스트 프렌드랑 열심히 자고 있는 현장을 목격했다고. '열심히 자고 있는' 이라는 말 때문에 승민은 조금 웃었다.

"'아침 마당' 이랑 '사랑과 전쟁' 을 열 편씩 번갈아 본 기분이에요. 배신과 상처, 불륜과 협박."

지현의 마무리 말에 승민도 한마디를 보탰다.

"그럼 오늘은 이만 하고, 4주 후에 다시 이야기할까요?"

scene 39 :

이 잔혹한 세상에서
내 기쁜 일에 울어 줄 사람 하나 있다면

동희는 연속으로 세 번이나 사고를 친 막내 스태프와 마주 앉아 밥을 먹는 참이었다. 사실은 밥을 먹는 자리라기보다는 해고를 해야 하는 자리였다. 참하게 생겨서는 왜 그렇게 일을 못해서 잘리고 그럴까. 동희는 맞은편에 앉아 밥을 먹는 어린 친구가 안쓰러워서 그냥 자기가 책임을 진다고 하고 계속 일을 시켜 볼까 생각하는 중이었다.

"정선아, 일이 많이 힘들지?"

"아니오, 하나도 안 힘들어요."

대답이 너무 명랑해서 오히려 반감이 생긴다. 너는 안 힘들지, 대신 너 때문에 인생이 피곤한 사람이 꽤 있단다, 얘야.

"일은 재미있어?"

"그냥 그래요. 생각했던 것보다는 시시하기도 하고. 저도 빨리 커서 김피디님처럼 작가들도 만나고, 캐스팅 회의도 하고, 기획안 내는 일도 하고 싶어요. 솔직히 지금은 그래요. 기획제작부라고 들어왔는데 연출부 일까지 해야 하니까 잡무가 너무 많잖아요."

철이 없는 대답에 동희는 바로 마음을 접었다. 지현이 말이 맞다. 이 친구는 어리니까 지금의 해고가 약이 될 수도 있을 것이다. 얘야, 넌 안 되겠다.

"그런 걸 다 알아야 나중에 사무실에 앉아 있어도 현장이 눈에 보이는 거야. 그리고 그런 일부터 잘해서 인정을 받아야 클 수 있는 거고. 넌 실수가 너무 잦잖아."

동희 딴엔 엄하게 말했는데 정선은 헤실헤실 웃는다.

"아, 예."

이건 또 무슨 건성건성 대답이람. 동희는 생선을 발라 정선의 밥그릇에 놓아 주면서 어쩔 수 없다는 결론을 내린다. 이 아이는 나쁘다고. 직장에서는 종종 착한 사람이 오히려 나쁜 사람이 된다. 일을 못하면 그렇게 된다. 받는 돈만큼 일을 못하면 일단 나쁜 사람이다. 누군가는 그 사람의 뒤치다꺼리를 해야 하니까. 상사 입장에서는 그 사람을 그냥 방치할 수 없다. 그러다가 일을 잘하는 직원이 지쳐서 나가떨어지면 안 되니까. 일을 못하는 건 그래서 나쁜 거다. 한두 번도 아니고 세 번씩이나 실수를 하는 건 더 나쁘다. 심지어 성격이 착하기 그지없다면 그건 더 나쁘다. 최악은 거기에 신파까지 곁들이는 거다. 예를 들어 부양해야 할 가족이 있다거나, 아프신 노부모님이 있다거나. 다행히 이 친구는 그저 일을 못하는 정도의 나쁜 아이인 것 같다. 이번에 이렇게 잘리고 나면 다음엔 진지하게 일하겠지. 그렇다면.. 나도 다음엔 사랑을 잘할 수 있을까. 이번 이별은 내게도 약이 될까. 요즘은 무슨 생각을 해도 그 끝에는 이성재가 버티고 있다.

제발 약이 되는 해고이길 바라며 동희는 입을 열었다.

"있잖아. 이쪽은 일하려는 사람도 많고 필요한 인력도 많은데 일을 잘하는 사람은 별로 없거든. 그래서 시작하기는 쉬운데 계속 일하기는 참 어려워. 내 말 무슨 말인지 아니?"

착하고 명랑하지만 일은 지지리 못하는 막내 스태프 하나를 해고한 동희. 사는 게 잔혹하다는 생각을 하며 버스 정류장으로 터벅터벅 걸어가는데 휴대폰이 울렸다. 단체 문자임이 분명해 보이는 진철의 메시지였다.

'아싸 취직!'

최종 면접 봤다더니 정말 취직했나 보네. 진철이는 착한 직원이 되어야 할 텐데. 지현이가 좋아하겠다. 동희는 진철과 금자 씨 대신 지현에게 제일 먼저 전화를 걸었다.

"네 남자 친구 취직했다며? 축하한다. 여보세요? 지현아, 너 우니? 안 울어? 에이, 우는 것 같은데? 알았어. 축하 파티? 그래, 오늘 밤? 오케이, 내가 애들 모을게."

세상에 울 일도 참 많다고 생각하며 이번엔 무거운 금자 씨에게 전화를 걸었다.

"이모, 이모 아들 취직했다며? 이모 울어? 아니, 왜들 이렇게 울어?"

진철이는 좋겠다고 생각했다. 자기를 위해 울어 줄 사람이 두 명이나 있네. 만약 나한테 엄청나게 좋은 일이 생긴다면 기뻐서 울어 줄 사람은 누가 있을까. 그 사람이 행복한 게 기뻐서 내가 울게 된다면 과연 그 사람은 누구일까? 엄마, 이모.. 아니다. 이모까지 넣으면 너무 폭이 넓어진다. 그래 그럼 다시 처음부터. 엄마 그리고, 그리고.. 이성재.

동희는 다시 급속히 우울해졌다.

scene 40 :

사랑을 고백한다면 이들처럼

동갑내기 커플이 다 그렇듯이 그동안 진철도 지현에게 알게 모르게 미안한 적이 많았다. 늘 홀쭉한 지갑에다 그녀의 친구들을 소개 받아도 내밀 명함 한 장 없었다는 것, 그녀에게 변변한 선물 한 번 해 준 적 없었던 것, 자체적으로 만 원의 행복을 실시하다 보니 언젠가부터 밥값은 당연히 그녀가 냈던 것, 12시가 넘으면 택시비가 무서워서 집까지 데려다 주지도 못했던 것, 무엇보다 그런 미안한 일들을 점점 미안하지 않게 생각했던 것.

첫 월급을 받은 것도 아니고 이제 겨우 취직을 했을 뿐이지만, 진철은 오늘만큼은 지현에게 뭔가를 사 주리라 단단히 마음을 먹고 나왔다. 오늘 같은 날 식구끼리 밥을 먹어야지 어딜 가냐는 무거운 금자 씨를 밀쳐내며, 키워 봤자 소용없다는 말을 등 뒤로 흘리며.

"뭐 갖고 싶은 거 없어? 내가 사 줄게. 먹고 싶은 건? 어디 가고 싶은데 없어? 응? 응?"

"선물은 무슨 선물. 오늘 같은 날 사 주려면 내가 사 줘야지. 그동안 고생 많이 했을 텐데."

"아니야, 진짜 내가 사 주고 싶어서 그래. 뭐 사 줄까? 옷 사 줄까? 커플링? 그래, 커플링 할까?"

"그러지 말고 나중에 첫 월급 받으면 부모님 내복 사면서 내 것도 사 줘. 그러면 정말 행복할 것 같아."

그 말에 진철은 지현의 손을 끌고 백화점 속옷 코너로 가기 시작했다.

"내복 좋다, 내복. 오늘 사자, 오늘."

"곧 봄인데 무슨 내복이야. 그리고 나중에 월급 받으면 사 달라니까?"

"아니, 난 오늘 꼭 사야겠어."

진철은 기분이 한껏 솟아올라 멈출 수가 없는 심정이다.

"너 내복이 얼마나 따뜻한지 모르지? 군대에서는 내복 없으면 못 살아. 거기다 내복은 우리나라 게 최고라잖아. 자 골라 봐. 어떤 거 살까? 야, 이 빨간 걸로 사자. 웃기잖아."

기어이 속옷 가게에 들어선 진철이 여자 내복들을 신나게 뒤적이고 있는데 지현이 갑자기 고개를 푹 숙이더니 코끝으로 눈물 한 방울을 떨어뜨린다.

"야, 너 갑자기 왜 울어? 내복이 그렇게 싫어? 아니야? 아니면 왜 울지? 야, 너 왜 그래?"

우격다짐으로 끌고 들어간 속옷 가게에서 여자가 눈물을 뚝뚝 흘리는 상황. 진철은 점원의 눈치를 살피며 어쩔 줄 모르는데, 그사이 눈물을 닦아 낸 지현이 이야기를 시작했다.

"실은 나 그동안 너한테 좀 그랬어. 너하고 놀면 정말 좋은데 좋으면서

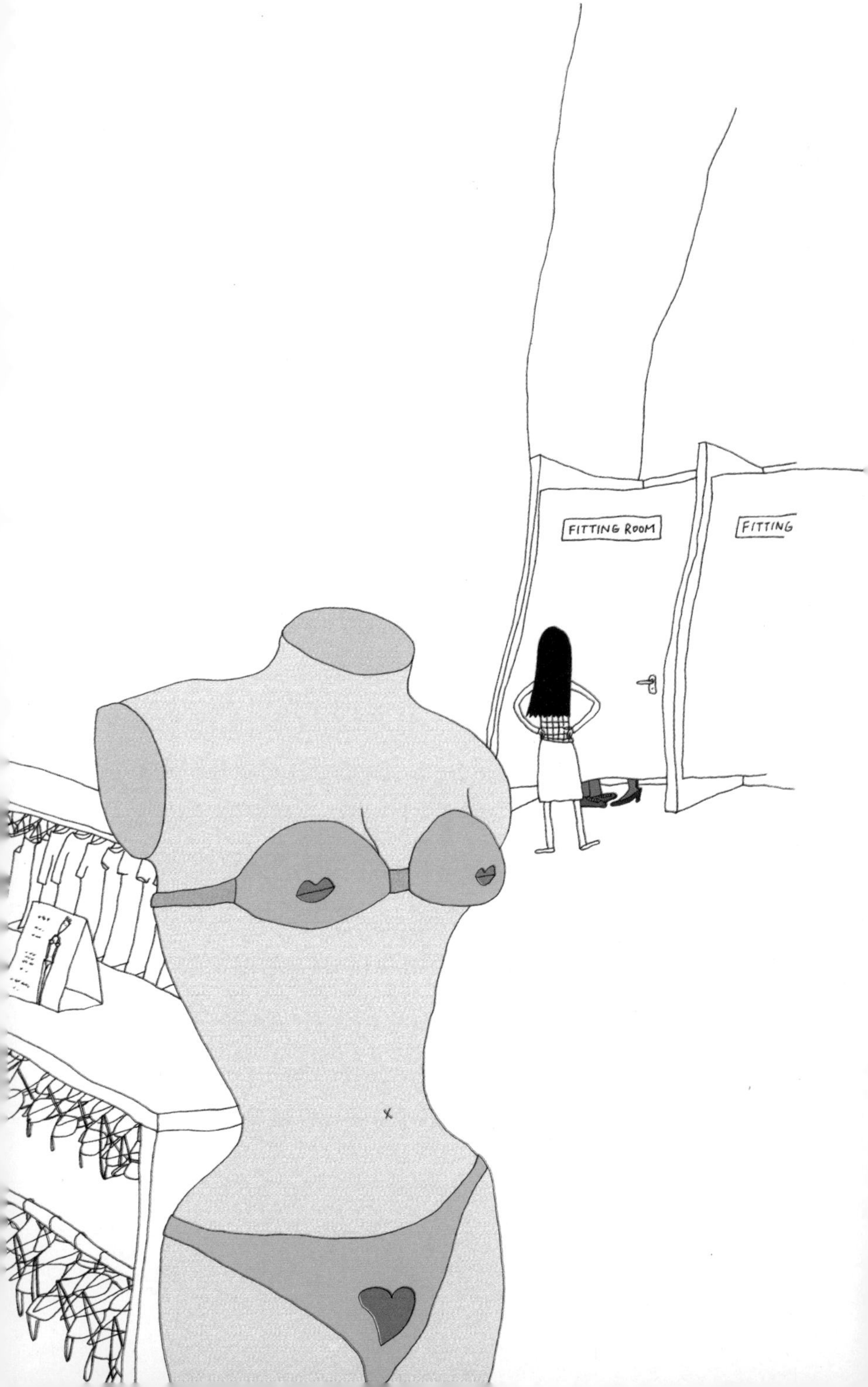

FITTING ROOM
FITTING

도 그랬어. 얘는 왜 공부를 더 열심히 안 할까. 얘가 계속 취직을 못하면 어떡하지. 얘는 왜 아르바이트도 안 하나..”

“..”

“나 그런 생각도 막 했다? 너 몰랐지? 미안..”

지현은 거기까지 겨우 말하고는 다시 눈물을 뚝뚝 떨어뜨린다. 그 모습에 진철도 그만 머리끝까지 찌르르해지며 울컥했다. 나만 초조한 줄 알았는데, 너도 그랬구나. 내가 많이 한심했을 텐데 다 참아 줬구나. 내가 앞으로 잘할게..

입을 열면 눈물이 날 것 같아서 입은 꼭 다문 채, 지현의 까만 머리만 자꾸 쓰다듬는 진철의 손길이 많은 말을 건네고 있었다. 봄보다 빨간 내복보다 더 따뜻한 손길이.

그리고 그날 밤 집으로 돌아가는 길, 한강 다리를 지나던 진철의 차는, 아니 정확하게 말하면 금자 씨의 차는 검문소에서 멈춰 세워졌다.

“실례합니다. 운전면허증 좀 보여 주십시오.”

순순히 검문에 응하는 것은 시민의 도리이므로, 진철은 지갑에서 면허증을 꺼내 보여 주고 나쁜 사람이 아니라는 확인을 받았다. 그런 다음 면허증을 돌려받으려는데, 옆자리에 앉아 있던 지현이 팔을 쭉 뻗더니 면허증을 쏙 가로채 버린다.

“어디 보자.”

면허증에 붙어 있는 사진을 보더니 지현은 사정없이 웃기 시작했다.

“야하하, 이게 진짜 너야? 너 언제 이렇게 살이 쪘었어? 근데 너 머리 이러고 다녔어? 완전 버섯돌이 같다. 어머 어떡하니?”

처음엔 좀 쑥스럽기만 했던 진철이었지만, 지현이 너무 심하게 웃자 점점 마음이 상해 갔다.

"젖살이 안 빠졌을 때라서 그래. 야, 이리 내놔, 내놓으라니까. 그만 봐, 아 좀!"

하지만 운전대를 잡고 있는 진철은 기껏해야 말로만 '꽥꽥' 할 수 있을 뿐이었다. 진짜 그만 좀 하지 싶은 진철의 삐친 표정에도 불구하고 지현은 그 후로도 한참을 깔깔거리더니, 자동차가 한강 다리를 다 건너고서야 웃음을 멈췄다.

"왜, 이제 다 웃었냐?"

진철이 뾰족하게 묻자 지현은 웃음을 멈추고 어쩐지 촉촉해진 목소리로 대답했다.

"이 사진, 너 스무 살 때 맞지? 너도 이땐 정말 어렸구나. 이때쯤 난 뭘 하고 있느라 이렇게 귀여운 너를 못 만났을까.."

지현의 촉촉한 말 한마디에 상한 마음은 금세 어디론가 사라지고 덩달아 마음이 애틋해진 진철은 괜히 쑥스러워 투박스럽게 대답했다.

"그러게. 난 그때부터 너 집에 바래다주려고 열심히 운전면허 따고 그랬는데, 넌 어디 있었냐? 바보같이.."

... 진철 독백

일곱 살 때 할머니 쌈짓돈으로 설탕 뽑기를 열 개나 사 먹은 날
많이 먹으면 배에 구멍이 난다는 오빠의 거짓부렁에
몰래 부엌에 있는 다리미 풀을 한 숟가락 삼켰다는 너,
그러고 잠들었다 일어나 보니 입술이 딱 붙어 버려
다시는 밥을 못 먹게 될까 봐 서럽게 울었다는 너,
열일곱 살 땐 HOT에 미쳐 커다란 장갑도 샀다는 너,
그 장갑이 아직도 어딘가에 있을 거라며
"나 그때 아이디가 강타부인 11이었어"라고 자랑하는 너.
그래 놓고는 스물일곱이 되어 나를 만난 지금
전지현이 나오는 샴푸 광고를 보다가
"오호, 저건 허리 광고 아냐?"
무심코 던진 내 한마디에 무섭게 눈을 부라리곤
곧바로 쿵쿵대며 우리 집 샴푸 상표 확인 들어가는 맹렬한 너..

눈앞에 있었다면 그 뺨을 꼭 한 번 당겨 보고 싶은 일곱 살의 너,
남의 와이프, 그것도 열한 번째가 꿈이었다는
별로 알고 싶지 않은 열일곱의 너,
너무 늦게 내 앞에 나타난 야속한 스물일곱의 너,
그래도 고맙다. 더 늦지 않아서.
빨간 내복처럼 따뜻한 너..

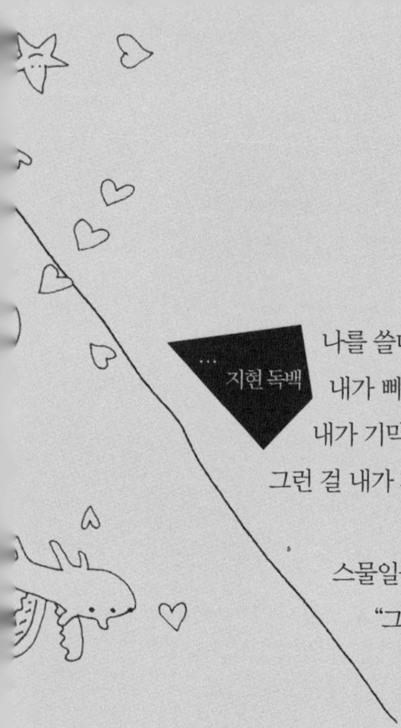

… 지현 독백

나를 쓸데없이 예민한 사람으로 만들어 버리는 너,
내가 삐치면 오히려 약 올리는 너,
내가 기막혀 걸어가면 성큼성큼 뒤쫓아 와 뒤에서 꼭 안아 주는 너,
그런 걸 내가 까무러치게 좋아한다는 사실을 알아 버린 너..

스물일곱 꽃다운 나이에 네 앞에 나타나 줬건만
"그 나이 되도록 너 좋다는 남자 하나도 없었지?"라며
배은망덕한 말을 서슴지 않는 너,
스물일곱에야 내 앞에 나타나 이미 탈모가 진행 중인 너,
심지어 새치까지 많은 너,
그러면서도 전지현의 머릿결과 허리를 탐내는 너,
그래 봤자 허리 굵은 내 남자인 너..

검문소에선 꼭 남들보다 오래 검문을 받곤 하는 너,
몸만 좋은 너,
스무 살 땐 '아기 물백곰' 같았던 너,
지금은 그나마 덩치 스머프 같아진 너,
그래도 너무 늦게 만나 아쉬운 너..

우리, 너의 시루떡 같은 가슴 근육이 물컹물컹해질 때까지
너의 단단한 복근이 몽글몽글해질 때까지
앞으로도 오래오래 사랑하자.

scene 41 :
사랑하는 사람의 과거 듣기

파티 멤버들을 소집하기 위해 동희는 제일 먼저 동욱에게 전화를 걸었다.

"진철이가 드디어 취직했대. 우리 파티 해 주자. 지금 어디 있는지 물어 봐도 돼?"

"집이야. 파티를 어디서 할 건데?"

"가게에서 하겠지? 아니면 너희 집에서 할까? 그래도 돼?"

동욱은 마음이 이상하다. 동희의 말투가 달라졌다. 어디야? 나와! 예전의 동희는 그렇게 말했는데 지금은 다르게 말한다. 어딘지 물어 봐도 돼? 그래도 돼? 조심스럽다는 느낌을 넘어 어쩐지 마음이 아픈 말투다.

"동희야, 그래도 돼. 그런데.."

동욱은 잠시 망설이다가 말투에 대해 물어 보기로 한다.

"너 요즘 이상하게 말하는 거 알아? 뭐 할 건지 물어 봐도 돼? 어딘지 물어 봐도 돼? 그런 식으로.."

순간 전화기 저쪽이 갑자기 조용해졌다.

… 동욱 독백

왜 그렇게 조심스러워졌느냐고 물어 보았더니
그녀는 당황해합니다.
그 당황은 부끄러움과는 분명, 다른 종류의 것입니다.
소심한 나는 서둘러 내 말을 엎어 봅니다.
"아니, 그냥 그렇다고. 신경 쓸 건 없고."

하지만 그녀는 이미 뭔가를 말하려고 결심한 듯 침묵이 길어집니다.
'괜히 말했나..'
'너무 심각한 이야기는 아니면 좋겠는데..'
나는 초조하게 그녀의 이야기를 기다립니다.
"사실은 그 사람이.."
거기까지 말하고 다시 그녀는 조용해집니다.
어떤 동의를 구하는 사람처럼.
그 사람..
아직도 그녀에게 그 사람이라고 불리나 봅니다.
내가 아는 사람, 내가 그녀에게 소개해 준 꼴이 되어 버린 사람.
얼굴도 알고 어떤 인간인지도 압니다.
나는 그녀가 그 사람을 사귄다는 사실을 알았을 때
그래서 너무 괴로웠습니다.
헤어지고도 잊지 못하는 지금은 더 그렇습니다.
겨우 그깟 인간 때문에.

나는 마구 흘러가는 생각을 겨우 멈추고
"응"이라고 소리 내어 봅니다.
계속하라는 내 반응에
그녀가 다시 이야기를 시작합니다.

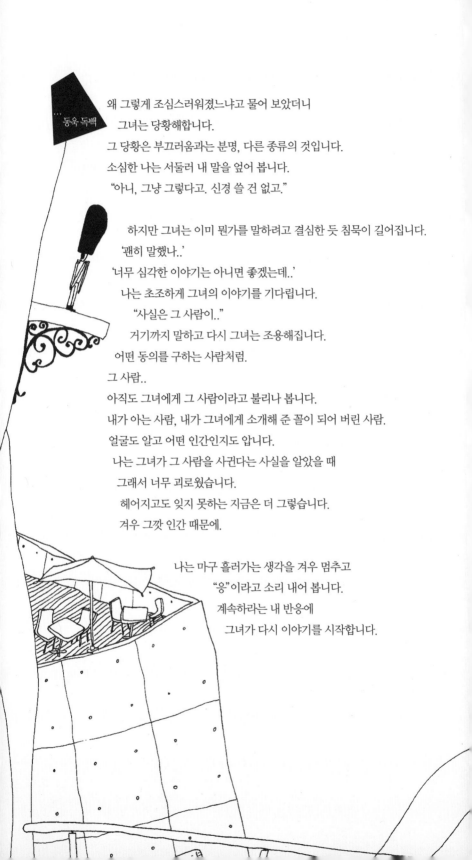

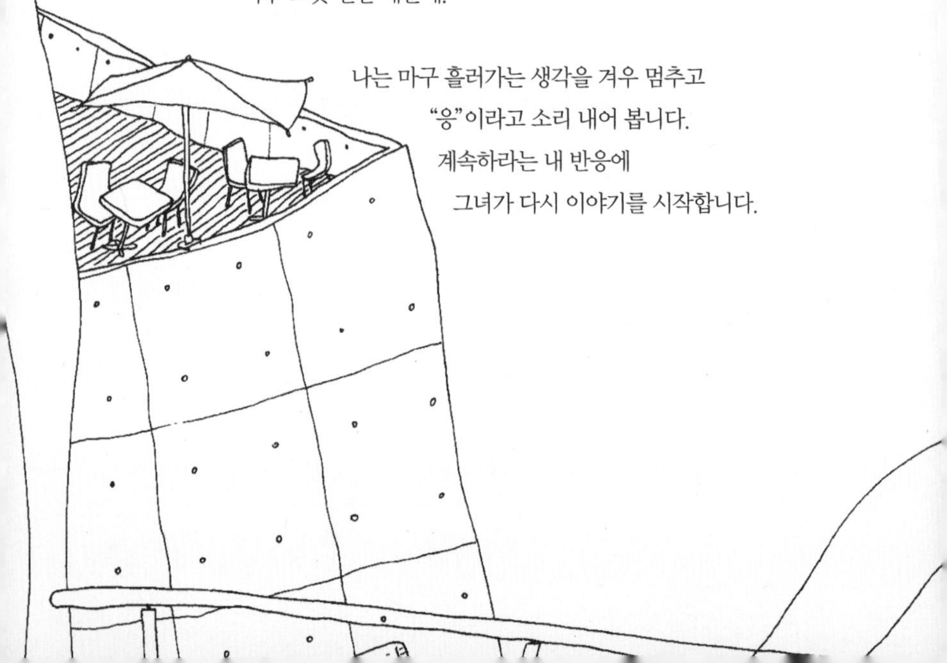

"그 사람은 내가 어디냐고 물어 보면 화를 냈어.
나는 따지려고 했던 게 아닌데 그렇게 들렸나 봐.
화를 내는 그 사람 보고 있으면
내가 마치 의처증에 걸린, 미친, 결혼한 지 100년쯤 된
지겹고 혐오스러운 집사람이 된 것 같은 기분이었어.
집사람이라는 말 정말 싫지 않니?
사랑하는 사람을 집사람으로 만들지 않는 게 사랑이라던데..
그래서.."

그녀는 잠시 엉뚱한 소리를 하다가
다시 "그래서"라고 말을 돌려놓고는 이야기를 멈춥니다.
이쯤에서 나는 그녀에게 말을 해 주어야 하겠지요.
다 지난 일이야, 이젠 그런 생각하지 마.. 그런 이야기들.
하지만 입은 떨어지지 않고,
질투라고도 분노라고도 말할 수 없는 불쾌한 감정 때문에
나는 눈물이 날 지경입니다.
한참 만에 나는 간신히 이렇게만 말할 수 있었습니다.
"뭐 그런 미친 놈이 다 있냐."
그리곤 또 한참 만에야 다시 말할 수 있었습니다.
"이따 만나서 맛있는 거 먹자."

정말이지 그 순간
그녀에게 맛있는 걸 먹여야겠다는 생각밖엔 들지 않았습니다.

사랑하는 사람의 과거를 듣는 일은 언제나 고통스럽습니다.
행복한 과거든, 불행한 과거든, 듣기 싫은 마음은 별반 다르지 않습니다.
때론 주먹으로 벽을 치고 싶을 만큼 괴로운 이야기도 있지만
그래도 참고 들어야 할 때가 있는 법이겠죠.
나는 지금의 그녀를 사랑하지만
그렇다고 지금의 그녀만을 사랑하는 건 가능하지 않을 테니까요.

scene 42 :
엄마의 연애를 보는 딸의 미묘한 심리

다 그런 것은 아니지만 대부분의 어른들은 친구가 별로 없다. 아들의 취직을 동네방네 자랑하고 싶지만 딱히 전화 걸 곳이 마땅치 않은 것을 깨닫고, 금자 씨는 무거운 몸을 일으켜 만만한 동희네 집으로 왔다.

"이모 축하해. 그런데 그거 다 내 덕분인 거 알지?"

동희의 생색에 금자 씨가 의아해한다.

"그게 무슨 말이야?"

"내가 진철이한테 여자 친구 소개해 줬잖아. 진철이가 연애하면서 얼마나 달라졌는데. 6개월은 그냥 놀고 싶다던 애가 바락바락 취직하려고 목숨 걸었던 것도 다 여자 친구 생겨서 그런 거야. 엄마, 내가 틀렸어?"

"틀리진 않았는데 어째 한숨이 난다. 남 좋은 일만 시키지 말고.."

송자 씨가 결혼 이야기를 꺼내려는 기미가 보이자 동희가 귀를 막고 애국가를 부른다. 동해물과 백두산이 마르고 닳도록.

"동희야!"

하느님이 보우하사 우리 나라 만세.

"얘 동희야!"

무궁화 삼천리 화려강산 대한 사람 대한으로.

"똥이!"

무거운 금자 씨가 동희의 어깨를 잡고 흔들자 그제야 동희는 반항의 애국가를 멈췄다.

"그런데 그 여자 애는 어떤 애야?"

금자 씨가 호기심 가득한 눈으로 동희와 눈을 맞추며 물어 본다. 무거운 금자 씨는 덩치도 크고 얼굴 살도 많다. 그래서 어느 때 보면 얼굴이 꼭 불독 같다. 입가의 팔자 주름도 유난히 선명하고 눈가의 살들도 대각선으로 처져 흐르고. 그런데도 금자 씨의 눈동자는 아이처럼 곧잘 천진해지곤 한다. 반면 우리 송자 씨는 아직 날씬하고 주름도 많지 않은데 눈동자는 늘 슬프기만 하다. 신이 난 금자 씨 얼굴을 바라보며 동희는 잠시 생각에 빠져 들었다.

내가 어떻게 하면 우리 송자 씨도 저런 눈동자를 하게 될까. 더 큰 대박 드라마를 기획하면 될까, 아니면 돈을 엄청나게 벌어다 주면 될까, 아니면 결혼해서 손자를 안겨 주면 될까.

동희가 생각에 잠겨 멍해진 사이, 금자 씨 표정이 구겨진다.

"왜? 이상한 애야? 너 이상한 여자 애랑 진철이랑 엮은 거야?"

그래서 동희는 얼른 정신을 차리고 대답한다.

"솔직히 이모랑 닮았어. 눈으로 압박하는 거라든가, 이야기하다 보면 이상하게 고해성사처럼 뭘 많이 털어놓게 된다든가.."

"걔도 뚱뚱하니?"

금자 씨, 자기는 무거우면서 무거운 며느리는 싫은 모양인지 살짝 인상을 쓴다.

"뚱뚱하다기보다는 크지. 일단 키가 거의 슈퍼모델이야."

그러곤 동희, 괜히 허리를 비틀어 운동하는 척하며 작은 목소리로 덧붙인다.

"몸무게는 천하장사고. 난 분명히 말했어. 나는야, 정직한 중매쟁이."

"뭐라고?"

동희의 웅얼거림에 금자 씨가 채근한다. 동희는 다시 목소리를 키워서 말한다.

"아주 똑똑한 애야. 그러면서 마음도 따뜻해. 같이 있으면 자기도 착해지는 것 같아서 진철이가 너무 좋대. 그리고 진철이보고 귀엽대."

만족스러워하는 금자 씨 표정. 그러자 동희가 냉큼 한마디를 덧붙인다.

"그러고 보니 이상한 애 맞네."

"많이 이상하네. 솔직히 진철이를 귀엽게 보긴 힘든데."

그사이 씻어 놓은 방울 토마토를 소쿠리째 들고 나온 송자 씨가 동희와 한편이 된다. 그러거나 말거나 금자 씨는 기분이 좋으니까 상관없다. 방울 토마토 하나를 입에 넣으며 동희가 송자에게 물었다.

"엄마, 내가 어떻게 하면 엄마가 막 행복해질까? 결혼말고."

"왜? 엄마가 불행해 보여?"

"꼭 그렇다기보다는 그냥 신나는 일이 없는 것 같기도 하고."

그 말에 금자 씨가 끼어든다.

"왜 꼭 네가 엄마를 행복하게 해 줘야 한다고 생각해? 자기가 스스로 행복해져야지. 나이 들면 남이 해 놓은 음식만 먹어야 하는 줄 아니? 언제든 먹고 싶은 게 있으면 스스로 만들어 먹는 거야."

우렁찬 금자 씨의 말에 동희는 방울 토마토를 연속으로 다섯 알쯤 입에 집어넣고 우물우물하며 생각해 본다. 정말 그런가. 그렇다면 엄마가 스스로를 행복하게 만들 방법이 뭐가 있을까.

"엄마, 엄마는 좋아하는 사람 없어?"

동희는 그냥 불쑥 꺼낸 말인데 송자 씨가 이상하게 화들짝 놀란다.

"얘, 내가 그런 게 어딨니?"

금자 씨가 입을 꾹 다문 얼굴로 송자 씨를 빤히 본다. 송자 씨 얼굴이 점점 울긋불긋해진다.

"그런 거 아니야. 그때 그 문자 메시지는 문화센터에서 강의하는 어떤 남자가.."

"동희야, 어떤 남자 나왔다."

빠르게 접수하는 금자 씨다.

"아니, 남자가 아니라 어떤 젊은 사람이야."

"동희야, 젊댄다."

쉰 넘은 송자 씨가 다섯 살 아이처럼 삐친다.

"나 말 안 해. 언니 집에 가."

"안 그럴게, 말해 봐. 누구니?"

동희가 몸을 곧추세워 앉더니 기대에 찬 얼굴로 엄마를 쳐다본다.

"무용하는 사람이야. 지금도 애들 무용 가르치고 있고. 나이는 서른일곱인가 여덟인가 그렇대. 내가 자꾸 통장 사본 가져가는 걸 잊어버리니까 그거 가져오라고 문자 메시지 보낸 거고. 아무것도 아니야."

그쯤 듣자 동희는 아무것도 아니구나 싶은 얼굴이 되는데, 금자 씨는 아직도 더 캐낼 것이 있다는 얼굴이다.

"그런데 그 남자가 왜 너한테 문자 메시지를 보내? 수상하잖아. 그리고 메시지 보는 너는 왜 그렇게 얼굴이 불그죽죽해졌어? 그것도 수상하잖아. 그 남자 결혼은 했대?"

이제 동희의 얼굴은 '설마'의 표정이 된다. 송자 씨는 금자 씨도 동희도 쳐다보지 않고 대답한다.

"갔다 왔대. 부인이 힘들어 해서 보내 줬다고 하더라고."

그 말에 동희가 반응을 보인다.

"힘들어? 왜? 이상한 사람이야?"

"앞을 못 봐. 그런데.."

금자 씨와 동희의 눈이 마주친다.

"그런데 춤출 때 보면 전혀 안 그래. 문자 메시지도 잘 보내고. 계단에서 내가 구를 뻔했는데 잡아 주기도 하고. 빛은 볼 수 있대."

어쩐지 분위기가 심상찮아졌다. 아무것도 아닌 게 아닌 송자 씨의 말투 때문이다. 다음 순간 동희가 벌떡 일어난다. 나 화장실, 이라고 짧게 말하며.

세 사람은 암묵적으로 오늘은 더 이상 그 주제에 대한 이야기를 하지 않기로 동의한 듯했다. 동희는 '설마'라는 생각에서 멈추고 싶었다. 금자 씨는 동희 없는 자리에서 조금 더 캐물어야겠다고 작정했다. 정작 송자 씨는 말하고 나니 속이 시원하기도 하고 갑자기 설레는 것 같기도 하고 마구 불안한 마음이 들기도 했다. 이건 무슨 기분이람. 내가 정말 그 남자를 좋아하나? 그렇다면 이게 무슨 사고람.

볼일도 없이 괜히 화장실에 갔다 온 동희가 동욱이네 집에 가겠다며 채비를 하는 사이 송자 씨는 어색해진 공기를 흐트러뜨릴 요량으로 라디오를 틀었다. 옛 노래를 틀어 주는 어느 프로그램에서 마침 양희은의 깊은 목소리가 흘러나오고 있었다.

'옛날에 옛날에 사랑을 했는데 그 사랑이 사랑일까 내가 몰라 물었더니 사랑이 아니란다. 사랑이라 우겼더니 사랑이 떠나더라. 사랑이 떠나더라. 옛날에 옛날에 사랑을 했는데 그 사랑도 떠나실까 내가 몰래 감췄더니 사랑이 서럽단다. 사랑이란 그런 거지. 가슴에만 숨은 거지. 가슴에만 숨은 거지.'

가사 한번 얄궂게 서글프네. 송자 씨는 중얼거렸고 그런 동생의 얼굴을 금자 씨가 아까와는 다르게 차분히 바라보고 있었다.

scene 43 :
행복하기에 더 슬픈

"그러고 보니 요즘 우리 다섯 명 자주 모인다, 그치?"

생각해 보면 참 우연한 구성이다. 딱히 동갑내기들도 아니고, 직장이 같은 것도 학교를 같이 다닌 것도 아닌데. 동희의 말을 듣고서는 그런가 싶어 다들 새삼 신기해하는 표정이다.

"다들 다른 친구가 없는 거지. 하지만 꼭 우리만 이런 건 아닐 거야, 그치?"

언제나처럼 동욱이 동희의 말에 힘을 싣는다. 꼭 저렇게 맞장구치지 않아도 되는데.

"그럼. 주위를 봐도 그래. 그리고 뭐, 이렇게 모이면 친구지, 친구가 별 건가?"

오늘 다섯 명의 친구가 모인 목적은 진철의 취직 축하.

"아이, 뭐 대단한 일이라고 이렇게 파티씩이나!"

쑥스러워하면서도 벙글거리는 진철과 어느 틈에 선물 받은 내복을 슬그머니 꺼내서 탁자 위에 올려놓는 지현.

"이건 또 뭐야?"

동희가 괴상한 물건이라도 본 듯 빨간 내복을 뒤적거려 본다. 그런 동희의 손등을 탁 치며 지현이 자랑한다.

"진철이가 사 줬어."

"봄인데 무슨 내복이야?"

더 기분 좋으라고 동욱이 질투를 해 주자 지현은 예상대로 더 신이 나한다.

"원래 봄에 난방을 안 하니까 더 춥고 그런 거예요."

그러면서 진철의 팔짱을 끼며 행복하게 웃는 지현. 바라보는 동희의 얼굴에 부러움이 번진다. 겨우 잊어 가고 있다가도 그리움은 이렇게 불쑥 찾아드는 법이다. 성재도 내복 이야기를 한 적이 있었는데.. 많은 사람 사이에 있기에 더 크게 느껴지는 상실감. 내 옆엔 아무도 없네. 그런 동희의 감정은 고스란히 동욱에게 전해진다. 동욱의 마음 역시 쓸쓸해진다. 동희야, 넌 또 지금 어디 가 있니. 그러면 도미노의 끝에 있는 승민은 그 흐름을 끊기 위해 언제나처럼 음식을 내놓는다.

"다들 와인 괜찮죠? 비싼 건 아닌데, 선물 받은 게 있어서요."

와인병을 둘러보던 지현이 신기한 듯 말한다.

"남아프리카 공화국? 와, 이 와인은 멀리서도 왔네."

"요즘 그쪽 거 많이 마신대요. 가격 대비 품질이 좋으니까."

그렇게 말하고 넘어가려는데 동희가 주워들은 이야기를 보탠다.

"아, 나 저번에 텔레비전에서 봤는데, 요즘 남아공 포도 산지에서 아이큐가 70이 안 되는 아이가 많이 태어난대. 포도 농장에서 일하는 여자들

중에 알코올 중독자가 많아서 그런 건데, 농장주가 돈 대신 포도주로 임금을 줘서 그렇다나 봐. 그것도 팔 수 없는 질 나쁜 와인을 말이야. 우움, 이 와인에도 그런 아픔이 숨어 있겠지?"

축하하자고 와인을 꺼내 왔는데 갑자기 노동 착취 이야기라니. 와인을 준비한 승민은 민망해진다. 진철이 어이없다는 얼굴로 항의했다.

"아니, 내가 취직한 게 싫어? 그런 이야기를 하면 우리가 이걸 어떻게 마시라고."

"엇 미안. 내가 흐름을 잘못 탔지?"

승민이 서둘러 이야기를 정리한다.

"요즘 그래서 '페어 트레이드(Fare Trade)' 라고 표시된 것도 따로 있어요. 어쨌든 이건 선물 받은 거니까."

그 말에 모두가 과장되게 동의한다. 선물을 포함해서 공짜로 생긴 건 무조건 빨리 소비해야 한다며. 그리하여 드디어 뻥, 코르크 마개가 뽑히고 쪼르륵, 와인이 잔에 따라진다.

"자, 건배해야죠."

모두들 잔을 적당히 채우고 잔이 깨지지 않을 만큼 신나게 부딪치고 와인을 마신다.

"어때요?"

승민이 반응을 살피며 묻는다.

"향이 좋은데?"

동욱의 무난한 칭찬이다.

"아, 달다."

오늘은 공기조차 달콤할 지현이다.

하지만 술을 잘 못하는 동희와 진철은 약간 찌푸린 얼굴이 된다.

"커, 포도주 맛이군."

"응, 나도 그렇게 생각해."

그런 반응에 지현이 서운한 얼굴이다.

"사실, 나는 예전부터 남자 친구 사귀면 같이 술 마시고 적당히 취해서 키득키득 웃는 것도 해 보고 싶었는데, 진철이는 술을 아예 못하니까 그건 좀 아쉬워요."

지현의 말에 동희가 사악한 표정으로 장난을 친다.

"왜? 술 먹여서 무슨 짓 하려고? 진철이, 너 몸조심해야겠다."

"언니, 요즘 많이 힘들구나. 밤이 너무 길지? 대바늘 세트 사 줘?"

동희의 놀림을 지현이 맞받아치는 사이, 진철이 남아 있는 와인을 꿀꺽꿀꺽 단숨에 들이켜 버린다. 모두가 그 모습을 흥미롭게 지켜보는데 진철이 지현을 바라보며 하는 말.

"자기야, 나 취했어. 빨리 덤벼 줘."

그 덕에 오랜만에 모두가 유쾌하게 소리 내어 웃어 본다. 비밀 회담 이후 지현과 부쩍 친해진 승민이 지현에게 물어 본다.

"술 같이 마시는 거말고 또 뭐를 같이해 보고 싶었어요?"

"말하기 좀 부끄러운데.."

"뭐? 확 덮치는 거?"

냉큼 끼어들었던 동희는 모두에게 제지당했다. 오늘 아무래도 상태가 좋지 않은 것 같다고, 거기 음란한 여인은 입을 닫고 있으라고.

"좀 부끄러운데, 나는 그런 거 해 보고 싶었어요. 왜 초콜릿 광고에 나

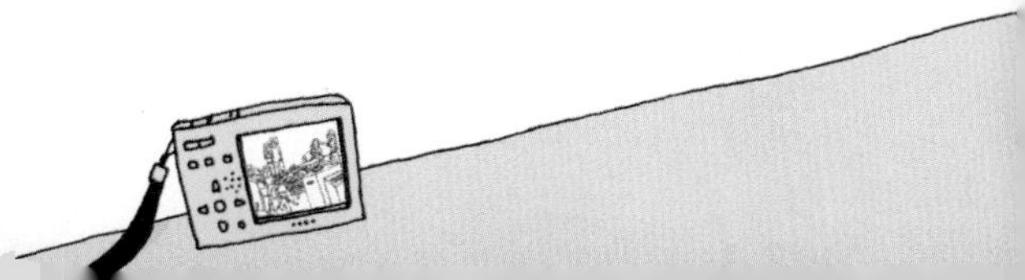

왔던 거 있잖아요. 코트 안에 얼굴을 묻고, 난 사랑해요, 이 세상 슬픔까지도."

말하고 나니 창피한지 지현은 얼굴까지 빨개졌다. 그 모습을 지켜보던 음란동희가 또 불쑥 끼어들었다.

"그래서? 그다음에는 뭘 할 건데?"

어이구, 하는 얼굴로 지현이 동희를 노려본다.

"동희 언니는 아마 일단 코트 속에 얼굴을 묻으면 다시 고개를 안 들 거야. 남자가 들여다 보면 아마 손으로 와이셔츠 단추 풀고 있을걸?"

고개도 들지 않고 열심히 남자의 셔츠 단추를 풀고 있을 동희의 모습을 상상하자 승민도 쿡, 하고 웃음이 나왔다. 그런데 그 순간 동욱이 큰 소리로 웃는다.

"아하하, 정말 귀엽겠다."

다들 웃는데 승민의 얼굴에서 웃음이 싹 사라졌다. 만약 동희가 단추를 풀고 있을 그 남자가 동욱이라면.

분위기가 즐거워지자 동희는 자기 흥에 자기가 한술 더 뜬다.

"침 뚝뚝 흘리면서, 허겁지겁!"

허겁지겁이라는 말이 재미있어서 모두가 또 한 번 웃는다. 승민도 어쩔 수 없이 웃는다.

"어쩌면 벨트까지 풀었을지도 몰라!"

오늘은 정말 음란동희인가 보다. 옆에 앉아 있던 동욱의 허리춤에 손을 뻗어서 진짜로 벨트 푸는 시늉을 해 보이는 동희를 동욱이 서둘러 말린다. 놀라면서도 행복해하고, 말리면서도 진짜였으면 하고, 수줍으면서도 간절히 원하는 동욱이다.

승민은 그런 동욱이 보기가 싫고 또 서러워서 슬그머니 혼자 옥상으로 올라갔다. 동희와의 노닥거림, 승민의 눈에는 그렇게 보였다. 노닥거림이 그렇게 즐거울까.

승민이 옥상에 올라온 지 한참이 지나서야 동욱이 전화를 걸어왔다. 전화를 받지 않았다. 그러자 곧바로 문자 메시지가 도착했다.

'너 지금 어딨냐, 슈퍼에 간 거냐, 동희가 호두 아이스크림 먹고 싶다는데.'

… 승민 독백

처음으로, 너의 전화를 일부러 받지 않았다.
나도 한 번쯤은 그래 보고 싶었다.
괴물과 사투를 벌이듯 전화를 받고 싶은 마음과 열심히 싸워
나는 간신히 음울한 진동 소리를 견뎌 냈다.
그 힘겨운 승리로 내게 남은 것은 너의 이름 뒤에 찍힌 부재중 표시.
그리고 잠시 후 덤으로 받은 너의 문자 메시지.

너 지금 어딨냐, 네가 물었다.
네가 없는 곳에, 대답하려다 참았다.
원미시시피, 투미시시피, 쓰리미시시피..
한참 숨을 고른 뒤 다시 문자 메시지를 꺼내 보았다.
너 지금 어딨냐, 너 지금 어딨냐, 너 지금 어딨냐..

..네 마음속에, 라고 대답하면 너는 많이 비웃으려나.

이불도 천장도 없는 옥상의 시멘트 위에 나는 벌렁 드러눕는다.
봄이 오고 있음을 알리는 바람은 얄밉도록 잔잔하게 불어온다.
어디선가 불어와 어디론가 가는 바람
이제 또 어디로 가는지 알 길은 없지만,
내가 가고 싶지만 갈 수 없는 그곳까지
단숨에 후후 날아갈지도 모르겠지만,
어쩌면 영원히 내 주위를 맴돌고 있는지도 몰라.
눈을 감으면 쌕쌕 들려오는 바람의 한숨 소리, 너의 숨소리.

봄이 오는 게 싫어서 눈을 더 꼭 감아 버린다.
봄이 오면 세상은 또 얼마나 화사해질까.
복어회처럼 얇고 하얀 벚꽃이 피어날 텐데..
바람이 불어 벚꽃 잎이 하늘하늘 떨어지면
여학생들은 휴대폰을 꺼내 사진을 찍겠지.
길 가던 개들도 하늘을 바라보며 컹, 하고 짖을 테고
시장에 가던 아주머니들도 장바구니를 든 채

봄 햇살이 좋아 하하호호 웃겠지.
나란히 외출 나온 노부부도 있겠지.
할머니 하얀 머리 위로 떨어진 벚꽃 잎을
할아버지는 주름진 손으로 떼어 내며 말하겠지.
"할망구, 주책맞게 뭘 이런 걸 붙이고 다녀."
그러고는 마주 보고 웃겠지.

나만 여전히 웃지 못하겠지.
따스하게 다가올 봄 햇살과 연둣빛 새싹과 흐드러질 벚꽃 잎,
내가 만드는 음식과 내가 꿈꾸는 행복..
그 모든 걸 주고 싶은 사람이
아직도 너밖에 없다는 사실 때문에.

정신을 차리니 내 마음은 어느새 네 옆으로 가 누워 버렸다.
우리는 오늘 제대로 스치지도 않았는데
이상하게 내 몸에서 자꾸 네 냄새가 난다.
샤워를 해야겠다. 빨래나 해야겠다.

남의 나라 시인은 그렇게 말했다지.
한 번도 상처받지 않은 것처럼 사랑하라고.
하지만 그게 어디 말처럼 쉬운 일인가.
언제나 먼저 전화를 끊는 너를 보며
언제나 먼저 등을 보이는 너를 보며
내 마음에 무수히 남은 상처는
이미 나를 이렇게나 지치게 만들었는데.

그저 봄이 천천히 오기를 소원한다.
가슴이 울렁거려 잠도 들 수 없는 봄밤 같은 것,
창문을 열면 비행기를 탄 듯 아득할 봄밤 같은 것,
그런 눈부신 것들은, 내년 봄에나 찾아왔으면 좋겠다고..
너를 좋아하지 않고 싶다는 소원만큼이나
부질없는 바람이겠지만..

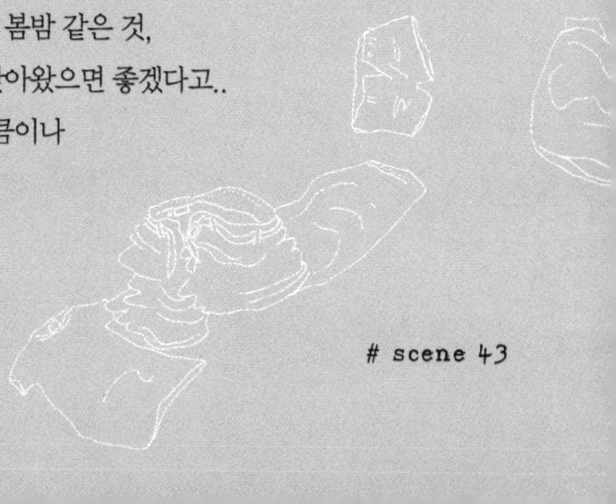

scene 44 :
아이 러브 유

승민이 자리를 비운 사이 한 차례 술상이 정리되었다. 동희는 설거지를 시작했고 동욱은 빈 접시들을 부지런히 나른 다음 동희가 거품칠을 해 놓은 접시들을 헹구고, 그러는 사이 진철과 지현은 술잔을 든 채 옥상으로 올라갔다.

"어때? 같이 술 마시니까 좋아? 한잔 더 할까?"

진철은 그렇게 말했지만 말짱한 지현에 비해 사실 몹시 힘든 상태였다. 천성적으로 술이 받지 않는 몸이라 취하지 않으려고 무진장 애를 쓰고 있지만, 다리가 자꾸 풀리고 얼굴은 뜨겁고 속이 영 불편했다. 지현은 진철의 뜨끈뜨끈해진 얼굴에 가만히 자기 손을 대더니 진철의 술잔을 빼앗아 자기 입에 탈탈 털어 넣었다.

"오늘 마신 걸로 충분해. 이제 평생 다시 안 마셔도 돼."

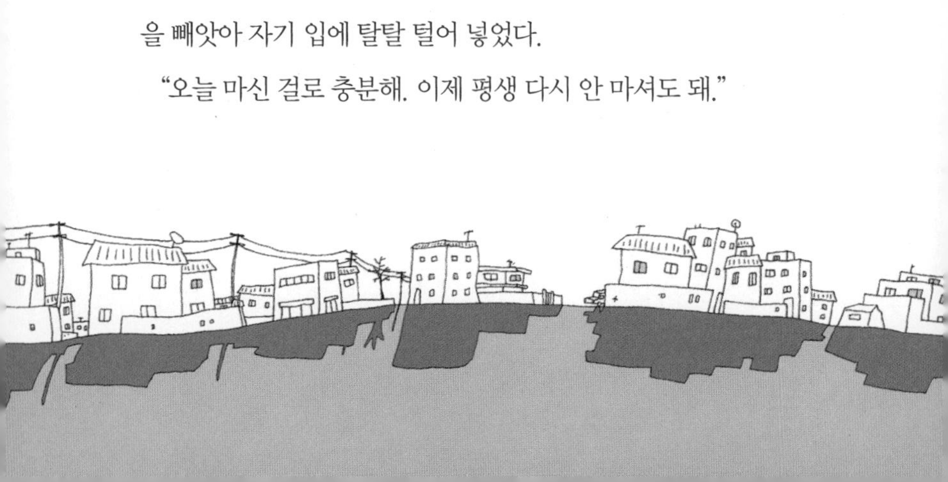

너그럽게 말해 주는 지현을 보며 이제 살았다 싶었는지, 진철은 아까부터 못내 신기하고 궁금했던 것을 물어 보았다.

"어떻게 술을 그렇게 맛있게 마셔? 무슨 맛이야?"

그러자 지현은 진철이 마시던 잔을 코끝에 갖다 대며 말했다.

"알코올 냄새, 포도 냄새, 노동 착취를 당하는 검은 여인의 손 냄새, 남아프리카 태양의 냄새, 그리고 한국의 봄 냄새랑 너의 냄새."

같이 차를 마시는 것은 어제를 살아온 추억을 나누는 것. 같이 밥을 먹는 것은 내일을 살아갈 에너지를 나누는 것. 그렇다면 같이 술을 마시는 것은 오늘 바로 이 시간을 나눈다는 것이 아닐까.

그날 밤 같이 먹고 같이 마시는 행복으로도 모자라 진철과 지현은 덤으로 입술을 나누었다.

"사랑해."

"알고 있어. 나도 사랑해."

참 흔하지만 흔하지만도 않은 말도 나누었다.

"밤인데 구름이 보인다."

"정말 그러네. 하늘이 캄캄하지 않고 푸르스름하네. 네 눈동자가 너무 반짝거려서 그런가 보다."

작은 웃음.

그러곤 잠시 먼 곳을 같이 응시하는 달콤한 침묵도 함께.

"우리 저기 구름들처럼 둥둥 같이 늙어 가자."

"우리 오래오래 사랑하자."

잠시 놓았던 서로의 손을 찾아 꼭 쥐고 체온을 나누며 굳은 약속도.

scene 45 :
그 남자가 사랑하는 법

결국 승민이 사 온 호두 아이스크림을 나눠 먹는 것으로 그날의 술자리는 끝이 났다. 모두가 우르르 집 밖으로 몰려나오는데 동욱이 다른 사람 모르게 슬쩍 진철에게 종이가방 하나를 건넨다.

"별건 아니고."

진철의 선물까지 챙긴 동욱이다.

"아니, 이걸 왜 이제 줘요? 진작 주지. 지금 풀어 봐도 되죠?"

진철이 큰 소리로 말하자 동욱이 머쓱해한다.

"별것도 아닌데."

아마 동욱은 다른 사람들이 준비를 안 한 것 같아서 슬그머니 주려고 했을 것이다. 동욱은 그런 사람이니까. 진철이 선물을 풀자 그 안에는 삼단짜리 우산 두 개와 작은 카드가 들어 있었다. 진철이 카드를 펼쳐 보려 하자 동욱은 기겁을 하며 말렸지만 카드는 기어이 모두가 보는 앞에서 펼쳐지고 말았다. 그런데 거기에 쓰인 말은 '취직을 축하합니다' 라는 한마디뿐이라 다들 또 허탈해하며 즐겁게 웃었다.

"이거 하나는 우리 지현이 거죠?"

진철의 말에 동욱이 고개를 끄덕이자 지현이 땡큐, 땡큐를 연발하며 마른 밤하늘 아래 우산을 펼쳐 보았다. 고흐의 그림이 그려진 우산이었다. 하나는 별이 빛나는 밤, 다른 하나는 밤의 카페 테라스. 밤에 펼쳐 봐서 그런가, 묘하게 어울리는 풍경이 되었다.

"오, 이거 어디서 많이 본 그림 같은데?"

"어머, 밤의 카페 테라스."

진철과 지현의 반응이 너무 달라서 동욱은 또 한 번 즐겁게 웃었다. 그런데 멀쩡히 같이 웃고 있던 동희가 또 난데없는 이야기를 꺼냈다.

"난 자살한 예술가들은 싫더라."

아무 소리도 나지 않았지만 동희를 제외한 나머지 네 사람의 귀에는 즐거운 분위기가 와장창 깨지는 소리가 들렸다. 진철이 정말이지 못마땅하다는 표정으로 말한다.

"오늘 왜 그래? 노동 착취에, 자살은 또 뭐야. 내가 취직한 게 싫어?"

"미안, 미안, 그냥 힘들어도 잘 버티며 살자고 한 말이었어. 자살한 영혼은 천국에도 못 간다잖아. 제일 괴로웠던 순간에 딱 머물러 버린다고.."

거기서 멈추는 게 차라리 나았을 텐데.. 모두의 표정이 이상해진다. 그때 내가 이야기했는데, 김동희 저거 기억 못하는구나. 동욱이 제일 초조하다. 승민이 동희를 더 싫어할까 봐, 동희가 나쁜 사람이 될까 봐.

다들 왜 그렇게까지 당황하는지 영문은 몰랐지만 분위기가 너무 딱딱하다 싶었는지 동희가 변명이랍시고 말했다.

"책에서 읽은 거야. 근데 일본 책이었으니까 우리나라의 경우는 다를 수도 있어."

분위기를 풀기엔 역부족이다. 그래서 또 동욱이 돕는다.

"그래서 성당에 가면 연옥에 있는 이름 모를 영혼들을 위해 기도 많이 하잖아. 나도 효도 차원에서 집에 내려가면 가끔 성당 가는데 열심히 기도하고 그랬어. 그러니까 괜찮을 거야. 고흐도 다른 자살한 영혼들도.."

마침 택시가 와서 다행이었다. 진철과 지현은 뒷자리에 동희는 앞자리에 타고, 승민과 동욱은 남아서 손을 흔들고. 택시가 출발하자 동욱이 길게 한숨을 내쉬었다. 김동희 정말 불안불안하다. 괜찮아야 할 텐데. 덩달아 승민이 긴 한숨을 내쉬었다. 그렇게 걱정되면 쫓아가지. 그러지도 못할 거면 걱정이라도 하지 말지.

… 동욱 독백

오늘은 네가 세상을 온통 싫어하는 그런 날이었나 보다.
한 번씩 그러지 너는.
남들 모르게 그러지 너는.

싫은 것의 시작은.. 젓가락이었던 것 같아.
어느 날 너는 식탁 위에 놓인 나무젓가락을 보다가 말했지.
"나무젓가락을 쪼개는 건 싫어. 다시는 하나가 될 수 없잖아."

그러곤 줄줄 이어졌지.
"젓가락을 평행으로 놓는 것도 싫어. '11' 자 같잖아."
"11월은 싫어. '1' 이 두 개나 있는데도 너무 외롭게 생겨 먹었잖아."
"그래도 여름보다는 나아. 여름은 싫어. 해가 너무 길잖아."
"지나치게 파란 하늘은 싫어. 형광등 불빛처럼 경박해서 싫어."

나는 언뜻 이해가 되지 않았지만
너를 이해하고 싶어서, 이해하려 애쓰며 동의했지.
"그러고 보니 그러네.."

그러곤 대꾸할 말이 없어서 곰곰이 생각하다가
자신 없이 겨우 한마디를 했어.
"나도 흐린 날이 더 좋은데.."

그 말에 너는 반색을 하며 좋아했어.
마치 흐린 날을 좋아하는 사람을 난생처음 본다는 듯
이제껏 그런 걸 이해해 주는 사람은 아무도 없었다는 얼굴로.
모처럼 밝아진 네 표정을 보면서 내 심장은 마구 뛰었지.
'그럼 이제부터 나도 파란 하늘은 무조건 싫어해야지,
나도 여름을 싫어해야지..'

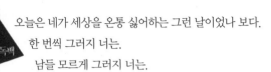

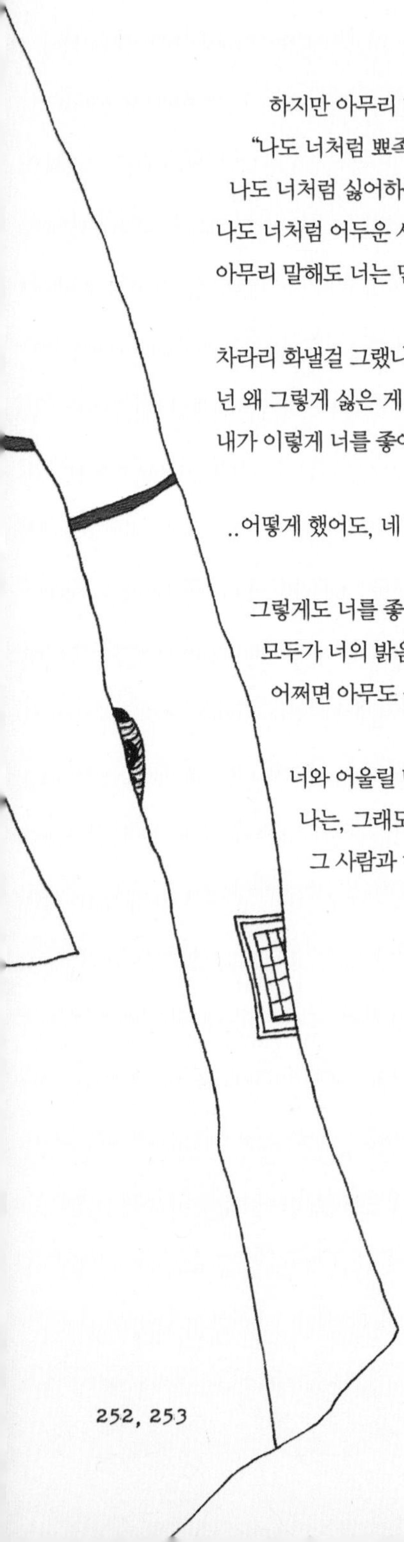

하지만 아무리 네 흉내를 내도 난 네 마음을 안심시킬 수 없었어.
"나도 너처럼 뾰족한 사람이야.
나도 너처럼 싫어하는 게 많아.
나도 너처럼 어두운 사람이야."
아무리 말해도 너는 믿지 않았으니까.

차라리 화낼걸 그랬나?
넌 왜 그렇게 싫은 게 많으냐고
내가 이렇게 너를 좋아하는데 그걸로는 부족하냐고.

..어떻게 했어도, 네 마음은 거기까지만 열렸겠지.

그렇게도 너를 좋아한 나에게마저 다 말하지 못한 너의 외로움.
모두가 너의 밝음만을 좋아했으니
어쩌면 아무도 몰라주었을 너의 어둠.

너와 어울릴 만큼 멋있는 사람은 아니지만
나는, 그래도, 누구보다 너를 좋아하는 사람이니까
그 사람과 헤어지면 어쩌면 나한테 오지 않을까 생각했는데..

내가 너무 멀리 있었나,
초조한 표정을 들켜 버렸나.
네가 왜 아직도 내게 오지 않을까.

네가 탄 택시가 뒷모습을 보이며 사라지고
친구와 함께 골목길을 걸어 들어오는 길.
아무도 없는 놀이터, 작은 바람에도 삐걱대는 그네를 보며 나는 생각해.
'네가 심심하다고 내게 오면, 외롭다고 내게 오면,
나는 너를 저 그네에 앉혀 신나게 밀어 줘야지..'

너는 내게 오지 않을 텐데,
그 사실이 분명한 계절도 있었는데,
왜 나는 자꾸 너를 기다리는지
왜 꼭 이렇게 푸른 어둠 속에선 네가 나타날 것 같은지..
너는 지금 어디로 가는 중인지, 내게는 오지 않을 건지,
벌써 다른 데로 가 버린 건지..

scene 46 :
사랑은 끝없는 선택과 책임을 요구한다

뒷자리에 앉아 있던 지현이 조수석에 앉은 동희 어깨를 툭툭 건드렸다.

"나 오늘 언니 집에서 자도 돼요?"

그 말에 진철도 놀랐다.

"왜?"

"언니랑 할 얘기가 있어서. 언니 하는 짓이 죄다 마음에 안 들어서 내가 혼내 주려고."

"어이 무서워라."

동희의 추리닝을 한 벌 얻어 입은 지현이 오늘 해야 할 말들을 마음속으로 정리하고 있는데, 세수를 한 동희가 방으로 들어왔다.

"나 안경 쓰니까 웃기지? 눈이 엄청나게 나빠서."

"언니, 여자들의 3대 착각이 뭔지 알아요? 하나, 잘 넘어지는 여자를 남자들이 귀여워하는 줄 안다. 둘, 망사 스타킹 신으면 다 섹시한 줄 안다. 셋, 안경 벗고 화장하면 자기가 훨씬 더 예뻐진 줄 안다."

"그래도 렌즈 끼고 화장하면 좀 낫긴 하잖아. 내 남자 친구는 내가 안경 쓰면 부엉이 같다고 그랬는데."

지현이 이때다 싶은지 몰아붙인다.

"누가 남자 친군데요? 헤어진 게 언젠데 아직까지 남자 친구래요? 옛날 남자 친구라고 하든가, 아니면 어떤 남자라고 하든가."

동희의 심기가 대번에 불편해진다.

"무슨 말 하려고 그래? 너 내 연애사에 불만 있어?"

"언니, 헤어진 사람들의 3대 착각은 뭔지 알아요? 하나, 자기가 제일 불쌍한 줄 안다. 둘, 그 사람도 자기 때문에 조금은 슬퍼할 줄 안다. 셋, 절대로 그 사람을 못 잊을 줄 안다."

동희는 할 말을 잃었다. 잔인한 것. 지현의 입바른 소리는 정말이지 무섭다. 진철이는 평생 죽었다. 동희가 기가 죽은 것 같자 지현은 조금 목소리를 푼다.

"언니, 언니가 알아야 할 일이 꽤 있어요. 내가 봤을 때 여기서 언니가 방향을 잘 잡으면 세 사람 혹은 그 이상이 다 행복해질 수 있어요."

그리고 지현은 모아 두었던 이야기를 하기 시작했다. 동희와 동욱, 동욱과 승민, 승민과 성재. 동희는 위장과 뇌에서 출렁거리던 와인이 몸 안에서 갑자기 얼어버린 듯 정신이 확 들었다.

"뭐부터 물어 봐야 할지 모르겠네. 너무 많은 이야기를 들어서."

지현이 정리를 시작했다.

"일단, 동욱이 오빠가 언니를 좋아하는 건 알겠죠? 솔직히 나는 언니도 대충 알고 있을 거라 생각했는데. 그렇게 잘해 주고 그런 눈으로 보는데 어떻게 모를 수가 있어요?"

동희는 대답을 하지 못했다. 그래서 지현은 다음 질문으로 넘어갔다.

"승민 오빠가 동욱 오빠 좋아하는 건 이해가 되죠?"

그건 어려운 일이 아니었다. 동희는 고개를 끄덕였다.

"이해되지. 그런데 난 왜 지금까지 그런 생각을 한 번도 못했을까? 너는 겨우 몇 번만 보고도 알았는데. 승민 씨가 나 진짜 싫어하겠다. 아니, 지금 중요한 건 그게 아니지. 나 이기적인 것 좀 봐. 지금 이 와중에 누가 나 싫어하는 걸 걱정하고 있네."

이제 남은 문제는 동희에게 제일 어려운 것일지도 모른다.

"이성재가 승민 오빠 친구한테 그런 거에 대해서는 어떻게 생각해요?"

동희는 한참 대답하지 않다가 손가락으로 방바닥을 자꾸만 문지르다가 입술을 고집 센 모양으로 만들고는 대답했다.

"우린 승민 씨 이야기만 들은 거잖아. 그 사람도 사정이 있었겠지."

"무슨 사정? 귀찮은 사정?"

"그 여자가 양치기 소년처럼 자꾸 거짓말을 했다거나, 아니면 그 여자가 일방적으로 스토커처럼 따라다녔을 수도 있고.."

"언니, 죽은 사람에 대해서 그렇게 함부로 말하는 건 별로다."

"그래, 그럼 성재가 가려고 했는데 갑자기 집안에 급한 일이 생겼을 수도 있고."

사랑하는 사람에 대한 이해는 끝이 없다. 그걸 알지만 지현은 동희를 그냥 봐줄 수가 없다.

"안 가겠다고 본인이 말했다잖아요."

동희는 또 고집 세게 입술을 꼭 붙이고 있다가 말한다.

"그 사람 말만 그렇게 했을 수도 있어. 그리고 그 사람 그렇게 나쁜 사람 아니야. 너 아까 내복 받았다고 좋아했지?"

동희가 성재를 위한 긴 변명을 시작했다.

"우리는 그런 놀이 자주 했거든. 카페 창가에 앉아서 밖에 지나다니는 사람들 머리 위로 말풍선 다는 거.."

그때 성재는 그렇게 물었다.

"저 무서운 표정의 남자는 지금 무슨 생각을 하면서 걷고 있을까?"

그러자 동희는 대답했다.

"빨리 집에 가서 라면 끓여 먹어야지. 식은 밥이 남아 있어야 할 텐데. 동생이 다 먹어 버렸으면 어떡하지? 그럼 죽여 버려야겠다."

짐짓 심각한 얼굴로 성재는 그랬다.

"음, 그래서 저렇게 무서운 얼굴이 됐군. 그럼 저기 통화하는 여자는 무슨 말을 하고 있을까? 되게 심각한 것 같은데?"

"아마 다른 사람한테 문자 보내다가 얼떨결에 받기 싫은 전화를 받아 버렸을 거야. 그래서 지금 소리샘 연결 멘트 하고 있을걸? 전화가 연결되지 않아 소리샘으로 연결합니다. 연결 후에는 통화료가 부과되오니.."

그렇게 두 사람이 킥킥대며 놀고 있을 때 종이가방을 든 한 젊은 남자가 유리창 바로 앞을 지나갔는데, 그걸 보고 이번에는 동희가 성재에게 질문을 던졌다.

"저 종이가방에는 뭐가 들어 있을까?"

그러자 성재는 잠깐 생각하다가 할머니에게 드릴 내복이 들어 있을 것 같다고 대답했다.

그때의 생각에서 깨어나지 못한 얼굴로 동희가 지현에게 말했다.

"그 사람, 내복이라고 대답하고는 나한테도 물었어. 그럼 너는 뭐가 들어 있을 것 같냐고. 그래서 나는 그냥 나도, 라고 대답했어. 그때 나는 그 안에 뭐가 들어 있다고 생각했을까? 기억이 안 나. 봄이 되면 심을 제라늄 한 뿌리? 맛있는 무지개떡? 만화책 다섯 권? 모르겠어. 어쩌면 아무 생각이 없었을 거야. 내 앞에 앉아 있는 당신은 어쩜 그렇게 훌륭한 대답을 하는 걸까요, 당신은 정말 따뜻한 사람이군요, 당신이 자랑스러워요. 그때 내 머릿속은 온통 그런 생각으로 가득했으니까."

고개를 든 동희가 지현의 눈을 쳐다보며 이야기했다.

"할머니에게 드릴 내복이 있을 거라고 말하는 사람이.. 그렇게 나쁜 사람일 수는 없잖아. 안 그래?"

안 그래, 하는 말은 거의 애원처럼 들렸다.

"그리고 정말 나쁜 남자는 사귀는 사람한테 헤어지자고 말 안 해. 바람을 피우면 피웠지 정리 같은 건 안 한단 말이야. 하지만 그 사람은 나한테 헤어지자고 했잖아. 그러니까.."

헤어지자고 했으니 그렇게 나쁜 남자는 아니란다. 이보다 더 기막히고 억지스러운 말이 또 있을까.

"뭔가 이유가 있었을 거야. 우리, 잘 모르니까 미워하지 말자. 그 사람 미워하지 말아 줘."

이건 협박 같았다. 네가 그렇게 생각해 주지 않으면 나는 울어 버릴 거야, 라는 협박. 지현은 아무 말도 할 수 없었다. 동의할 수도 반박할 수도 없었다.

한 명은 눈썹이 반만 남은 얼굴로 추리닝을 입고 있고, 한 명은 부엉이 안경에 다 닳은 잠옷 바람. 의견 일치를 보지 못한 채 참 추레한 꼴로 앉아 있는 두 여자. 그러다 한참 만에 먼저 입을 연 사람은 지현이었다.

“에이 몰라, 어쨌든 난 그 사람 별로예요. 저번에 사진 보니까 입술이 얄팍해 가지고 키스도 못하게 생겼어. 몸도 그게 뭐야? 말라 비틀어져 가지고. 아마 하체도 부실할 거야. 바람 불면 바지가 펄럭펄럭, 다리가 있는지 없는지도 모르겠고. 섹스도 못하게 생겼어.”

워낙 센 발언이라 분위기를 단번에 반전시키는 데 성공했다. 동희는 그 말을 듣자마자 지현에게 베개를 확 던졌으니까. 동희의 얼굴은 수습이 불가능할 정도로 빨개졌다. 그런 중에 웃음은 터져 버리고.

“나보고 음란동희라더니, 이런 욕정지현 같으니라고!”

지현이 다시 그 베개를 동희에게 던지며 소리를 질렀다.

"아, 그러니까 그 사람말고 동욱 오빠랑 사귀면 되잖아요. 동욱 오빠는 몸도 얼마나 좋은데! 몸 좋지, 직장 좋지, 성격 좋지, 집에 돈도 있다면서요. 심지어 언니를 정말 많이 좋아하는 것 같은데."

"이런 세속지현 같으니라고."

"흥, 그러는 언니는 천상동희신가?"

그러고도 한참을 더 이야기하던 두 사람은 새벽 4시를 넘겨서야 잠잠해졌고, 굳이 바닥에서 자겠다던 지현이 불편한 잠자리에서 고맙게도 먼저 잠이 들었다. 잠이 올 듯 말 듯 하여 몇 번을 뒤척이던 동희는 일어나 앉아서 잠든 지현의 얼굴을 내려다보았다. 동생이 있으면 참 좋겠다. 태어나자마자 하늘로 갔다는 서희. 서희가 살아 있었다면 지현이처럼 똑똑한 동생이었을 텐데. 문득 다시 외로워졌다. 엄마 생각이 났다. 나는 사랑을 잃은 뒤의 몇 주가 이렇게나 길고도 외로운데 엄마는 몇 십 년을 그렇게.. 엄마도 참 힘들었겠다. 엄마가 그래도 살 수 있었던 건 이모 덕분이기도 했겠구나. 그러곤 아까 금자 씨가 송자 씨 몰래 동희에게 속삭였던 말이 떠올랐다.

"너는 반대하지 마. 안 된다 싶으면 내가 반대해. 네가 얼굴에 조금이라도 거부감을 드러내면 니네 엄마는 다시는 누구 못 좋아한다. 난 내 동생 그러는 거 싫다."

동희는 지현이 깨지 않도록 살그머니 침대에서 내려와 방문을 열고 안방으로 건너갔다. 잠든 엄마 손에 반지 하나 끼워져 있지 않아서, 잠든 엄마 얼굴이 깨어 있을 때보다 더 늙어 보여서, 다시 한 번 동희는 슬퍼졌다.

scene 47 :
다른 사람의 마음, 비상금처럼 꺼내 쓰지 말기

동희가 잠에서 깼을 때 지현은 이미 사라진 후였다.

'언니, 예비 시이모님께 아침상을 받기에는 너무 황송해서 야반도주합니다. 다음에 맛있는 것 사 들고 정식으로 인사 온다고 전해 주세요. 그럼 동동커플 파이팅! 지현.'

동동커플이라. 이름은 예쁘네. 동희는 반만 떴던 눈을 다 뜨고 부스스 일어나 머리를 질끈 묶고 거실로 걸어 나가며 엄마를 불렀다. 어엄마아아아. 그러면 송자 씨도 대답한다. 왜에 따아아알. 엄마 곁에 풀썩 쓰러지며. 그냐아아앙..

"어제 많이 늦었어?"

"응. 지현이라고 진철이 여자 친구, 내 방에서 자고 갔어. 일어나니까 없네. 일찍 갔나 봐. 엄마한테 잘 보이고 싶다고 이야기 잘해 달래. 엄마가 자기 예비 시이모님이라고. 웃기지?"

"귀엽네. 근데 어제는 뭐 하고 노느라 그렇게 늦었어?"

"진철이 취직 축하 파티 하느라고."

"진철이 그래도 신통하지. 참 다행이야. 이모는 1년쯤 더 기다릴 각오 하고 있었다던데. 그런데 진철이는 무슨 일을 하는 거라니?"

그 말에 동희는 반쯤 몸을 일으켰다.

"나도 모르지. 난 일반 회사 다니는 사람들이 뭘 하는지 궁금하더라. 하나같이 네모난 빌딩 안에서 컴퓨터 한 대씩 붙잡고 하루 종일 뭘 그렇게 열심히 할까?"

"나도 모르겠다 그건. 회사를 안 다녀 봐서."

다시 드러눕는 동희.

"엄마."

"응?"

"우리 자장면 시켜 먹을까?"

"아침부터?"

"일요일이잖아."

얘가 요즘 주중에 일이 많은가. 송자 씨는 잠깐 그런 생각을 하며 동희 얼굴을 봤다. 확실히 조금 야위었다. 어떻게 하다 엄마인 내가 딸인 너한테 해 줄 수 있는 일이 이렇게 없어졌을까.

"너 좋은 대로 해. 탕수육도 먹을까?"

"엄마."

"응?"

"엄마도 엄마 좋은 대로 해."

"아냐, 나도 그냥 자장면 먹을래."

"그거말고, 좋은 사람 있으면 좋아하라고."

방심하고 있는데 이런 말을 하다니. 동희는 대수롭지 않은 척 말했지만 송자 씨는 긴장이 된다. 무슨 생각을 했기에.

"그런 거 아니라니까. 그 사람은 나이도 너무 어리고."

동희가 별것 아니라는 듯이 쉽게 말하는 척한다.

"꼭 그 사람 이야기가 아니라, 그냥, 다."

이 정도에서 이야기를 접으면 좋겠다 싶어서 송자 씨는 서둘러 말을 받는다.

"그런 일이 있으면 말할게."

하지만 동희는 또 대충 말하듯 한마디를 던진다.

"그런데 그 사람 어쩐지 괜찮을 것 같아."

송자 씨는 중국집 스티커와 무선 전화기를 찾아와서 동희에게 건넨다. 게으르게 몸을 일으켜 전화기를 받아 든 동희. 전화기 버튼을 꾹꾹 누르며 말한다.

"나 실은 그 사람 나온 다큐멘터리 인터넷으로 찾아봤어. 700원이나 내고. 멋있더라. 착하고. 그 사람 부모님도 참 좋더라. 여보세요? 예, 안녕하세요, 여기 328동 204호인데요. 자장면이랑 짬뽕이랑 탕수육 주세요. 단무지는 많이 주시고 나무젓가락은 됐어요."

전화를 끊더니 동희가 그런다.

"이제 다 됐다."

아마도 말하기가 힘들었나 보다. 송자 씨는 아직 그런 게 아니라는 해명도, 그렇게 말해 줘서 고맙다는 말도 하기가 마땅치 않아서, 그냥 가만히 있을 수밖에 없었다.

"엄마."

동희가 불러서 송자 씨는 또 금방 긴장한다. 하지만 이번에는 다른 이야기다.

“동욱이가 나 좋아한다는데 동욱이랑 만나 볼까?”

“너는 어떤데?”

“잘 모르겠어. 그런데 지금 나한테는 동욱이밖에 없어. 진짜 내 주위에도 그렇고 마음 주위에도 그렇고. 동욱이면 괜찮을 것 같은데.. 그런데 뽀뽀하고 싶거나 그렇지는 않아.”

“동욱이는?”

“모르겠어. 근데 내가 워낙 섹시하니까, 킥킥.”

동희가 킥킥, 하는데도 송자 씨가 같이 웃어 주지 않는다. 어쩐지 송자 씨의 얼굴이 화난 사람처럼 보여서 무서웠다. 송자 씨가 아주 가끔만 보이는 냉철한 얼굴을 하고 말했다.

“동희야, 다른 사람의 마음을 비상금처럼 꺼내 쓰는 건 안 돼.”

다른 사람의 마음을 비상금처럼 꺼내 쓰는 건 안 돼.. 방금 송자 씨가 한 말이 동희의 마음속에서 다시 한 번 선명하게 들렸다. 그 말을 몇 번 곱씹고는 동희는 진심으로 대답했다.

“응.”

송자 씨가 말을 이었다.

“엄마도 아빠한테 비상금이었어. 그래서 내가 알아. 무슨 말이냐 하면..”

“..”

“나도 한동안 불행했지만 네 아빠도 그랬어. 그건 결국 두 쪽 다 슬퍼

지는 일이야. 한쪽만 슬픈 게 아니라.."

"응, 안 그럴게. 그냥 해 본 말이었어. 그런데 한편으론 내가 동욱이를 좋아하면 참 좋겠다는 생각이 들어. 동욱이도 나 좋아하고 나도 동욱이 좋아하면 참 행복할 텐데. 동욱이처럼 밝고 착한 사람 보고 있으면 내 얼굴도 그렇게 될 텐데."

자장면이 도착했다. 짬뽕과 탕수육도. 모녀는 주섬주섬 상을 차리기 시작했다.

"나무젓가락 필요 없다고 했는데 가지고 왔네."

냉장고에서 물을 꺼내 오고, 컵에 물을 따르고, 랩을 벗기고, 탕수육 소스를 반쯤 쏟아 붓고, 자장면을 비비고, 텔레비전을 켜고, 뉴스의 끄트머리 날씨 예보를 보는데 목련이 화면을 그득하게 채우고. 흘끔 그 화면을 보던 동희가 말했다.

"우리 학교에 미친 목련이라고 있었는데."

"목련이 미쳐?"

"응, 걔는 겨울에 혼자서 만개했거든. 건물 벽에 온수관이 있는데 겨울이 되면 거기서 뜨거운 증기가 모락모락 피어 나오잖아. 그러니까 봄인 줄 알고 미친 듯이 꽃을 피웠나 봐."

"미친 게 아니라 불쌍하다."

"응. 나도 그렇게 생각했어."

말을 하며 동희는 문득 생각했다. 그러고 보니 미친 목련이 여기 있었네. 그냥 심심해서 놀아 준 건데 나 혼자 미친 듯이 그렇게 꽃을 피웠나, 내가 우니까 달래 준 건데 나 혼자 미친 듯이 그렇게 사랑했나. 짬뽕 그릇을 차지한 동희에게 자장면을 덜어 주던 송자 씨가 문득 웃음 띤 얼굴로 말했다.

"그렇게 치면 미친 해바라기도 있다."

"해바라기는 또 왜?"

"예전에 태국 갔을 때 가이드가 그랬어. '여기 해바라기는 너무 덥다 보니 미쳐서 해를 안 봅니다. 자기들도 덥다 이거지요. 얘들은 죽어라 땅만 봅니다.' 나는 설마 그럴까 했거든. 곧 시들 꽃이라서 그런 거겠지. 그런데 그때 같이 갔던 엄마 친구 중에 한 명이 그걸 꺾어 호텔에 들어와 물병에 담가 놨더니 고개를 쫙 펴는 거야. 너무 덥거나 목이 말라서 정말로 잠깐 미친 거였나 봐."

해바라기도 미치는구나. 아니 지치는구나. 나도 지칠까? 그런데 난 지치기도 전에 목이 뚝 부러진 것 같은데. 지금 난 미친 건가, 지친 건가. 미쳐서 땅을 보는 건가, 지쳐서 동욱이를 보는 건가.

scene 48 :

"네가 가장 그리웠던 시간은 너와 헤어져 있는 동안이었어"

"사진 속의 그 친구 말인데.."

성재가 말을 꺼내자 커피를 마시고 있던 정은은 입술을 그대로 컵에 댄 채 눈을 들어 성재를 쳐다봤다. 그 친구 뭐?

"동희한테는 한 번도 제대로 잘해 주지 못했어. 그 전에 알았던 누가 자꾸 생각나서 그랬던 건데.."

"그대의 옛사랑 이야기를 쭉 들려주려는 거야? 그런 거라면 난 안 들어도 될 것 같은데."

정은은 듣기 싫다는 마음을 그렇게 웃으며 표현했지만, 성재는 못 들은 척 이야기를 이어 나갔다.

"그 친구를 학교에서 우연히 알게 됐어. 도서관이 어디냐고 물어 보기에 대답을 해 줬는데, 한참 가다 보니까 그 친구가 내 뒤를 따라오고 있었어. 왜 하필 나한테 길을 물었는지, 왜 나를 따라온 건지 지금도 모르겠어."

성재는 몰랐다지만 정은은 알 것 같았다. 여자들은 성재의 눈빛을 좋아한다. 그 사람도 그랬을 것이다. 이쪽으로 조금만 더 가시면 돼요. 친절하게 대답해 줬을 성재의 낮고도 부드러운 목소리, 도서관 쪽을 가리키는 조심스러운 손짓과 긴 손가락, 다정한 미소, 안경알 너머로 보이는 어쩐지 많이 외로워 보이는 눈빛. 여자들은 그런 성재에게 쉽게 끌리니까.

"네가 엄청나게 섹시해서 그랬겠지. 나도 너 보자마자 반했잖아. 기억 안 나?"

정은은 성재가 너무 진지해지는 것이 싫어서 툭 하고 끼어들어 보았다. 하지만 성재의 진지함을 방해할 수는 없었다. 그렇게 따라온 여학생은 허락도 받지 않고 자기 이야기를 시작했다고.

"이 학교 좋아요? 난 고3인데, 이 학교에 오면 어떨까 해서 구경하러 왔어요. 사실 성적이 아슬아슬하지만 돈 내면 들어올 수 있다는 소문도 있기에. 우리 오빠도 대학에 그렇게 들어간 것 같고."

생판 모르는 사람의 난데없는 이야기였지만 성재는 친절하게 응대해 주었다.

"이 학교 좋아요. 공부 열심히 해서 꼭 들어오세요."

그것이 시작이라면 시작이었다. 잘못한 것은 아무것도 없었다. 물어 보는 질문에 대답을 해 주었고, 바라는 것이 있다고 해서 같이 기원해 줬을 뿐. 하지만 후에 성재는 그날의 일을 후회하게 되었다. 아무 대답도 하지 않는 것이 더 나을 뻔했다고, 괜히 웃어 주지 말아야 했다고, 그 작고도 흔한 친절에 한 사람이 목숨을 걸고 달려들 줄 몰랐다고.

이미 세상을 떠난 사람이라 성재는 한마디 한마디 조심스럽게 말을 이었다.

"전화번호를 가르쳐 달라기에 나는 자취생이라 전화가 없다고 했더니, 며칠 후 휴대폰을 사 왔어. 그땐 호출기조차 흔하지 않던 시절이었는데. 막무가내로 휴대폰을 바닥에 버리고 가더라고."

정은은 숨을 죽인 채 이야기를 듣고 있었다. 그래서 네 서랍 속에 그 휴대폰이 있었구나. 커다란 방망이처럼 생긴 검은색 휴대폰. 그런데 그 시절에 만났던 여자 이야기를 왜 지금 와서 나에게.

"그걸 그냥 버렸다면 거기서 인연이 끊어졌을까.. 나는 그 휴대폰을 주워 든 것조차 지금은 후회해."

오직 돌려주기 위해서 성재는 그 휴대폰을 보관했다. 그러다가 어느 날부턴 전화를 받게 됐다. 하루가 멀다 하고 전화를 걸어온 여학생은 전화 한 통에 하나씩, 폭탄 같은 자신의 이야기를 들려주곤 했다. 어린 시절엔 자고 일어나면 엄마라 부를 사람이 바뀌어 있었다는 이야기, 돈으로 모든 것을 사는 아버지, 거기에 고등학교 때 처음으로 사귄 남자 친구는 알고 보니 남자를 사랑하는 아이라는 이야기까지.

성재는 여학생의 말을 어디까지 믿어야 할지 몰랐다. 드라마 속에서나 나올 법한 인물과 배경도 낯설었지만 그런 이야기를 생판 모르는 자신에게 늘어놓는 것도 너무 비현실적이라 무섭기까지 했다. 땅 밑에서 솟아나듯 갑자기 누군가 나타나 돌진해 오더니 자신의 목에 매달리는 느낌.

한번은 한강이라며 그 여학생이 전화를 했다. 지금 강에 들어가면 물이 차가울 것 같지 않냐고. 성재는 소름이 끼쳤다. 그런 말은 하는 게 아니라고, 빨리 집에 들어가라고, 집에 돌아가면 전화하라는 말도 잊지 않았다.

"너는 왜 그런 이상한 이야기를 자꾸 들어 줬어? 그냥 전화하지 말라고 끊어 버렸으면 됐잖아."

정은이 듣다 못해 끼어들었다. 넌 그래서 여자들에게 상처를 주는 사람이 된 거야. 그래서 난 너한테 상처받지 않기 위해 너한테 상처 주는 사람으로 살았던 거야. 좋아하지도 않는 여자에게 빨리 집에 들어가라는 말은 왜 해. 집에 가서 전화하라는 이야기는 왜 해. 하지 말았어야지.

"그랬어. 그랬더니.."

어느 날 경찰이 성재를 찾아왔다. 그 여학생이 자살하기 직전 마지막으로 통화를 한 사람이 당신인 것 같은데 뭐든 알고 있는 게 없느냐고. 성재는 사실을 있는 그대로 털어놓았다. 바로 전날 전화가 왔다고, 약을 먹었으니 와 달라고 했다고, 그런데 믿지 않았다고. 하지만 경찰은 성재를 강간범처럼 다루었다. 그 여학생이 임신한 사실은 없었는지까지 캐물으면서.

민정의 이야기는 거기까지. 성재의 이야기는 다시 정은과의 관계로 돌아왔다.

"그러고 나서 만난 사람이 너였어. 너한테 몰두하면서 나는 다 좋았지.

너는 나를 정신없게 만들었고, 내가 너한테 매달리도록 만들었으니까. 나는 늘 초조했어. 네가 날 안 만나 줄까 봐, 내 전화를 받지 않을까 봐, 네가 떠날까 봐.. 그럴수록 너와 만나는 시간이 가슴 떨렸고 그만큼 좋았어. 끔찍한 기억도 가끔은 잊을 만큼. 그런데.."

"그런데?"

"네가 떠나고 동희를 만났어. 동희는 그 여학생처럼 자기를 사랑해 줄 아버지가 없었어. 동생은 태어나자마자 죽었다고 했어. 그리고 나를 너무 많이 좋아했어. 나는 동희가 가끔 무서웠어. 그 여자 아이처럼 자기의 슬픈 이야기를 다 털어놓으며 내 목에 매달릴까 봐 무서웠고 그러다 죽어 버릴까 봐 무서웠어. 그래서 난 백 번 잘못하고 한 번씩 잘해 주면서 그 앨 묶어 두고 정작 나는 자유롭길 원했어. 그렇게 2년을 만났는데.. 너한테 전화가 온 거야.. 네가 돌아온다고 했을 때 나는 한 치의 망설임도 없었어. 정은이 온다. 그러니 동희를 보내야 한다."

그랬는데, 그랬는데..

성재는 정은이야말로 단 하나 잊지 못할 사랑이라고 생각했다. 연애는 몇 번 했지만 누군가 사랑했던 적이 있느냐고 물어 올 때면, 첫사랑이나 동희의 얼굴 따위는 떠올릴 겨를도 없이 그녀의 얼굴만이 온 기억을 덮쳐 오곤 했기 때문에.

그런데 성재는 지금 정은에게 그만 하자고 말하고 있다. 마음은 그렇지 않았겠지만 정은은 예상했던 일인 것처럼 담담한 반응을 보였다.

"쉬운 일은 아닐 거라고 생각했어. 내가, 내 결혼이 많이 부담스러울 거라고 생각했어. 그렇지만 바보가 아닌 네가 나하고 다시 시작하겠다고 결심했을 땐 마음의 준비가 제대로 된 줄 알았는데. 이렇게 빨리 지칠 줄은 몰랐어."

하지만 성재는 고개를 저었다.

"지친 건 아니야."

"그렇다면 왜?"

"네가 결혼한다는 이야기를 다른 사람에게 전해 들었을 때.."

정은이 성재를 똑바로 바라보았다. 새삼스럽게 그때 이야기는 왜.

"나는 궁금했어. 다시 그럴 수 있을까."

성재는 잠시 숨을 고르고 이야기를 계속했다.

"너하고 헤어진 다음에 나도 몇 번이나 다른 사람을 좋아해 보려고 했어. 실제로 눈이 가는 사람도 있었고, 저 사람 정도면 나한테 과분하다 싶은 사람도 있었고. 그런데 그때마다 마음을 더 낼 수 없었던 건, 그런 생각이 들어서였어. 내가.. 저 여자하고도 그럴 수 있을까."

성재는 정은을 보지 않고, 정은은 성재를 보고 있고, 그런 채로 이야기는 계속되었다.

"너하고 그랬던 것처럼, 숨소리가 섞일 만큼, 얼굴이 닿을 만큼, 의자를 바싹 당겨 앉아서, 시켜 놓은 커피는 마시지도 않고 끝도 없이 이야기할 수 있을까. 웃다가 눈이 마주치면 더 크게 웃고, 손이든 어깨든 이마든 발끝이든 어딘가는 서로 맞댄 채로, 불편한 줄도 모르고 몇 시간씩이나 그렇게.. 내가 다른 사람과도 그럴 수 있을까.."

"그런데?"

"그런 생각 끝에 내 앞에 앉아 있는 사람을 보면 도저히 그림이 그려지질 않았어. 참 좋은 여자구나 싶은데 그냥 거기까지. 친구들이 부러워하겠구나 싶은데 그냥 거기까지. 그러면서 나는 계속 너를 생각했어. 너는 다시 사랑을 하고 있을까. 너는 사랑이 많은 사람이니 아마 사랑하고 있겠지. 너는 어떤 모습으로 사랑하고 있을까. 나와 그랬던 것처럼 달뜬 얼굴로 이마를 맞대고 속살거리며, 손가락을 꼼지락거리며, 너는 지금도 그렇게 사랑하고 있을까."

"그런데?"

정은의 입장에선 지금 성재가 하는 이야기와 앞으로 나올 이야기의 연관성을 찾을 수가 없었다. 그렇게 내가 그리웠다면서 지금 너는 왜 나에게.

"무슨 말을 하려는지 모르겠어. 혹시 그 여자 때문이야? 사진 속의.."

성재는 명확한 대답을 하지 않았다. 어쩌면 그렇고 어쩌면 그렇지 않았기 때문에..

"너는 내가 바보가 아니라고 했지. 그런데 나를 늘 바보라고 부르는 사람이 있었어. 내가 그렇게 백 번쯤 고약하게 굴다가 한 번쯤 진심으로 미안해하고 잘해 줄 때, 그 친구는 나한테 그랬어. 너는 왜 이렇게 바보같이 착하냐, 너는 왜 이렇게 바보처럼 마음이 약하냐."

그 여자구나. 그 여자한테 돌아가겠다는 거구나.

"네가 떠난 후에 그리고 네가 돌아오기 전에, 누구한테 바보라고 불리던 시절이 있었어. 그때는 나 바보처럼 행복했어. 그때는 몰랐고 그때는 너를 기다렸는데.."

정은은 더 이상 그런데, 라고도 묻지 않았다. 결론은 이미 나왔으니까.

"내가 그리웠던 건 예전의 너였어. 나와 사랑했던 그 시절의 너. 그리고 네가 가장 그리웠던 시간은 너와 헤어져 있는 동안이었어."

여기까지 말한 뒤 성재는 고개를 들고 정은과 눈을 맞춘 채 말했다. 정말로 헤어지기로 결심한 표정으로. 슬프지만 단호하게.

"지금은 아니야."

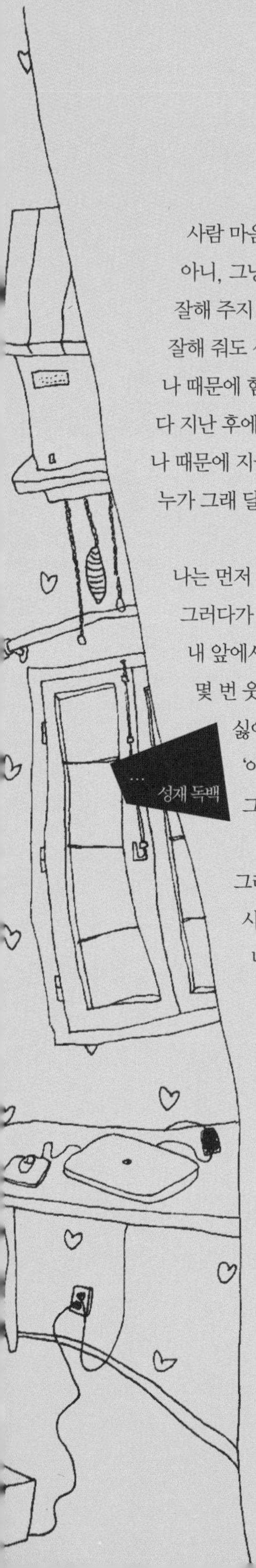

… 성재 독백

사람 마음이 그렇잖아.
아니, 그냥 내 마음은 그랬다고 말하는 게 낫겠다.
잘해 주지 않으면 서운하고 너무 잘해 준다 싶으면 부담스럽고
잘해 줘도 생색을 낸다 싶으면 꼴 보기가 싫어지면서 얄밉고
나 때문에 힘들어 했다는 이야기를
다 지난 후에 들으면 안쓰럽고 미안했는데
나 때문에 지금 아프다는 말을 듣는 순간에는 화를 냈어.
누가 그래 달라고 했느냐고, 괜히 너 때문에 나만 나빠졌다고.

나는 먼저 연락도 안 했어.
그러다가 어느 날 전화가 걸려 오지 않으면 허전해질 테니까.
내 앞에서 우울한 얼굴을 보이면 그냥 외면했어.
몇 번 웃겨 주다가 그래도 웃지 않으면
싫어하는 표정을 보이면서, 피곤하다면서, 집에 가자고 했지.
'이러다가 서로 아픈 구석까지 다 알게 되면..
그러다가 나만 두고 사라지면..'

그래서 나를 웃겨 줄 때만 나는 그 친구를 예쁘다고 말했고 안아 줬어.
사람들은 믿지 않겠지만 그런 관계가 실제로 있었어.
내가 그 친구한테 그랬으니까..
그렇게 이기적인 나를 어느 누가 감당할 수 있었을까?
그래도 난 감당하라고 했어.

어느 날 저녁
그 친구는 얼굴에 피곤함을 덕지덕지 붙인 채 학교 앞에 나타났지.
전날 내가 스치듯 읽고 싶다고 말했던 책을 기어이 사 들고는.
그건 지나치게 잘해 주는 경우에 속하니까
나는 부담스럽고 짜증이 났지.
"난 이런 거 싫어해. 이러지 마라."

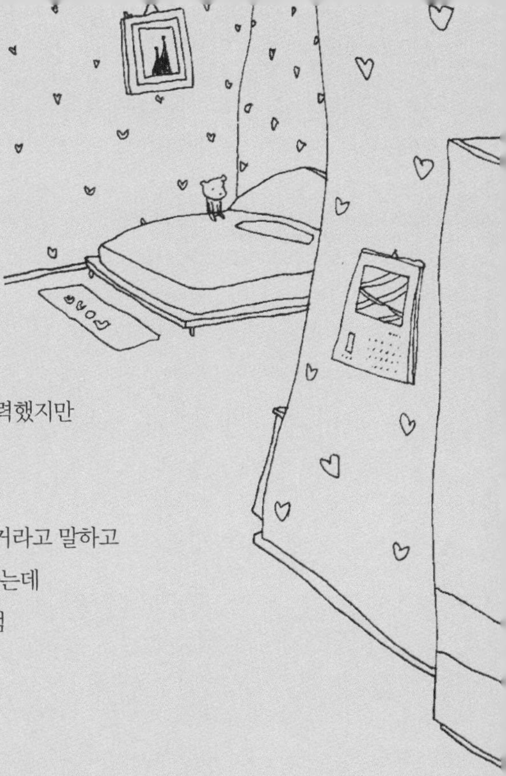

그러곤 이렇게까지 물었어.
"이해할 수 있지?"

책을 들고 나타난 그 친구는
서운함을 들키지 않기 위해 필사적으로 노력했지만
결국은 나한테 들키고야 말았지.
나는 웃지 않는 걸로 화를 냈으니까.
그 친구는 알았다고, 다시는 이런 일 없을 거라고 말하고
가지고 왔던 책을 다시 들고 그대로 돌아가는데
나는.. 잡아 달라고 온몸으로 말하는 것처럼
발을 질질 끌며 걷는 그 뒷모습에다가도
미안하다고 말해 주지 않았어.

우린 종종 카페에 앉아서 서로 모르는 사람처럼
각자 책을 읽곤 했는데
한번은 그 친구가 책을 읽다가 그런 이야기를 했어.
자살한 영혼은 편안히 잠들 수가 없다고,
가장 불행했던 그 순간에 영원히 머물게 된다고.

가난하게 태어나 가난하게 살다가 가난한 채 죽은 사람처럼
내 사랑은 시작부터 늘 모자랐고,
한 번도 넘친 적이 없고,
그러다 내가 먼저 그 연애를 죽였으니까,
나는 그때를 생각하면 참을 수 없이 불행해져.
손해 본 것 없이 안전하게 끝났다고 생각했는데..
인색하게 몸을 사리며 왕처럼 굴었던 그 시간이
이렇게 불행한 기억으로 남을지 몰랐는데..

나 이렇게 끝낼 수는 없을 것 같다.
이런 결정조차도 오직 나를 위한 것일 수 있겠지만.

scene 49 :
아니, 더 사랑하는 사람이 더 행복하다

얼마 전까지 동욱은 동희에게 태권브이면서 슈퍼맨이었고 김 기사이면서 바람돌이였다. 언제 어디서나 출동해 주었고 온몸으로 웃겨 주었고 집까지 데려다 주었고 만날 때마다 선물도 줬다. 그런 동욱과 같이 있는 게 이렇게 어색한 일일 수 있다는 사실을 동희는 오늘 처음 알았다. 무슨 말부터 꺼내야 할까. 너 나 좋아한다며? 그렇게 말할 수는 없는데. 동희의 불편한 기색을 알아차린 동욱은 언제나처럼 배려한다. 아무 말이나 마구 하면서 동희가 괜찮아질 시간을 벌어 주는 것이다.

"예전에 나 군대 있을 때, 네가 밸런타인데이라고 초콜릿 보내 줬던 거 기억나?"

"응."

그랬다. 벌써 10년이 지난 이야기지만 그랬다. 그때부터 우린 참 좋은 친구였는데.

"그때 내가 보내지 말라고 했잖아."

"괜찮아. 고맙긴 뭐."

"그게 아니라 그때 나 네가 보낸 초콜릿 때문에 연병장 백 바퀴 돌았거든."

동희 눈이 커다래졌다.

"왜!"

왜라는 동희의 외침 끝에는 물음표가 다섯 개, 느낌표가 다섯 개쯤 줄줄 매달린 느낌이다.

"원래 내무반 최고참에게 애인이 없는데 나 같은 신참이 그런 거 받으면 혼나고 그래. 더군다나 그때 마침 조 병장 애인이 고무신 거꾸로 신은 지 얼마 안 됐을 때거든."

기억이 났다. 동욱이를 무척 괴롭혔다던 조 병장이라는 사람. 코가 꼭 돼지코처럼 생겼던.. 동욱이가 제대하고 한참 뒤인 3~4년 전에 길에서 동희도 그를 한 번 본 적이 있었다. 어쩐지 눈길부터 기분 나쁘더라니.

"그래서 다들 애인한테 연락해서 초콜릿 못 보내게 하고 그랬어. 염장 지르면 안 된다고."

"하지만 난 애인이 아니라 친구였잖아. 친구

가 보낸 거라고 말하지 그랬어. 그럼 기합 안 받았을 텐데."

동희가 마구 억울해하자 동욱이 착하게도 웃으며 말했다.

"그랬지. 친구가 다 같이 나눠 먹으라고 보낸 거라며 조 병장에게 갖다 바쳤지. 그런데, 너 그때 초콜릿이랑 같이 보낸 쪽지에 뭐라고 썼는지 기억 안 나?"

기억이 안 난다. 동희는 이마에 주름을 잡고는 열심히 생각하는 척했다. 동욱이 그런 동희의 이마를 손가락으로 펴는 시늉을 하며 말했다.

"야, 너 누구야? 너 동욱이 아니면 이거 먹지 마. 동욱이 초콜릿 빼앗아 먹으면 영영 제대 못한다. 이 메시지를 보고도 초콜릿을 빼앗아 먹으면 15년 동안 독수공방하리라. 야, 너 누구야? 너 고참이야? 난 김동희야. 너 내 친구 때리면 죽어!"

난처한 표정을 짓는 동희. 내가 왜 그랬을까. 그리고 동욱이도 참, 아직도 그런 걸 죄다 기억하고 있다니.

"그 쪽지 때문에 아무도 그 초콜릿 안 먹었어. 누가 먹겠냐. 영영 제대 못한다는데. 덕분에 나는 앉은 자리에서 혼자 그 많은 초콜릿을 다 먹고 밤새도록 연병장 백 바퀴 돌았지."

동희가 울상이 되었다.

"그런데 너 나한테 그런 이야기 안 했잖아."

"안 한 게 아니라 못한 거지. 네가 면회 와서 조 병장 때린다고 난리칠까 봐."

"그거야 그렇지만.."

동희 목소리가 쑥 기어들어 갔다. 그래서 그랬구나. 어쩐지 길 가다 마주친 것치고는 너무 사나운 눈빛으로 나를 본다고 생각했는데.

"난 그때부터 사고만 쳤구나."

동희가 진심으로 자학하며 탁자에 자기 머리를 쿵쿵 찧자 동욱은 얼른 팔을 뻗어 동희 머리를 제자리에 돌려놓으며 말했다.

"야, 내 친구 머리 때리지 마라."

참 재미도 없고 순발력도 없는 동욱이. 그런 동욱이 오랜만에 재치 있는 말을 했는데도 동희는 웃기는커녕 그만 눈물이 글썽해졌다. 착한 동욱이. 나 때문에 연병장을 백 바퀴나 돈 동욱이. 좋아하지도 않은 초콜릿 수백 알을 앉은 자리에서 억지로 다 먹어야 했던 동욱이.

"미안해."

동희가 풀 죽은 목소리로 말했다.

"괜찮아. 그래도 그때 나 기분 참 좋았어. 지금껏 최고로 기억에 남는 밸런타인데이였어. 시간이 아주 많이 흘러 할아버지가 되어도 기억할 것 같아."

그렇게 말하지 마. 내가 점점 더 미안해지잖아. 동희가 고개를 푹 숙인 채 말했다. 이젠 말해야 할 시간이다.

"그것말고도 다 미안해. 몰랐던 거, 알려면 알 수도 있었는데 계속 몰랐던 거, 어쩌면 알면서도 모른 척한 거, 아니 진심으로 몰랐다고 해도 다.. 어쨌든 미안, 너한텐 다 미안해."

그 말을 하려고 오늘 그렇게 불편해했구나. 그랬구나. 미안하다는 말을 하려고. 그 말은 별로 듣고 싶지 않았는데. 너한테 서운한 적도 너 때문에 서러웠던 적도 많았지만 그래도 그게 너를 붙잡을 수 있는 유일한 끈이었는데.

한참 만에 동욱이 입을 뗐다. 얼굴은 덤덤한 척했지만 무릎 위에 놓인 주먹은 덜덜 떨렸고, 엄청난 용기를 내고서야 목소리가 바깥으로 나왔다.

"미안해도, 나는 안 되겠지?"

이런 식으로 고백을 할 생각은 아니었지만 이렇게라도 해야 했다. 이 자리를 털고 일어나면 다시는 기회가 없을지도 모르니까. 그런데 동희는 아무런 말도 하지 않았다.

안 된다고 해도 괜찮다. 차라리 괜찮다. 위태로운 평화 속에서 곧 닥쳐올 무서운 일을 기다리느니 차라리 절망 속에서 희망을 품는 것이 나을 수도 있으니까. 그 희망이 너무 작다고 해도. 지금 거절하면 너는 나한테 미안해할 테니까. 그러면 나는 최소한의 담보는 가지고 있는 셈이 될 테니까. 언젠가 네 안에서 그 사람에 대한 간절함이 사라지면, 나에 대한 미안함이 그 자리를 파고들 수 있을지도 모르니까. 동욱이 이렇게나 많은 생각을 하는 사이, 닫혀 있던 동희의 입이 드디어 열렸다.

"그 사람한테 전화가 왔어."

또 한 번 이성재의 손이 동욱의 가슴속으로 쑥 들어와 심장을 꾹 잡아 쥐는 것 같았다.

"그런데 안 받았어. 일부러."

이성재의 손이 심장을 풀어 놓고 스르르 밖으로 빠져 나갔다. 그래서, 그래서, 응, 그래서.

"있잖아. 생각해 봤는데 나는 지금 기다리는 중인 것 같아. 그런데 그게 꼭 그 사람은 아닌 것 같아. 물론 가끔은 아직도 그 사람을 기다리지만 그 사람 집에 놓고 온 나를 기다리는 것 같기도 해."

그 사람 집에 놓고 온 동희의 마음. 동욱은 그 집을 눈앞에 떠올려 보았다. 그 집과 식탁 위에 놓여 있던 동희의 지갑과 주스 박스. 열린 문 안으로 보이던 침대. 그 건물의 컴컴하고 좁은 계단.

"만약에 지금 내가 너한테 뭘 약속하거나 그러면 나는 미친 해바라기가 되는 거야. 그래서.."

"..."

"미안해. 사랑도 할 만큼 해 봤는데, 나이도 이만큼이나 먹었는데 이렇게밖에 말을 못해서. 놓아준다고도 말 못하고 붙잡고 싶다고도 말 못하고."

내내 고개를 끄덕이고 있던 동욱이 처음으로 고개를 저었다.

"내가 사귀던 친구와 그런 일 있고 나서.. 일본으로 갔다가 몇 달 만에 한국으로 돌아왔을 때 나는 사람들이 웃는 게 너무 웃겼어. 뭐가 그렇게 좋다고 웃고 다니나 싶었거든. 그때 나한테는 온통 세상이 그래 보였어. 즐거울 일도 없고, 깜짝 놀랄 일도 없고, 화낼 일도 없고, 먹고 싶은 것도 없고, 맛없어서 못 먹을 것도 없고. 희지도 않고 검지도 않고 우중충한 회색처럼."

동희도 동욱을 따라 그 시절을 더듬어 보았다. 머리카락이 제멋대로 길어서 삼손 같았던 동욱이. 배나 사과를 싸고 있던 스펀지 그물이나 연습장의 스프링 같은 것으로 머리띠를 하고 바깥을 막 돌아다니던 동욱이. 양말도 신지 않고 운동화를 꺾어 신고 다니던 동욱이. 취직은 해서 무얼 하냐고 말하던 동욱이. 그냥 이렇게 살고 싶다던 동욱이.

"그렇게 살던 내 옆에 네가 있었어. 너는 컬러풀 하잖아. 좋아하는 것도 엄청나게 많고 싫어하는 것도 엄청나게 많고, 맛있는 걸 먹으면 행복해 죽을 것 같은 얼굴을 하고, 한번 삐딱해지면 온 세상이 싫어진 못된 얼굴을 하고."

네 앞이라 그렇게 솔직했던 거야. 너는 나를 있는 그대로 봐 주니까. 다른 사람들 앞에서는 그러지 못해. 동희는 그렇게 생각했지만 말은 하지 않았다.

"그런데 어느 날 보니까 내가 움직이더라. 방 안에 늘어져서는 며칠씩 꼼짝도 하지 않다가도 네 전화가 오면 몸을 벌떡 일으켜 5분 만에 집에서 나가더라고. 네가 아니었다면 나는 아직도 누워만 있었을 거야. 너는 나한테 그런 사람이야. 그러니까 너는 이미 그걸로 나한테 해 줄 거 다 해 준 거나 마찬가지야. 원래 더 좋아하는 사람이 더 행복한 거잖아."

맞는 말이다. 하지만 그건 그거고 이건 이거다. 그렇다고 네 마음을 금고 안에 넣어두는 건 아니라잖아. 비상금처럼 꺼내 써도 안 되는 거라잖아. 동희는 할 말이 많았지만 차마 입이 떨어지지 않았다.

"너만 괜찮다면 당장 뭘 어떻게 하지는 말자. 너는 네가 모르는 뭔가를 기다리고 있고, 나는.. 나도.. 뭔가를 기다리고 있으니까. 지금 당장 우리가 어떻게 하기로 해도 잘 안 될 거야."

하지만 그래도 그냥 이렇게 지낼 수는 없잖아. 하지만 생각처럼 빨리 말이 나오지는 않았다. 동희는 입술을 몇 번이나 달싹거린 뒤 겨우 하지만, 이라고 말을 꺼냈으나 동욱이가 고개를 젓는 바람에 그대로 입을 닫고 말았다.

동욱의 말이 다 맞을 것이라고 믿었다. 믿어 버리고 싶기도 했고. 우리 두 사람의 관계에 관한 한 동욱이가 백배는 더 많이 생각했을 테니 그 말이 틀릴 리 없다고.

"만약 그래도 내가 불편하고 또 나한테 미안하면.."

동욱의 말을 들으며 동희는 눈에 힘을 주었다. 다 말해. 다 들어 줄게. 그런 동희를 보며 동욱이 말했다.

"불편해도 참아 줘. 그래 줄 수 있지?"

엄마 금방 저 앞 가게에 다녀올 테니까 어디 가지 말고 꼭 여기 있어야 한다. 엄마의 당부에 고개를 끄덕이는 다섯 살 아이처럼, 동희는 고개를 여러 번 단단하게 끄덕거렸다. 응. 응. 응. 응.

… 동욱 독백

착한 그녀는 나에게 미안해서, 나에게 잘하고 싶어서 동동거립니다.
아니라는 말 대신 모르겠다고만 말합니다.
그래서 나도 모른 척하며 그녀를 일단 붙잡아 보기로 했습니다.
그랬더니 그녀, 그 후론 내가 나오라 하면
예전보다 더 선뜻 나오곤 합니다.
그런데.. 불편함을 참겠다는 약속을 지키느라 나와서 앉아 있기는 한데
내가 무슨 말을 하면 한 박자씩 늦게 대답하고, 가끔은 내 말을 못 듣고,
어딜 갔나 해서 쳐다보면 몸은 내 옆에 있는데 표정은 텅 비어 있고,
눈동자에는 구름 같은 것이 잔뜩 어려 있고..
그런 사람에게 내가 무슨 말을 할 수 있을까요.
자기도 애쓰고 있는데, 거기다대고 네 마음은 왜 여기까지 오지 못하냐고
그렇게 화내면 안 되잖아요.
나는 나를 불편해하는 그녀를 더 이상 괴롭히고 싶지 않아서
며칠 동안 고향집에 머물기로 했습니다.
가방을 내려놓고 옷을 갈아입고는 마루로 나가
드라마에 열중하는 어머니 옆에 털썩 앉아 봅니다.
벌써 몇 번째나 재방송을 해 주는 드라마, 모두가 욕하며 보았다던 드라마를
그저 평범한 아줌마인 우리 어머닌 질리지 않는지
여전히 참 재미나게도 봅니다.
드라마 속 주인공들은 해바라기 가득한 화면 속에서 사랑을 속삭이고
나는 그걸 보며 또 생각합니다.
그녀에게 해바라기를 보여 주고 싶다고.
어쩌면 당분간, 어쩌면 영영, 나를 받아 주지 못할 그녀지만
그래도 저렇게 파란 하늘과 노란 해바라기를 그녀에게 보여 주고 싶다고.

그런 생각에 빠져 있을 즈음, 어머니가 내게로 고개를 돌리며 그러십니다.
"너도 나이 먹는구나? 남자들도 나이 먹으면 드라마를 그렇게 본다더니,
우리 아들, 생전 안 보던 드라마를 다 보네."
그렇게 말하는 어머니의 얼굴이, 친구를 만난 듯 너무도 반가워 보여
나는 차마 드라마가 아니라 해바라기만을 보고 있었노라고
말하지는 못하였습니다.

scene 50 :
지금은 나 자신과 결혼할 시간

"그래서 기어이 여행을 가겠다고?"

송자 씨는 금자 씨와 나란히 팔짱을 끼고 서서 짐을 싸는 동희를 지켜보고 있었다. 동희는 송자 씨의 말에도 묵묵부답, 커다란 트렁크에 차곡차곡 옷들을 집어넣고 있다.

"여행 가는 것까지는 좋다고 쳐. 그런데 혼자서 어딜 간다고 그래."

송자 씨는 못내 걱정스러운 표정인데 금자 씨는 이런 상황이 꽤 재미있다는 얼굴이다.

"송자야, 네 딸이 너 연애한다고 반항하나 보다."

아무 말 없이 짐만 싸던 동희가 그제야 반응을 보였다.

"아, 그런 거 아니라니까 이모는 왜 자꾸 그래. 나 휴가라니까. 회사에서 비행기 값 내 준다기에 한번 멀리 가 보려는 거야."

"그래도 휴가면 엄마랑 놀아 줘야 하는 거 아니니?"

쉿소리가 섞인 송자 씨의 목소리, 이건 진심으로 삐친 거다. 동희는 잠시 미안하고 난처한 얼굴이 된다.

"이번만 혼자 갔다 올게. 생각하고 싶은 것도 있고 일단 전화가 안 되는 데로 가고 싶어서 그래. 다음엔 엄마랑 같이 갈게."

"차라리 남자 친구랑 밀월여행 가느라 거짓말하는 거면 좋겠다만 챙겨 놓은 속옷 꼴을 보니 그런 것도 아니구먼. 어쩜 이렇게 기본형들만 있을 수가 있는지. 아이고야, 이건 곧 구멍도 나겠다."

금자 씨는 동희가 챙겨 놓은 속옷 몇 개를 들어 올리며 놀린다. 검은 옷에도 흰 옷에도 입을 수 있는 베이지색 속옷들. 레이스 따위는 붙어 있지도 않은 오직 실용성만 만점인 디자인이다.

"이모 뭐야!"

금자 씨도 동희도 키득거리는데 지켜보는 송자 씨는 마음이 짠하다. 하나밖에 없는 딸인데 예쁜 속옷 한 번 사 준 적이 없구나 싶어서. 결혼하면 다 사 주리라 작정했었는데, 이렇게 늦게까지 결혼하지 않을 줄 알았으면 진작 이불도 속옷도 다 바꿔 주는 건데. 올해는 하겠지, 내년에는 하겠지, 그러다 보니 늘 못생긴 속옷을 입고 낡은 이불을 덮고 자게 내버려 두고 말았다.

동희의 여행 가방도 참 낡았다. 유행처럼 번진 드라마의 해외 촬영 때문에 몇 해 전부터 유난히 해외 출장이 잦았던 동희인데, 예전부터 빨간색의 가볍고 예쁜 트렁크를 사고 싶다고 노래 부르던 동희인데, 아직도 시꺼멓고 무겁기만 한 트렁크를 들고 다니고 있었다니.

송자 씨가 슬그머니 사라졌다가 다시 동희 방에 들어오더니 봉투를 내민다.

"면세점에 가면 너 사고 싶다던 빨간 트렁크나 하나 사."

동희는 입이 삐죽하게 나온다. 좋기도 하고 미안하기도 하고.

"나 돈 있는데."

"엄마도 돈 있어."

"나는 돈 없다."

왠지 슬프고 애잔한 분위기를 반전시키려 재빠르게 끼어든 금자 씨 덕분에 분위기가 가볍고 즐거워졌다. 이모가 없었다면 엄마와 나는 훨씬 더 많이, 오래 울었을 거야. 동희는 그런 이모가 좋고 고맙다. 그래서 괜히 눈을 흘기며 말한다.

"대신 이모 선물도 없는 거 알지?"

"요즘 누가 촌스럽게 해외여행 간다고 선물 사 오니? 그래도 뭐, 정 사 오고 싶으면 향수나 사 오든가. 난 스카프 같은 건 싫다. 목이 없어서 두를 데도 없어."

동희는 포스트잇을 꺼내 '이모 선물은 스카프' 라고 적어 여권에 턱 하니 붙여 놓는다. 히히거리는 웃음을 보이며.

동희는 그날 밤 짐을 잔뜩 먹어 뚱뚱해진 트렁크를 쳐다보다가 잠이 들었고 얼굴도 모르는 누군가와 결혼하는 꿈을 꿨다. 다음 날 기분이 이상해 인터넷에서 꿈에 대한 검색을 해 보니, 꿈에 등장하는 얼굴이 선명하지 않은 누군가는 자기 자신을 의미하는 경우가 많다는 정신분석학 이론이 나와 있었다. 동희는 그 이론이 마음에 와 닿았다. 그래, 지금은 내가 나 자신과 결혼할 시간. 그 집에 놓고 온 내 마음을 되찾아 와야만 난 다시 사랑할 수 있다. 그 대상이 나 자신이든 동욱이든 성재든.

동희는 버스를 타고 공항으로 향한다. 엄마를 한 번 안아 주었고, 성재가 남겨 놓은 부재중 전화 표시를 다시 한 번 확인해 보았고, 동욱에겐 갔다 와서 전화하겠다는 문자 메시지를 남겼다.

돌아오면 모든 게 나아져 있을까. 하지만 그럴 가능성은 거의 없다. 누군가의 말처럼 그 먼 곳에서 발바닥이 부르트도록 한참을 돌아다녀도 발자국 하나 남길 수 없는 것이 여행이니까. 돌아오면 책상 위에 놓여 있던 과자 부스러기조차도 그 자리 그대로 놓여 있는 것이 여행이니까. 하지만 그렇다 해도 지금은 무조건 떠나고 싶다. 이곳이 아닌 다른 곳으로.

그곳에 가면 쉴 수 있을지도 모른다. 말이 잘 통하지 않는 사람과 눈을 맞추며 날씨가 참 좋다고, 비가 와서 울적하다고, 구름이 참 맛있게 생겼다고 킥킥거릴 수 있을지도 모른다. 7000명이 들어간다는 맥줏집이 어디 있느냐고 물어 보고, 그러다 같이 맥주 한잔 마시며 한국에는 왜 그렇게 김씨가 많은지, 독일에는 왜 그렇게 뮐러 씨가 많은지를 이야기할 수 있을지도 모른다. 휴대폰과 인터넷 없이 사는 열흘이 얼마나 행복하면서도 불안한지를 알게 되리라. 그러다 돌아오겠지. 어느 가게에 가면 1.5리터짜리 생수를 가장 싼 가격에 살 수 있는지를 알게 될 때쯤에, 어느 중국 식당에 가면 물을 공짜로 먹을 수 있는지 알게 될 때쯤에.

어쩌면 모든 것은 금방 식어 버릴지도 모른다. 배가 고플 땐 먹고 싶은 음식을 수십 개도 적을 수 있지만 1000원짜리 김밥 한 줄이면 그 맹렬하던 식욕이 금방 사라져 버리는 것처럼, 이토록 떠나고 싶기만 한 간절한 욕망도 비행기가 45도로 기울 때쯤이면 이미 모두 사라지고 돌아올 날만 기다리게 될지도 모른다. 보나마나 콧구멍만큼 작은 호텔방에 갇혀서 '프렌즈' 나 '네모네모 스펀지 밥' 을 방영하는 채널을 찾아 리모컨이나 눌러 대면서, 혹시나 하고 챙겨 간 컵라면을 끓여 먹으며 서울을 주야장천 그리워할지도 모른다. 동욱이랑 승민 씨 그리고 지현이랑 진철이.. 다 같이 모여 놀고 싶어, 맥주와 소시지 대신 깍두기 안주에 소주를 훌쩍거리고 싶어, 엄마랑 이모와 거실에 앉아서 귤을 한 무더기 까먹으며 텔레비전을 보고 싶어, 촬영 현장에 나가 잔소리를 하고 싶어, 내 옷장 안에 들어가서 라디오와 이야기를 하고 싶어, 라고 말이다.

동희는 그래도 돌아올 때쯤이면 무언가는 달라져 있기를 기도하며 공항으로 들어섰다. 엄마는 그 무용수와 지금보다 더 친해져 있기를, 그래서 엄마의 파리한 얼굴에 환한 미소가 맴돌게 되기를, 여러 번의 수술 때문에 빠진 머리카락도 많이 자라나 불편한 가발 따위는 휴지통에 휙 던져 버릴 수 있기를, 조만간 진철의 집으로 인사를 가겠다던 지현이 금자 씨를 너무 무서워하지 않기를, 금자 씨도 자기를 닮은 지현을 예뻐해 주기를.

술술 이어지던 동희의 기도는 잠깐 멈칫했다. 승민과 동욱, 성재와 자신, 그 네 명을 두고는 어떤 기도를 해야 할지 몰라서.

창가 자리를 배정 받고, 가방을 부치고, 비행기에 타고, 기내 방송이 시작되고, 구명조끼는 승객 여러분의 발밑에.. 이제 서서히 몸은 기울고 동희는 그제야 나머지 네 명에 대한 기도를 정리했다. 하느님, 저는 뭐라고 기도해야 할지 잘 모르겠으니까 하느님이 좀 알아서 해 주세요. 아, 그런데 괜찮으시다면 제가 돌아오기 전에 한 가지는 분명하게 해 주셨으면 좋겠어요. 성재와 다시 만나게 해 달라고 기도해야 할지 말아야 할지, 최소한 그것만이라도 분명히 알려 주세요. 바쁘신 건 알지만 그 정도는 해 주실 수 있으시죠? 아멘.

scene 51 :
사랑을 위한 기도

동희의 기도는 아마도 이루어진 듯했다. 문화센터 사무실에서 마주 앉아 종이컵 녹차를 마시는 송자와 지훈, 송자는 지훈의 눈을 바라보며 말했다.

"늘 참 평화로워 보여요."

지훈이 웃으며 대답했다.

"이 선생님은 전쟁 중이신가요?"

송자는 말했다. 그런 것 같다고. 반갑지 않은 갱년기와 결혼을 하지 않은 딸, 가슴 수술을 강요하는 언니, 다시 글을 쓰고 싶은 욕심과 하루하루 전쟁 중이라고.

"동희 씨는 결혼하지 않아도 행복할 수 있을 테고, 선생님은 그냥 글을 쓰면 되지 않을까요? 쓰고 나서 책으로 낼 수 있을지, 방송할 수 있을지, 그런 거 생각하지 말고. 그런 사소한 것들과는 전쟁하지 마세요. 그리고

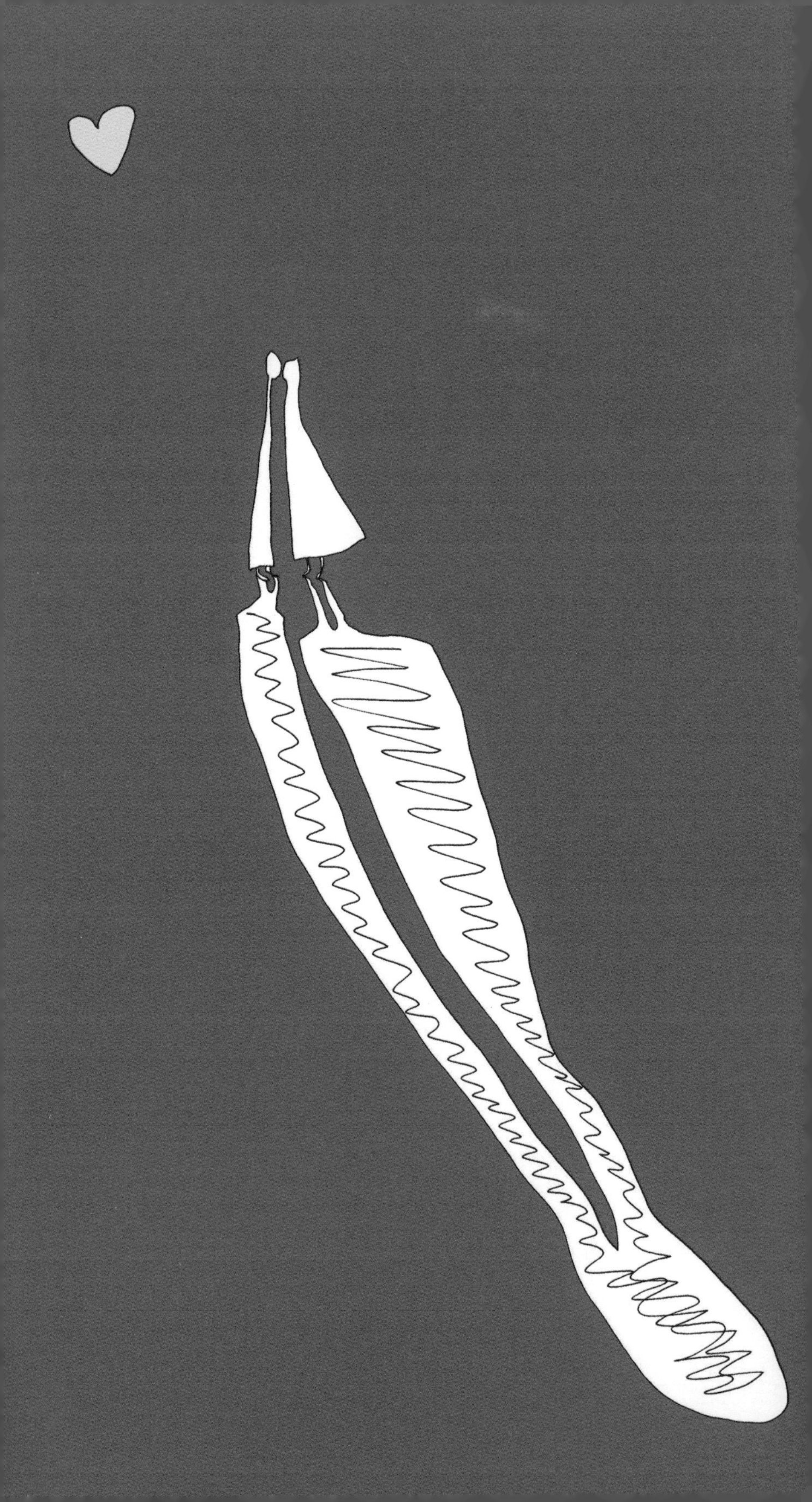

제 생각에도 가슴 수술은 안 하셔도 될 것 같은데요?"

"그렇지만 제가 봐도 좀 허전하긴 해요. 머리는 다시 자라니까 다 자랄 때까지만 가발로 버티면 되지만 가슴은 자라는 게 아니니까."

"보이는 것 때문에 해야 한다면, 저 같은 사람은 더 권해야겠죠. 저는 볼 수가 없어서 만지는 게 더 중요하니까."

지훈이 웃어서 송자도 얼떨결에 따라 웃었다. 웃다 보니 어머나 싶어 얼굴이 붉어졌다.

"하지만 그건 별로 좋은 생각이 아닌 것 같아요. 다들 그렇게 한 군데쯤 비워 놓은 채로 살지 않나요? 베란다 창고 속까지 깨끗하게 정리해 놓는 사람은 좀 무섭다고 하더라고요. 제가 아는 어느 분은 인공 심장을 달고 있는데 가끔 그 부위에서 피가 새곤 한대요. 식구들은 그걸 보면 기겁을 하는데 그분은 그냥 그렇게 생각하신대요. 하하 내가 또 생리를 하는구나."

부족함을 받아들이는 법을 말하는 거구나. 송자는 지훈의 깊은 마음을 느꼈다.

"스티비 원더에게 어떤 의사가 그랬대요. 수술하면 딱 하루 정도 시력을 회복할 수 있다고. 스티비 원더는 거절했대요. 아마 저라도 그랬을 거예요. 더 가지게 되는 순간, 덜 가졌던 순간의 행복은 다시 가질 수 없다는 걸 아니까. 나이도 어린 사람이 너무 말이 많죠?"

지훈이 머쓱해하며 말하자 송자는 진심으로 아니라고 말했다. 동희야, 네 엄마 큰일 났다.. 송자는 얼마 전 들었던 구슬픈 노래를 멋대로 개사해 속으로 흥얼거렸다. 옛날에 옛날에 사랑을 했는데 그 사랑이 사랑일까 내가 몰라 물었더니 사랑이 맞다는구나. 사랑이라 우겼더니 사랑이 오시더라. 사랑이 오시더라..

며칠 뒤 지현을 만나 본 금자 씨는 송자 씨에게 말했다. 애가 무게가 약간 나가 보이긴 하던데 너무 삐쩍 마른 것보다는 훨씬 낫더라고. 지현은 금자 씨가 조금 무서웠지만 진철에게 그 이야기를 전해 듣고는 마음이 편해졌다.

동희의 휴대폰이 계속 꺼져 있자 걱정이 된 성재는 동욱에게 전화를 했다. 동욱은 동희의 여행 소식을 전한 뒤 성재에게 딱 하나만 물어 보겠다며 말했다.

"나만큼 동희를 사랑할 자신 있어요?"

성재는 그렇다고 대답했다. 이제부터가 사랑의 시작이라고. 그동안 주지 못한 많은 것을 이제는 다 주고 싶다고. 그 말에 동욱은 눈앞이 캄캄해졌지만 그래도 최악은 아니라고 생각했다. 동희가 만약, 그래도 성재에게 돌아가겠다고 한다면 성재가 전혀 변하지 않은 것보다는 나은 것이라고. 동욱은 동희가 여행 중에 혹시라도 메신저에 접속할까 봐 새벽에도 컴퓨터를 켜 놓은 채 잠이 들었다. 하지만 동희는 돌아올 날이 다 되도록 연락이 없었고 동욱은 그것 또한 다행이라고 생각했다. 나쁜 일이 생겼다면 벌써 연락이 왔을 테니까. 드라마를 보다 짝사랑으로 가슴 태우는 주인공들이 있으면 조금 우쭐해지기도 했다. 그래도 나는 고백이라도 해 봤다네.

동희는 아무 것이나 먹고 아무 곳이나 돌아다녔다. 너무 걸어 다리가 아프면 무작정 아무 버스에나 올라탔다. 버스 안에서는 방금 막 십자수에서 튀어나온 듯한 귀여운 아기와 눈을 맞추며 시간 가는 줄 모르고 까꿍 놀이를 하기도 했다. 그러다 너무 멀리 갔다 싶으면 길을 건너 같은 번호의 버스를 타고 출발했던 곳으로 다시 돌아왔다. 한번은 길을 잃어 택시비로 5만 원쯤을 탕진하기도 했다. 걷다 보면 사람들의 뒷모습이 모두 누구 같아 보여서 마음이 괴로웠다. 차갑지도 끈끈하지도 않은 바람이 불어올 때면 문득 곁에 누군가가 있었으면 싶기도 했다. 실체가 없는 그냥 누구, 그림자처럼 같이 다녀 줄 그냥 아무나. 그러다 잠시 욕심이 생기기도 했다. 기왕이면 다정한 사람이었으면, 손이 따뜻했으면, 그게 그 사람이었으면..

길거리에 즐비한 공중전화를 볼 때면 마음이 괴로웠다. 전화 카드를 샀지만 아무에게도 전화를 하지는 못했다. 전화를 걸려고 보면 너무 늦은 시간이거나 걸면 안 되는 사람 생각만이 간절했다.

밤이면 집에서처럼 돌돌 말아지지 않는 이불 때문에 몇 분쯤 애를 먹었지만 평소보다 운동량이 많아진 덕분에 곧 가릉가릉 소리를 내며 잠이 들었다. 꿈 속에선 여전히 성재가 나타나 동희에게 말을 걸었다. 가장 좋았던 시절에도 한 번 보여 준 적 없던 다정한 얼굴로 손가락을 구부려 하트를 만들어 보여 주면서. 꿈에서 깨어난 동희는 혼자서 자기 꿈을 비웃으며 에라이, 소리 내어 말해 보기도 했다.

비가 내리던 어느 날은 하루 종일 미술관 안에서 살았다. 그러다 처음 듣는 이름의 화가가 그린 풍경화 앞에서 문득 가슴이 내려앉아 한동안 발걸음을 떼지 못했다.

동희는 원래 풍경화를 볼 줄 모르는 사람이었다. 하늘을 삼킨 빨간 노을도 바람에 흔들리는 나뭇잎의 떨림도 눈에 들어오지 않았었다. 한쪽 벽을 가득 채운 거대한 풍경화 속 한구석에 손톱보다 작은 크기의 사람 하나만 그려져 있어도 눈길은 오직 그쪽으로만 쏠렸었다. 저 사람은 저기서 무얼 하고 있을까. 저 사람은 내 그 사람을 닮았나, 안 닮았나..

그런데 그런 동희의 눈에 풍경이 들어왔다. 인상파 그림 속 햇살을 보고 있노라면 눈이 부셔 자꾸만 눈을 껌뻑거렸다. 또 서울의 것과 별다를 것도 없는 그 도시의 공기를 향해 사진기를 들어 올렸고 숙소의 창문 너머로 희미하게 보이는 하늘 빛을 보고 있노라면 가슴이 꽉 차올랐다. 저 푸른 밤하늘, 개와 늑대의 시간, 점점 더 선명해지는 구름의 검은 그림자..

동희는 원래 연주곡도 들을 줄 모르는 사람이었다. 아무리 아름다운 연주곡도 사람 목소리가 나오지 않으면 그냥 반주 같기만 했다. 하지만 이제는 식당 안에서 흘러나오는 바이올린 소리에도 가만히 귀를 기울이게 되었다. 바이올린이 정말 울고 있구나. 눈물을 뚝뚝 흘리면서 그래도 어깨는 들썩이지 않으면서 조용히 흐느끼고 있구나.

내가 이렇게 조금씩 달라지고 있었구나. 그저 살고 있고 그저 머리카락과 손발톱만 나도 모르게 조금씩 자라고 있다고 생각했는데. 어쩌면 그 사람만을 좇던 내 눈이, 그 사람에게만 반응하던 내 몸이 그 사람이 나를 떠난 그때부터 그 사람 없이도 살 수 있도록 적응해 준 건 아닐까. 그 사람이 나의 기쁨 같은 것은 다 가져가 버렸다고 생각했는데, 어느 날 밤 술에 취해 상팔이라는 친구에게 전화를 걸던 그 남자처럼 나에게도 집착만이 남은 것 같아 내 자신이 무섭기도 했는데, 나 역시 사랑이 맞았구나. 그 사람 하나를 열심히 사랑한 덕분에 나는 이렇게 더 많은 걸 배우게 되었구나. 그를 사랑하느라 힘들었던 그 시간이 나에게 이토록 고맙게 남았구나.

여행이 끝나고 서울로 돌아가는 순간 모든 것은 제자리로 돌아갈지도 모른다. 그래서 여전히 나를 웃게 해 주는 사람보다 내가 웃게 해 주고 싶은 사람만을 쳐다보는 해바라기처럼 살지도, 여전히 나를 덜 사랑하는 사람을 더 사랑하느라 지칠지도, 가끔은 목이 꺾이는 것처럼 아파올지도.

하지만 예전과 완전히 똑같지는 않을 것이다. 이 먼 곳 구석구석 숨쉬고 있는 풍경과 소리들조차 다 나와 닿아 있다는 것을 이제는 알 것 같으니까. 너무 마음이 아픈 시간도 있었지만 그것이 오직 아픔만으로 끝나지는 않는다는 것을 이제는 알 것 같으니까. 앞으로 "나만 빼고 다 뽀뽀해. 나만 빼고 다 운동해"라고 말하지는 않을 것이다. 대신 그렇게 말하겠지. 때론 행복에 겨운 얼굴과 들뜬 목소리로, 때론 좀 쓸쓸한 얼굴로 주문을 외우듯, 모두가 그렇듯, 나도 사랑을 하고 있다고. 그것만으로도 행복하다고.

여행에서 돌아오기 전날, 중앙역 앞에서 하프를 켜는 노파를 만났다. 웬 아이가 보았네, 들에 핀 장미화. 낯익은 음악을 연주하는 할머니의 손톱이 너무나 까매서 울컥했다. 한참을 그 앞에 쪼그려 앉아 하프 연주를 듣던 동희는 기꺼이 동전을 꺼냈고, 동전을 받은 할머니는 알 수 없는 언어로 동희에게 축복을 내려 주었다. 동희의 얼굴을 눈앞에 두고도 먼 곳만을 응시하며 쉰 목소리를 내는 할머니의 눈동자는 투명하게 멀어 있었다.

아이러브유

초판 1쇄 발행 2007년 2월 23일
43쇄 발행 2017년 8월 16일

지은이 이미나

발행인 윤새봄
본부장 김정현
편집인 김남연
편집장 김민영
책임편집 강수진
진행 김수진, 이경란
마케팅 권영선
홍보 박현아
제작 신홍섭

디자인 이석운, 김미연
일러스트 오영욱(blog.naver.com/nifilwag)
교정교열 신윤덕

주소 서울시 마포구 독막로10 성지빌딩 4층 웅진씽크빅 갤리온
주문전화 02-3670-1595 **팩스** 02-3143-5508
문의전화 031-956-7062(편집) 031-956-7500(영업)
홈페이지 www.wjthinkbig.com/wjbooks **페이스북** www.facebook.com/wjbook
블로그 blog.naver.com/galleonbook **이메일** wjgalleon@gmail.com

발행처 (주)웅진씽크빅
임프린트 갤리온
출판신고 1980년 3월 29일 제 406-2007-00046호

ISBN 978-89-01-06364-5 03810

갤리온은 (주)웅진씽크빅 단행본사업본부의 임프린트입니다.